古典詩歌研究彙刊

第 二 三 輯

龔鵬程 主編

第 5 冊

賀鑄詞接受史（下）

張 巽 雅 著

國家圖書館出版品預行編目資料

賀鑄詞接受史（下）／張巽雅 著 — 初版 — 新北市：花木蘭文
化事業有限公司，2018〔民 107〕
目 6+188 面；17×24 公分
（古典詩歌研究彙刊 第二三輯；第 5 冊）
ISBN 978-986-485-282-6（精裝）
1.（宋）賀鑄 2. 宋詞 3. 詞論
820.91   107001410

ISBN-978-986-485-282-6

9 789864 852826

古典詩歌研究彙刊
第 二 三 輯　第 五 冊　　　　　ISBN：978-986-485-282-6

賀鑄詞接受史（下）

作　　　者　張巽雅
主　　　編　龔鵬程
總 編 輯　杜潔祥
副總編輯　楊嘉樂
編　　　輯　許郁翎、王筑　美術編輯　陳逸婷
出　　　版　花木蘭文化事業有限公司
發 行 人　高小娟
聯絡地址　235 新北市中和區中安街七二號十三樓
　　　　　　電話：02-2923-1455／傳眞：02-2923-1452
網　　　址　http://www.huamulan.tw 信箱 hml 810518@gmail.com
印　　　刷　普羅文化出版廣告事業
初　　　版　2018 年 3 月
全書字數　211501 字
定　　　價　第二三輯共 14 冊（精裝）新台幣 22,000 元

賀鑄詞接受史（下）

張巽雅 著

第四章 歷代賀鑄詞的評騭接受（下）

　　清代詞學中興，詞話的專著數量豐富，且篇幅越大，理論色彩也較前代詞話濃厚。〔註1〕清代詞論家已形成獨樹一幟的詞學宗旨，建構出一套全面完整的理論體系。〔註2〕在詞壇上，清初出現雲間派、陽羨派、浙西派等，清代中葉則幾乎為兩大詞派——浙西詞派與常州詞派所籠罩，不同詞人和詞派進行詞學爭論，使清代詞論蓬勃發展。清初流行《花間》、《草堂》注中的語詞，已不敷滿足新時代詞學批評的需求，因此清代詞壇開始建立新的詞論體系，撰寫各式的詞話，形成清代詞話寫作的高峰。〔註3〕清人之詞話豐富多彩，內容繁複，現存於世之詞話不下於一百二十種；此外，也出現匯集古今詞論的專門著作，主要是系統的整理古今詞論，從中提取詞學觀念的精華，如沈雄《古今詞話》、徐釚《詞苑叢談》等。

　　清代詞人喜作論詞絕句與論詞長短句，此為清代詞論之特色。其中清代「論詞絕句」之整理，以王師偉勇出版《清代論詞絕句初編》〔註4〕一書為統整最完善之版本，蒐得論詞絕句凡 133 家，1067 首，

〔註1〕朱崇才：《詞話學》（臺北：文津出版社，1995 年 1 月），頁 138。
〔註2〕王水照：《宋代文學通論》（高雄：高雄復文圖書出版社，2000 年），頁 538。
〔註3〕參閱陳水雲：《清代詞學發展史論》（北京：學苑出版社，2005 年 7 月），頁 65。
〔註4〕王偉勇：《清代論詞絕句初編》（臺北：里仁書局，2010 年 9 月）。

筆者即以此書爲研究材料，經全面蒐羅可得清代論詞絕句涉及賀鑄者，共計二十二首。〔註5〕清代論詞長短句得焦袁熹〈采桑子〉、朱和羲〈夢橫塘〉論賀鑄二闋。論詞絕句、論詞長短句此二者作爲接受史的研究材料，因受限於形式，評論作家或作品時，恆「點到爲止」，〔註6〕因此運用這類材料，需與詩話、詞話、筆記、詞集序跋等它種資料的相互對照，以印證和補充清代對賀詞之接受情形。

　　全面蒐羅整理清代賀鑄詞的評騭材料，較之宋、金、元、明代更爲豐富多樣，其中有誤引資料的現象，如《柳塘詞話》曰：「賀方回卒章，全應玉軟花敧意態，竟不知爲俚鄙作俑，如『奴奴睡，奴奴睡也奴奴睡』此倒入睡鄉，無語自語時光景也。家詞隱先生，采入紅葉記。」〔註7〕就中所引用之詞應爲黃庭堅〈千秋歲〉〔註8〕，卻誤以爲賀。其他論賀詞之詞學資料，可分作七端：一、生平軼聞之著錄；二、塡詞技巧之評析；三、風格流派與詞史地位之界定；四、與諸家詞人相比；五、〈橫塘路〉詞之詮評；六、其它詞作之論繹；七、賀詞缺失之批判。

第一節　生平軼聞之著錄

　　吳衡照（1771～1831），字夏治，號子律，因生於乾隆三十六年辛卯（1771），故自號辛卯生，海昌（今浙江海寧）人，嘉慶三年（1798）舉人，著有《蓮子居詞話》四卷，凡二百一十九則，其中卷一載：

〔註5〕參閱趙福勇：《清代「論詞絕句」論北宋詞人及其作品研究》，彰化：彰化師範大學國文研究所博士論文，2011年1月，頁345～383。

〔註6〕參閱王偉勇：《清代論詞絕句初編·清代論詞絕句之整理、研究及價值》，頁42。

〔註7〕清·沈雄撰：《古今詞話·詞辨下卷》，見錄於唐圭璋編：《詞話叢編》，冊1，頁933。

〔註8〕黃庭堅〈千秋歲〉：「世間好事。恰恁廝當對。乍夜永，涼天氣。雨稀簾外滴，香篆盤中字。長入夢，如今見也分明是。　歡極嬌無力，玉軟花敧墜。釵胃袖，雲堆臂。燈斜明媚眼，汗浹薔騰醉。奴奴睡，奴奴睡也奴奴睡。」（《全宋詞》，冊1，頁412）

劉後村跋總管徐汝乙詩，以賀鑄爲宋之武臣。而老學庵筆
記稱其喜校書，丹黃不去手，詩文皆高，不獨詞也。古之
武臣工詩文者有矣，若丹黃好典籍，惟方回耳。繫年要錄，
紹興二年正月甲子，詔平江府守臣市賀鑄家所鬻書，以實
三館。二月戊午，將仕郎賀廩獻書五千卷，詔吏部添差，
廩監平江府糧料院。廩，鑄子也。鑄二子，曰房、曰廩，
隱方回二字於中。房不可考。〔註9〕

首句引劉過跋總管徐汝乙詩云：「宋武臣能詩者賀鑄、劉季孫，爲坡、
谷深許。」言賀鑄爲一武臣；後引陸游《老學庵筆記》之言，說賀鑄
嗜好校書，醉心於典籍。吳衡照評曰，能以武臣之身，工於詩文者，
世今爲賀鑄一人耳。其後言及賀鑄家中藏書之豐，並記載其二子之
名，其中一子名「廩」，是將其字「方回」二字隱藏其中。

第二節　填詞技巧之評析

一、善於小令，足爲師法

　　杜文瀾（1815～1881），字小舫，浙江秀水（今嘉興）人，著《憩
園詞話》六卷，凡一百五十則，卷二云：

　　周稚珪曰：「詞之有令，唐五代尚矣。宋惟晏叔原最擅勝場，
　　賀方回差堪接武。其餘間有一二名作流傳，然皆專門之學。
　　自茲以降，專工慢詞，不復措意令曲，其作令曲，仍與慢
　　詞聲響無異。大抵宋詞閒雅有餘，跌宕不足。長調則有清
　　新綿邈之音，小令則少抑揚抗墜之致。蓋時代升降使然。
　　雖片玉、石帚，不能自開生面，況其下者乎。」〔註10〕

周之琦（字稚圭）從詞的形式上論述，言小令於唐五代爲尚，宋代僅

〔註 9〕清‧吳衡照撰：《蓮子居詞話》，卷1，見錄於唐圭璋編：《詞話叢編》，
　　　　冊3，頁2414。
〔註10〕清‧杜文瀾撰：《憩園詞話》，卷2，見錄於唐圭璋編：《詞話叢編》，
　　　　冊3，頁2865。

晏幾道最擅小令，賀鑄略可繼承。其餘專工慢詞之詞家，所作之小令皆無異於長調，是肯定賀鑄之小令。

蔣兆蘭（1855～1938？），字香谷，江蘇宜興人，有《詞說》一卷，有言：「詞家正軌，自以婉約爲宗。歐晏張賀，時多小令，慢詞寥寥，傳作較少。」〔註11〕指出賀鑄多作小令，又云：

> 歐陽、大小晏、安陸、東山，皆工小令，足爲師法。詞家
> 醉心南宋慢詞，往往忽視小令，難臻極詣。〔註12〕

評賀鑄工於小令，詞家常著力於南宋之慢詞，而忽略小令，難臻完善。

二、行文氣勝，虛實變化

陳匪石（1884～1959），名世宜，以字行，號倦鶴，江蘇南京人，著《聲執》二卷，上卷論詞法，主要討論詞之聲韻、章法結構及煉字煉句等技巧；下卷評述歷代二十四種詞選集，論析獨具慧眼。〔註13〕上卷云：

> 行文有兩要素，曰氣、曰筆。氣載筆而行，筆因文而變。
> 昌黎曰：「氣盛則言之短長與聲之高下者皆宜。」〔註14〕

論及行文有「氣」、「筆」要素，而以氣爲要，並引韓愈之言，強調氣勝，則文勝。依據此般詞學理念，陳匪石評曰：

> 觀柳、賀、秦、周、姜、吳諸家，所以涵育其氣，運行其
> 氣者即知。〔註15〕

評論柳永、賀鑄、秦觀、周邦彥、姜夔、吳文英等人能涵養其氣，運行浩然之氣。

〔註11〕清·蔣兆蘭撰：《詞說》，見錄於唐圭璋編：《詞話叢編》，冊 5，頁 4632。

〔註12〕清·蔣兆蘭撰：《詞說》，見錄於唐圭璋編：《詞話叢編》，冊 5，頁 4637。

〔註13〕參閱王兆鵬：《詞學史料學》（北京：中華書局，2009 年 2 月），頁 462。

〔註14〕清·陳匪石撰：《聲執》，卷上，見錄於唐圭璋編：《詞話叢編》，冊 5，頁 4950～4951。

〔註15〕清·陳匪石撰：《聲執》，卷上，見錄於唐圭璋編：《詞話叢編》，冊 5，頁 4950～4951。

　　又陳匪石論詞之結構曰：「詞之結構有曲直，有虛實，有疏密，在篇段之結構，皆爲至要之事。」〔註16〕其中論「詞之虛實」云：

> 虛實之用，爲境之變化，亦藉筆以達之。敘景敘事，描寫逼眞，而一經點破，虛實全變。例如憶往事者，寫夢境者，或自己設想者，或代人設想者，只於前後著一語，或一二字，而虛實立判。就點破時觀之，是化實爲虛。就所描寫者言之，則運虛於實。飛卿已有此法，尤顯者如東山青玉案結拍。〔註17〕

認爲賀鑄〈青玉案〉一詞之結句，爲虛實並用之最佳例證。

三、妙解音律，聲文並茂

　　蔡嵩雲《柯亭詞論》引仇遠（號山村）之言：「北宋如屯田、方回、清眞、雅言諸家，南宋如白石、梅溪、夢窗、草窗、玉田諸家，大都妙解音律，所爲詞，聲文並茂。」又云：

> 吾人學其詞，多有應守四聲者。且所謂音律家之詞，亦惟獨創之調，自度之腔。〔註18〕

仇遠謂北宋詞人賀鑄等人皆能知音律，其詞能達到聲文並茂之境界；蔡嵩雲又言所謂「音律家」之詞，需能自創腔調；賀鑄創調者甚多，如〈厭金杯〉、〈兀令〉、〈望湘人〉等，可謂妙解音律。

四、鑄鍊字面，借用古語

　　蔣兆蘭《詞說》有云：

> 字生而鍊之使熟，字俗而鍊之使雅。篇中無一支辭長語，第覺處處清新。情生文，文生情，斯詞之能事畢矣。〔註19〕

〔註16〕清・陳匪石撰：《聲執》，卷上，見錄於唐圭璋編：《詞話叢編》，冊5，頁4951。

〔註17〕清・陳匪石撰：《聲執》，卷上，見錄於唐圭璋編：《詞話叢編》，冊5，頁4951～4952。

〔註18〕清・蔡嵩雲撰：《柯亭詞論》，見錄於唐圭璋編：《詞話叢編》，冊5，頁4899。

〔註19〕清・蔣兆蘭撰：《詞說》，見錄於唐圭璋編：《詞話叢編》，冊5，頁4635。

鍊字使熟使雅，方能處處清新，情文並茂。陳匪石《聲執》曾曰：「珠玉、小山、子野、屯田、東山、淮海、清眞，其詞皆神於鍊。」〔註20〕評賀鑄等人之詞皆神於「鍊」，何謂「鍊」，陳匪石云：

> 千錘百鍊之說，多施諸字句。蓋積字成句，積句成段，積段成篇，詩文所同，詞亦如是。向之作者，以鍊字鍊句爲本。且字鍊而句亦鍊，張鎡所謂「織綃泉底，去塵眼中」，造句之喻，仍偏重於字也。〔註21〕

「鍊」，有千錘百鍊之意，施於字句，則指鍊字鍊句，字鍊而能句鍊，陳匪石後提及張鎡之語，〈題梅溪詞〉有言：「蓋生之作，辭情俱到，織綃泉底，去塵眼中，妥帖輕圓，特其餘事。」〔註22〕因此陳匪石認爲造句之喻，以鍊字爲要。

陳匪石又云：

> 鍊之之法如何，貴工貴雅，貴穩貴稱。戒餖飣、戒艱澀。且須刊落浮藻，必字字有來歷，字字確當不移。以意爲主，務求其達意深，而平易出之。意新而沖淡出之。驅遣古語，無論經史子與夫騷、選以後之詩文，佇色揣稱，使均化爲我有。即用古人成句，亦毫無蹈襲之迹，而其要歸於自然。所謂自然，從追琢中來。〔註23〕

言鍊字之法，貴在工、雅、穩、稱。需自然渾成的使用古人之語，而毫無造作之感。陳匪石評賀鑄等人神於「鍊」，是對賀鑄作詞之法給予高度之肯定。陳匪石又曰：

> 賀鑄洗鍊之工，運化之妙，實周、吳所自出。小令一道，又爲百餘年結響。〔註24〕

〔註20〕清・陳匪石撰：《聲執》，卷上，見錄於唐圭璋編：《詞話叢編》，冊5，頁4948～4949。
〔註21〕清・陳匪石撰：《聲執》，卷上，見錄於唐圭璋編：《詞話叢編》，冊5，頁4948～4949。
〔註22〕宋・張鎡：〈題梅溪詞〉，見錄於明・毛晉輯：《宋六十名家詞》（上海：上海古籍出版社，1992年），頁196。
〔註23〕清・陳匪石撰：《聲執》，卷上，見錄於唐圭璋編：《詞話叢編》，冊5，頁4948～4949。
〔註24〕清・陳匪石撰：《聲執》，卷下，見錄於唐圭璋編：《詞話叢編》，冊5，頁4969。

評賀鑄鍊字之工，運化入妙，影響至後代周邦彥與吳文英；其小令更是高妙，堪稱百年結響。陳匡石又言蘇軾、秦觀、賀鑄、柳永四人「皆為周所取則，學者所應致力也。」〔註25〕言周邦彥能取此四人之長，後世也應以此為目標。此外，陳匡石論北宋六家周邦彥、蘇軾、秦觀、賀鑄、柳永、晏幾道曰：「錄此六家，實正軌所在，瓣香所承。」〔註26〕是為北宋六家皆承繼正軌，期許後人效法。

張德瀛（1861～1914？），字秉珊，號禺麓，廣東番禺人，光緒十七年（1891）舉人，有《詞徵》六卷，言：

> 詞有檃括體。賀方回長於度曲，掇拾人所棄遺，少加檃括，皆為新奇。常言吾筆端驅使李商隱、溫庭筠，常奔命不暇，後遂承用焉。〔註27〕

提出詞有「檃括體」，賀鑄能拾人所遺，就原有的之作加以剪裁、改寫，而成為新奇之語。詞論常提及賀鑄檃括前人之詞，如〈太平時〉（秋盡江南），明人楊慎《詞品》曾曰：「賀方回作太平時一詞，衍杜牧之詩也。」〔註28〕沈雄《古今詞話·詞辨上卷》云：「衍詞有三種，賀方回衍「秋盡江南葉未凋」〈太平時〉……，全用舊詩而為添聲也。」〔註29〕並分析賀鑄衍詞之法：「以七字現成句而和以三字為調。」〔註30〕杜牧有詩〈寄揚州韓綽判官〉：「青山隱隱水迢迢。秋盡江南草木凋。二十四橋明月夜。玉人何處教吹簫。」〔註31〕賀鑄〈太平時〉一

〔註25〕　清·陳匡石撰：《聲執》，卷下，見錄於唐圭璋編：《詞話叢編》，冊5，頁4969。

〔註26〕　清·陳匡石撰：《聲執》，卷下，見錄於唐圭璋編：《詞話叢編》，冊5，頁4969。

〔註27〕　清·張德瀛撰：《詞徵》，卷1，見錄於唐圭璋編：《詞話叢編》，冊5，頁4083。

〔註28〕　明·楊慎撰：《詞品》，卷1，見錄於唐圭璋編：《詞話叢編》，冊1，頁442。

〔註29〕　清·沈雄撰：《古今詞話·詞品上卷》，見錄於唐圭璋編：《詞話叢編》，冊1，頁842。

〔註30〕　清·沈雄撰：《古今詞話·詞辨上卷》，見錄於唐圭璋編：《詞話叢編》，冊1，頁899。

〔註31〕　清·清聖祖御定：《全唐詩》（臺北：文史哲出版社，1987年12月），冊8，頁5982。

詞，是將杜牧詩句次序重整，並添增四句三字句而成。沈雄謂賀鑄此法爲「衍詞」，王士禎則稱之爲「文人遊戲」。王士禎言賀鑄〈太平時〉一詞「皆文人偶然遊戲，非向樊川集中作賊。」〔註32〕認爲此法僅是文人偶然遊戲。

賀裳，字黃公，號檗齋，別號白鳳詞人，丹陽（今江蘇鎮江）人，有《皺水軒詞筌》一書，曾評曰：

> 賀方回用義山「無端嫁得金龜壻，辜負香衾事早朝。」爲
> 「不待宿醒消，馬嘶催早朝」，亦稍有翻換。〔註33〕

賀詞〈菩薩蠻〉（章臺遊冶）有「不待宿醒銷，馬嘶催早朝」，是翻換李商隱〈爲有〉一詩末二句，爲檃括之法。〔註34〕又曰：

> 賀方回「鷺外紅綃一縷霞」，俊句也，實從子安脫胎，固是
> 慧賊。〔註35〕

認爲賀鑄用王勃詩句「落霞與孤鶩齊飛」，作「鷺外紅綃一縷霞」，乃「慧賊」，是肯定賀鑄善用前人語。吳衡照《蓮子居詞話》云：

> 詞有襲前人語而得名者，雖大家不免。如方回「梅子黃時
> 雨」，耆卿「楊柳岸曉風殘月」，少游「寒鴉數點，流水遶
> 孤村」，幼安「是他春帶愁來，春歸何處，却不解帶將愁去」
> 等句，惟善於調度，正不以有藍本爲嫌。〔註36〕

評賀鑄「梅子黃時雨」一句，雖襲前人語，卻因善於調度，而能自成新意，不以有藍本爲嫌。

〔註32〕清・王士禎撰：《花草蒙拾》，見錄於唐圭璋編：《詞話叢編》，冊1，頁676。

〔註33〕清・賀裳撰：《皺水軒詞筌》，見錄於唐圭璋編，《詞話叢編》，冊1，頁695。

〔註34〕參閱王偉勇：《宋詞與唐詩之對應研究・賀鑄《東山詞》借鑒唐詩之探析》（臺北：文史哲出版社，2004年3月），頁271。

〔註35〕清・賀裳撰：《皺水軒詞筌》，見錄於唐圭璋編：《詞話叢編》，冊1，頁713。

〔註36〕清・吳衡照撰：《蓮子居詞話》，卷1，見錄於唐圭璋編：《詞話叢編》，冊3，頁2414～2415。

　　宋代張炎曾評賀詞言「多於李長吉、溫庭筠詩中來」〔註 37〕，
夏敬觀則持不同見解。夏敬觀（1875～1953），字劍丞，一作鑑丞，
又字盟人、緘齋，晚號映庵，光緒二十年（1894）舉人，曾曰：

> 小令喜用前人成句，其造句亦恒類晚唐人詩。慢詞命辭遣
> 意，多自唐賢詩篇得來，不施破碎藻采，可謂無假脂粉，
> 自然濃麗。張叔夏謂「與吳夢窗皆善於煉字面者，多於李
> 長吉、溫庭筠詩中來」，大謬不然。方回詞取材於長吉、飛
> 卿者不多，所以整而不破碎也。〔註 38〕

言詞人作小令，喜用前人句，並反對張炎評賀鑄「多於溫庭筠、李
長吉詩中來。」〔註 39〕認為賀鑄取材自李賀與溫庭筠之作不多，是
「整而不破碎」，一方面推翻張炎之說，一方面肯定賀鑄作詞之法。
而賀詞之取材從何而來，經王師偉勇全面分析賀鑄借鑑唐人語，得
賀鑄自稱詞句多自晚唐溫庭筠、李商隱等人而來，未盡貼近；賀鑄
用盛、中唐之李白、杜甫、韓愈、白居易、元稹、劉禹錫等人之作，
其總數與晚唐不相上下。而賀鑄借鑑最夥之唐詩人，乃晚唐之杜
牧。〔註 40〕

　　沈祥龍（1835～？），字訥生，號約齋，晚號樂志翁，江蘇婁縣
人，著《論詞隨筆》一卷，六十一則。主要論述詞之風格流派、作法
與格律等〔註 41〕，少品評詞人詞作之語，但其論詞多精當可取。〔註

〔註37〕宋・張炎撰：《詞源》，卷下，見錄於唐圭璋編：《詞話叢編》（北京：
　　　　中華書局，2005 年 10 月），冊 1，頁 259。
〔註38〕清・朱孝臧編撰、夏敬觀手批評點：《彊村叢書》（上海：上海古籍
　　　　出版社，1989 年 8 月），冊 2，頁 1570。
〔註39〕宋・張炎撰：《詞源》，卷下，見錄於唐圭璋編：《詞話叢編》（北京：
　　　　中華書局，2005 年 10 月），冊 1，頁 259。
〔註40〕參閱王偉勇：《宋詞與唐詩之對應研究》（臺北：文史哲出版社，2004
　　　　年 3 月），頁 187～311。
〔註41〕參閱王兆鵬：《詞學史料學》（北京：中華書局，2009 年 2 月），頁
　　　　459。
〔註42〕譚新紅著：《清詞話考述》（武漢：武漢大學出版社，2009 年 9 月），
　　　　頁 146。

42〉《論詞隨筆》評賀方回「舊遊夢掛碧雲邊，人歸落雁後，思發在花前」用薛道衡句，爲「妙」。〔註43〕並曰：

> 用成語，貴渾成，脫化如出諸己。〔註44〕

對賀鑄善用成語持肯定態度，言賀鑄能脫胎於人，達到渾然天成之境。詞人能化用前人語，說明自身之文學底子深厚，蔣兆蘭《詞說》曾云：

> 蓋謂詞家必致力於詩，始有獨得，固已。蒙竊以爲詩詞實同源異派，皆風雅之流別。〔註45〕

因詞人致力於詩，故能善用詩句。

清代論詞絕句中，周之琦、譚瑩皆極爲推崇賀鑄善用前人語，程恩澤則評周之琦善於調度之法可平睨賀鑄。

周之琦《心日齋十六家詞錄・附題》之八曰：

> 雕瓊鏤玉出新裁，屈宋嬙施眾妙該；
> 他日四明工琢句，瓣香應自慶湖來。〔註46〕

次句論賀詞兼有幽潔和婉媚之風格，其餘三句皆是肯定賀鑄雕琢字句，翻出新意，並言吳文英師承賀鑄此法。張炎《詞源》有云：

> 句法中有字面，蓋詞中一個生硬字用不得。須是深加煅煉，字字敲打得響，歌誦妥溜，方爲本色語。如賀方回、吳夢窗，皆善於鍊字面，多於溫庭筠、李長吉詩中來。字面亦詞中之起眼處，不可不留意也。〔註47〕

張炎將賀鑄與吳文英並提，指出二人善於鍊字，多從溫庭筠和李賀之詩而來。「他日四明工琢句」之「四明」，是以吳文英之籍貫爲四明（今

〔註43〕清・沈祥龍撰：《論詞隨筆》，見錄於唐圭璋編：《詞話叢編》，冊5，頁4059。

〔註44〕清・沈祥龍撰：《論詞隨筆》，見錄於唐圭璋編：《詞話叢編》，冊5，頁4059。

〔註45〕清・蔣兆蘭撰：《詞說》，見錄於唐圭璋編：《詞話叢編》，冊5，頁4634。

〔註46〕王偉勇：《清代論詞絕句初編》，頁179。

〔註47〕宋・張炎撰：《詞源》，卷下，見錄於唐圭璋編：《詞話叢編》，冊1，頁259。

浙江寧波）而來。王易《詞曲史》亦云：「賀方回開四明詞派，爲夢
窗、西麓之先河」。〔註48〕認爲吳文英和陳允平（生卒年不詳，字君
衡，一字衡仲，號西麓，四明（今浙江寧波）人）皆受賀鑄之啓發。
稍後之楊希閔（1809～1878，字臥雲，號鐵鏞，又號息齋，江西新城
人）曾對周之琦此論詞絕句有所歧異，《詞軌》卷五有云：

> 周穉圭題方回詞云：「雕瓊鏤玉出新裁，屈宋嬙施眾妙該；
> 他日四明工琢句，瓣香應自慶湖來。」此又謂方回之詞下
> 開夢窗也。然弟以雕瓊鏤玉賞之，猶是皮相。〔註49〕

楊希閔批周氏之詩「以雕瓊鏤玉賞之，猶是皮相」，實則大謬，周
之琦此絕次句讚譽賀詞風格多樣，「屈宋嬙施眾妙該」指賀詞不僅
有屈、宋之沉鬱，亦有嬙施之柔美，是集眾妙於一體；且絕句首句
「雕瓊鏤玉出新裁」，非言賀鑄詞風，而指賀詞善借古語和鍛鍊詞
句。楊氏批周氏指見賀鑄之皮相，自己卻連周氏此絕之皮相皆未洞
察。〔註50〕此外，程恩澤（1785～1837），字雲芬，號春海，更以
周氏之詩爲基準，將周氏與賀鑄相比，其〈題周穉圭前輩《金梁夢
月詞》〉之四云：

> 鏤雲縫月具心裁，不是莊嚴七寶臺；
> 竹屋梅溪都抹倒，故應平睨賀方回。〔註51〕

程詩「鏤雲縫月」義近周詩「雕瓊鏤玉」，次句「七寶臺」之語，出
自張炎之評：「吳夢窗詞如七寶樓台，炫人眼目，拆碎下來，不成片
段。」〔註52〕但周之琦翻用古語，卻能別出心裁，不僅超越高觀國與
史達祖，更能與賀鑄比肩。

〔註48〕王易：《詞曲史‧振衰第九》（臺北：廣文書局，1988 年），頁 450。
〔註49〕清‧楊希閔：《詞軌》，卷 5，見錄於孫克強：《唐宋人詞話》（鄭州：
　　　　河南文藝出版社，1999 年），頁 337。
〔註50〕參閱趙福勇：《清代「論詞絕句」論北宋詞人及其作品研究》（彰化：
　　　　彰化師範大學國文研究所博士論文，2011 年 1 月），頁 355。
〔註51〕王偉勇：《清代論詞絕句初編》，頁 181。
〔註52〕宋‧張炎撰：《詞源》，卷下，見錄於唐圭璋編：《詞話叢編》，冊 1，
　　　　頁 259。

又如譚瑩（1800～1871），字兆仁，號玉生，南海（今廣東廣州）人，其〈論詞絕句一百首〉之三六有云：

> 詞筆眞能屈宋偕，鬼頭善盜各安排；
>
> 也知本寇巴東語，梅子黃時雨特佳。（賀鑄）〔註53〕

絕句次句謂賀鑄「善盜」，賀裳亦稱賀鑄爲「慧賊」〔註54〕，皆言賀鑄善於襲用鎔鑄他人之語。

五、咏物入妙，化工之筆

沈雄，字偶僧，吳江（今屬江蘇）人，撰有《古今詞話》八卷，是繼明代楊愼《詞品》之後的大型歷代詞話彙編，主要分作詞話、詞品、詞辨、詞評四部分，《古今詞話・詞品上卷》載：

> 咏物入妙之句……若賀方回「淡黃楊柳帶棲鴉」，秦虛度「藕葉清香勝花氣」，王阮亭、程村輩所云，取形不如取神也。
>
> 〔註55〕

評賀鑄「淡黃楊柳帶棲鴉」一句「咏物入妙」，正如王士禎認爲詞中之「神」勝於「形」。

賀裳《皺水軒詞筌》評賀詞曰：

> 詞家須使讀者如身履其地，親見其人，方爲蓬山頂上。……賀方回「約略整鬟釵影動，遲回顧步佩聲微」……眞覺儼然如在目前，疑于化工之筆。〔註56〕

賀裳評賀鑄〈攤破浣溪沙〉「約略整鬟釵影動，遲回顧步佩聲微」，讀來如「身履其地，親見其人」，宛如現於目前，是「化工之筆」。又如陳廷焯《詞壇叢話》亦評：

〔註53〕王偉勇：《清代論詞絕句初編》，頁208。

〔註54〕清・賀裳撰：《皺水軒詞筌》，見錄於唐圭璋編：《詞話叢編》，冊1，頁713。

〔註55〕清・沈雄撰：《古今詞話・詞品上卷》，見錄於唐圭璋編：《詞話叢編》，冊1，頁847。

〔註56〕清・賀裳撰：《皺水軒詞筌》，見錄於唐圭璋編：《詞話叢編》，冊1，頁700。

　　方回詞，筆墨之妙，眞乃一片化工。離騷耶，七發耶，樂
　　府耶，杜詩耶，吾烏乎測其所至。〔註57〕

言賀詞妙筆，爲化工之作，且變化萬千，不可預測。

第三節　風格流派與詞史地位之界定

　　歷代詞論中有「家」、「體」、「格」、「風」、「流」、「派」等語詞，
是將各詞家分門別派；所謂流派，指具有相同方格特徵的作家群體或
作品之集合，而風格則指作家、作品、時代的個性特徵。〔註58〕宋金
元詞話一般採用較爲模糊的方式區別，宋代論賀鑄之流派時，僅見王
灼之論曰：「賀方回、周美成、晏叔原、僧仲殊各盡其才力，自成一
家。」〔註59〕明清以後，對於詞風詞派之劃分與評價，詞學界開始有
系統且深入的探討，清代論賀鑄風格流派之理論繁多，說法不一，呈
現多樣詞風之現象，以下分別論述。

一、宋徵璧：賀詞新鮮，爲宋詞七家之一

　　《西圃詞說》引宋徵璧之言：

　　吾於宋詞得七人焉，曰永叔秀逸，子瞻放誕，少游清華，
　　子野娟潔，方回鮮清，小山聰俊，易安妍婉。〔註60〕

宋徵璧（1602～1672），原名存楠，字尚木，清初詞人，屬雲間派。
雲間派是指明末清初江蘇松江府（今上海松江，古稱雲間）的一批
詞人；雖盛極一時，有獨特的詞學觀點，但無詞話專著傳世，現僅
能從零散的詞集序跋或後人著作引述中窺知一二。雲間派主要觀點

〔註57〕清・陳廷焯撰：《詞壇叢話》，見錄於唐圭璋編，《詞話叢編》，冊4，
　　　　頁3722。
〔註58〕朱崇才：《詞話學》（臺北：文津出版社，1995年1月），頁322。
〔註59〕宋・王灼撰：《碧雞漫志》，卷2，見錄於唐圭璋編：《詞話叢編》（北
　　　　京：中華書局，2005年10月），冊1，頁83。
〔註60〕清・田同之撰：《西圃詞說》，見錄於唐圭璋編：《詞話叢編》，冊2，
　　　　頁1458。

是推尊晚唐，對北宋則有所軒輊，〔註61〕王士禎《花草蒙拾》記載：

> 近日雲間作者論詞有云：「五季猶有唐風，入宋便開元曲，
> 故專意小令，冀復古音，屏去宋調，庶防流失。」〔註62〕

認爲五代仍有「唐風」，北宋開始古音不在，雜染元曲之意，而南宋則更是無所可取，如宋徵璧論南宋曰：「詞至南宋而繁，亦至南宋而弊。」〔註63〕而宋徵璧所選宋詞七家，分別爲歐陽脩、蘇軾、秦觀、張先、賀鑄、晏幾道、李清照、李清照，除李清照爲北宋末南宋初詞人，其餘皆爲北宋詞家；並分別指出七家之風格特色，評賀鑄曰「鮮清」，徐釚《詞苑叢談》則引宋徵璧之言作：「曰方回，其詞新鮮。」〔註64〕兩者所引之用詞不同，推敲宋徵璧之意，是評賀詞鮮潔清新。

二、納蘭性德：賀鑄爲宋十五家之一

納蘭性德（1655～1685），原名成德，字容若，號楞伽山人，滿州正黃旗人，被譽作「清初第一詞人」。《詞綜》問世之後，納蘭性德曾欲輯詞選，〈與梁藥亭書〉曾曰：

> 僕意欲有選，如北宋之周清眞、蘇子瞻、晏叔原、張子野、
> 柳耆卿、賀方回、秦少游，南宋之姜堯章、辛幼安、史邦
> 卿、高賓王、程鉅夫〔註65〕、陸務觀、吳君特、王聖與、
> 張叔夏諸人，多取其詞，彙爲一集。〔註66〕

〔註61〕朱崇才：《詞話學》（臺北：文津出版社，1995 年 1 月），頁 140。

〔註62〕清・王士禎：《花草蒙拾》，見錄於唐圭璋編：《詞話叢編》，冊 1，頁 686。

〔註63〕清・田同之撰：《西圃詞說》，見錄於唐圭璋編：《詞話叢編》，冊 2，頁 1458。

〔註64〕清・徐釚編、王百里校箋：《詞苑叢談》（臺北：文史哲出版社，1989 年），卷 4，頁 234。

〔註65〕程鉅夫，名文海，一般作元代詞人。見鍾振振：《北宋詞人賀鑄研究》（臺北：文津出版社，1994 年 8 月），頁 168。

〔註66〕清・納蘭性德：《通志堂集・與梁藥亭書》，卷 13，見錄於《續修四庫全書》，集部，冊 1419，頁 434。

分別取宋代詞人十五家，北宋共七家，賀鑄亦在其列。《詞綜》之收詞數以姜夔爲冠，其次爲周密、吳文英、張炎等人，皆爲南宋詞人；納蘭性德之擇詞範圍和眼界較浙西詞派更爲開闊。

三、周之琦：賀鑄爲十六家之一

　　周之琦（1782～1862），字稚圭，號退庵，祥符人，其《心日齋十六家》選唐至元代共十六家詞人，所錄者爲溫庭筠、李煜、韋莊、李珣、孫光憲、晏幾道、秦觀、賀鑄、周邦彥、姜夔、史達祖、吳文英、王沂孫、蔣捷、張炎、張翥。其中北宋詞人計有四家，賀鑄與晏幾道、秦觀、周邦彥三人並列，觀晏、秦、周三人之詞風，多爲婉約之屬，對於豪放詞派如蘇軾等人，周之琦則一概捨去。陳匪石《聲執》卷下對此評曰：「於蘇、辛一派，均無所取，則仍浙西家法耳。」〔註67〕又言：「蓋限定家數之總集，只戈載、周錄。而周之異於戈者，則上起唐代，下迄於元。北宋增小晏、秦、賀，雖似不出溫柔敦厚之範圍，而門戶加寬，且已知崇北宋矣。」〔註68〕戈載《宋七家詞選》所選七人分別爲周邦彥、史達祖、姜夔、吳文英、周密、王沂孫、張炎，皆是格律工整之詞家，北宋詞人僅錄周邦彥一人，未收賀詞之作；而周之琦《心日齋十六家》則將賀鑄列爲十六家之一，亦是標舉賀詞之地位。

四、陳廷焯：賀詞沉鬱，爲北宋七家之一

　　陳廷焯（1853～1892），字亦峰，又字伯與，丹徒（今江蘇鎮江）人。早年有《詞壇叢話》110 則，作於同治十三年（1874），以「兩宋不可偏廢」立論，以賀鑄、周邦彥、姜夔、朱彝尊、陳維崧爲古今「聖於詞」者，云：

〔註67〕清・陳匪石撰：《聲執》，卷下，見錄於唐圭璋編：《詞話叢編》，冊5，頁4966。
〔註68〕清・陳匪石撰：《聲執》，卷下，見錄於唐圭璋編：《詞話叢編》，冊5，頁4966。

賀方回之韻致，周美成之法度，姜白石之清虛，朱竹垞
之氣骨，陳其年之博大，皆詞壇中不可無一，不能有二
者。〔註69〕

認爲賀鑄之韻致尤勝，並標舉歷來詞家五人及其風格特色，皆是詞壇
中缺一不可者，北宋僅選賀鑄一人，可知陳廷焯對賀鑄之評價甚高，
亦云：

昔人謂方回詞，妖冶如攬嬙施之袪，富艷如入金張之堂，
幽索如屈、宋，悲壯如蘇、李，此猶論其貌耳。若論其神，
則如雲煙縹緲，不可方物。集中所選不多，然已足見此老
面目。〔註70〕

認爲張耒評賀鑄曰「幽潔如屈宋，悲壯如蘇李」〔註71〕，僅是論其「貌」
也；陳廷焯進一步論賀詞之「神」，言賀詞縹緲如雲煙，不能以物狀
之，可謂將賀鑄推至極高的地位。

　　陳廷焯後有《白雨齋詞話》八卷，以所選《詞則》二十四卷及
其批注爲基礎，本「風雅比興」之旨，主張「沉鬱」說。〔註72〕
所謂「沉鬱」者，意在筆先，神餘言外。寫怨夫思婦之懷，寓孽子
孤臣之感。凡交情之冷淡，身世之飄零，皆可於一草一木發之。〔註
73〕《白雨齋詞話》言：「詩之高境在沉鬱。」〔註74〕並評作詞之法，
首重「沉鬱」：

作詞之法，首貴沉鬱，沉則不浮，鬱則不薄。顧沉鬱未易
強求，不根柢於風騷，烏能沉鬱。十三國變風、二十五篇

〔註69〕清・陳廷焯撰：《詞壇叢話》，見錄於唐圭璋編：《詞話叢編》，冊4，
　　　　頁3732。
〔註70〕清・陳廷焯撰：《詞壇叢話》，見錄於唐圭璋編：《詞話叢編》，冊4，
　　　　頁3722～3723。
〔註71〕宋・張耒：〈東山詞序〉，見錄於金啓華等編：《唐宋詞集序跋匯編》
　　　　（臺北：臺灣商務印書館，1993年2月），頁59。
〔註72〕朱崇才：《詞話學》（臺北：文津出版社，1995年1月），頁170。
〔註73〕清・陳廷焯撰：《白雨齋詞話》，卷1，見錄於唐圭璋編：《詞話叢編》，
　　　　冊4，頁3777。
〔註74〕清・陳廷焯撰：《白雨齋詞話》，卷8，見錄於唐圭璋編：《詞話叢編》，
　　　　冊4，頁3966。

> 楚詞，忠厚之至，亦沉鬱之至，詞之源也。不究心於此、
> 率爾操觚，烏有是處。〔註75〕

卷四又云：「本原何在？沉鬱之謂也。不本《風》《騷》，焉得沉鬱。」
〔註76〕陳廷焯認爲詩經與楚辭能感人至深，是由於忠厚且沉鬱，此爲
「詞之源」。如此的沉鬱之說，是把比興寄託在詞的創作中運用，由
具體表現方法的層面，提高至審美境界的層面。〔註77〕《白雨齋詞話》
評賀詞曰：

> 方回詞，胸中眼中，另有一種傷心說不出處，全得力於楚
> 騷，而運以變化，允推神品。〔註78〕

> 方回詞極沉鬱，而筆勢卻又飛舞，變化無端，不可方物，
> 吾烏乎測其所至。〔註79〕

> 唐五代詞，不可及處，正在沉鬱。宋詞不盡沉鬱，然如子
> 野、少游、美成、白石、碧山、梅溪諸家，未有不沉鬱者。
> 即東坡、方回、稼軒、夢窗、玉田等，似不必盡以沉鬱勝，
> 然其佳處，亦未有不沉鬱者。詞中所貴，尚未可以知耶。
>
> 〔註80〕

陳廷焯《白雨齋詞話》將沉鬱作爲終極審美之追求，評賀詞「得力
於楚騷」，堪稱「神品」，賀鑄用筆可謂「筆勢飛舞，變化無端」，
不能測其所至，可見對賀鑄之推崇至深。繆鉞《靈谿詞說》以一絕
句評賀鑄曰：「匡濟才能未得施。美人香草寄幽思。《離騷》寂寞千

〔註75〕清・陳廷焯撰：《白雨齋詞話》，卷1，見錄於唐圭璋編：《詞話叢編》，
　　　　冊4，頁3776。

〔註76〕清・陳廷焯撰：《白雨齋詞話》，卷4，見錄於唐圭璋編：《詞話叢編》，
　　　　冊4，頁3854。

〔註77〕參閱方智範等著：《中國詞學批評史》（北京：中國社會科學出版社，
　　　　1994年7月），頁371。

〔註78〕清・陳廷焯撰：《白雨齋詞話》，卷1，見錄於唐圭璋編：《詞話叢編》，
　　　　冊4，頁3786。

〔註79〕清・陳廷焯撰：《白雨齋詞話》，卷1，見錄於唐圭璋編：《詞話叢編》，
　　　　冊4，頁3786。

〔註80〕清・陳廷焯撰：《白雨齋詞話》，卷1，見錄於唐圭璋編：《詞話叢編》，
　　　　冊4，頁3776。

年後，請讀《東山樂府》詞。」〔註81〕又如吳梅《詞學通論》論賀
詞云：「要之騷情雅意，哀怨無端，得力於風雅。而出之以變化，
故能具綺羅之力，而復得山澤之情。此境不可一蹴可即幾也。」〔註
82〕以上評論皆強調賀詞中繼承楚騷的沉鬱之風，是就陳廷焯之評
而發揚。

　　陳廷焯《白雨齋詞話》另有品評賀鑄單篇之詞，如評〈瑞鷓鴣〉
云：

> 「初未試愁那是淚，每渾疑夢奈餘香」此種句法，直是賀
> 老從心化出。〔註83〕

評〈踏莎行〉（楊柳回塘）云：

> 「當年不肯嫁春風，無端卻被秋風誤。」此詞騷情雅意，
> 哀怨無端，讀者亦不自知何以心醉，何以淚墮。〔註84〕

言此闋詞寄託騷意，無端哀傷，使人不禁心醉，可印證陳廷焯評賀詞
謂：「變化無端，不可方物，吾烏乎測其所至。」〔註85〕評〈浣溪沙〉
（秋水斜陽）云：

> 「記得西樓凝醉眼，昔年風物似如今。只無人與共登臨。」
> 只用數虛字盤旋唱歎，而情事畢現，神乎技矣。世第賞其
> 梅子黃時雨一章，猶是耳食之見。〔註86〕

謂賀鑄此闋詞用筆巧妙，神乎其技，甚至勝於世人皆賞的〈青玉案〉
一闋，可謂眼光獨特。又評〈惜雙雙〉（皎鏡平湖）曰：

> 宋人朱行中〈漁家傲〉云：「拌一醉。而今樂事他年淚。」

〔註81〕繆鉞：《靈谿詞說》（臺北：國文雜誌社，1989年12月），頁279。
〔註82〕吳梅：《詞學通論》（臺北：商務印書館，1932年12月），頁67。
〔註83〕清‧陳廷焯撰：《白雨齋詞話》，卷6，見錄於唐圭璋編：《詞話叢編》，
　　　　冊4，頁3921。
〔註84〕清‧陳廷焯撰：《白雨齋詞話》，卷1，見錄於唐圭璋編：《詞話叢編》，
　　　　冊4，頁3786。
〔註85〕清‧陳廷焯撰：《白雨齋詞話》，卷1，見錄於唐圭璋編：《詞話叢編》，
　　　　冊4，頁3786。
〔註86〕清‧陳廷焯撰：《白雨齋詞話》，卷1，見錄於唐圭璋編：《詞話叢編》，
　　　　冊4，頁3786。

賀方回〈惜雙雙〉云：「回首笙歌地。醉更衣處長相記。」
同一感慨，而朱病激烈，賀較深婉。〔註87〕

將朱服（字行中，湖州烏程（今浙江湖州）人）〈漁家傲〉與賀鑄〈惜
雙雙〉之詞句並論，二詞作皆於醉後抒發無限感傷，陳廷焯較推許賀
作，品評朱詞過於激烈，相較之下，賀詞顯得深婉。

　　論風格流派時，陳廷焯擬輯古今二十九家詞選，約二十卷，擬輯
詞人如下：

> 有唐一家，溫飛卿；五代三家，李後主、韋端己、馮延巳；
> 北宋七家，歐陽永叔、晏小山、張子野、蘇東坡、秦少游、
> 賀方回、周美成；南宋九家，姜白石、高竹屋、史梅溪、
> 吳夢窗、陳西麓、周草窗、王碧山、張玉田；元代一家，
> 張仲舉；國朝八家，陳其年、曹珂雪、朱竹垞、厲太鴻、
> 史位存、趙璞函、張皋文、莊中白。〔註88〕

宋徵璧所選七家中，北宋詞人有六家，皆爲陳廷焯「北宋七家」之列，
惟陳廷焯多列周邦彥一家；此外，宋徵璧選李清照，卻未見於陳廷焯
所選。陳廷焯、宋徵璧二人均把賀鑄納爲北宋重要七家詞人之一，可
見賀鑄在詞學上的重要地位。此外，陳廷焯又將唐宋詞人分爲十四
派，所分家數更細，其《白雨齋詞話》云：

> 唐宋名家，流派不同，本原則一。論其派別，大約溫飛卿
> 爲一體，皇甫子奇、南唐二主附之。韋端己爲一體，牛松
> 卿附之。馮正中爲一體，唐五代諸詞人以曁北宋晏、歐、
> 小山等附之。張子野爲一體，秦淮海爲一體，柳詞高者附
> 之。蘇東坡爲一體，賀方回爲一體，毛澤民、晁具茨高者
> 附之。
>
> 周美成爲一體，竹屋、草窗附之。辛稼軒爲一體，張、陸、
> 劉、蔣、陳、杜合者附之。姜白石爲一體，史梅溪爲一體，

〔註87〕清‧陳廷焯撰：《白雨齋詞話》，卷1，見錄於唐圭璋編：《詞話叢編》，
　　　　冊4，頁3924。
〔註88〕清‧陳廷焯撰：《白雨齋詞話》，卷8，見錄於唐圭璋編：《詞話叢編》，
　　　　冊4，頁3964。

> 吳夢窗爲一體，王碧山爲一體，黃公度、陳西麓附之。張
> 玉田爲一體。其間惟飛卿、端己、正中、淮海、美成、梅
> 溪、碧山七家，殊塗同歸。餘則各樹一幟，而皆不失其正。
> 〔註89〕

此十四派包括溫庭筠、韋莊、馮延巳、張先、秦觀、蘇軾、賀鑄、周
邦彥、辛棄疾、姜夔、史達祖、吳文英、王沂孫、張炎，其中溫庭筠、
韋莊、馮延巳、秦觀、周邦彥、史達祖、王沂孫七家「殊途同歸」，
其餘則能各樹一幟；將七家視爲一派，共得唐宋詞八派。上文中，陳
廷焯擬分出的「北宋七家」，比之「唐宋詞八派」，「北宋七家」多出
歐陽脩、晏幾道二家，而賀鑄皆能於不同流派中獨樹一幟。

陳廷焯更將賀詞評爲「詞中上乘」，《白雨齋詞話》云：

> 詞有表裏俱佳，文質適中者，如溫飛卿、秦少游、周美成、
> 黃公度、姜白石、史梅溪、吳夢窗、陳西麓、王碧山、張
> 玉田、莊中白是也。詞中之上乘也。

> 有質過於文者，韋端己、馮正中、張子野、蘇東坡、賀方
> 回、辛稼軒、張皋文是也。亦詞中之上乘也。〔註90〕

詞有文質俱佳，亦有質過於文者，皆可稱爲「詞中上乘」，而陳廷焯
將賀鑄與韋莊、馮延巳、張先、蘇軾、辛棄疾、張惠言等人並列爲「質
過於文」者。

對於前人推尊詞人忽略賀鑄之說，陳廷焯亦爲之平反，如反對朱
彝尊推崇南宋，云：

> 國初多宗北宋，竹垞獨取南宋，分虎、符曾佐之，而風氣
> 一變。然北宋、南宋，不可偏廢。南宋白石、梅溪、夢窗、
> 碧山、玉田輩，固是高絕，北宋如東坡、少游、方回、美
> 成諸公，亦豈易及耶。〔註91〕

〔註89〕清‧陳廷焯撰：《白雨齋詞話》，卷8，見錄於唐圭璋編：《詞話叢編》，
冊4，頁3962。

〔註90〕清‧陳廷焯撰：《白雨齋詞話》，卷8，見錄於唐圭璋編：《詞話叢編》，
冊4，頁3968～3969。

〔註91〕清‧陳廷焯撰：《白雨齋詞話》，卷2，見錄於唐圭璋編：《詞話叢編》，
冊4，頁3825。

朱彝尊（1629～1709），字錫鬯，號竹垞，明末清初浙江嘉興人，爲
浙西詞派之代表，《詞綜・發凡》有言：「世人言詞，必稱北宋，然詞
至南宋，始極其工，至宋季而始極其變。」〔註92〕朱彝尊宗法南宋，
崇尙醇雅之風，推尊姜夔與張炎，陳廷焯則反對此論，認爲南宋姜夔、
張炎等人固然高妙，但北宋蘇軾、秦觀、賀鑄、周邦彥等人亦是不容
忽視；將賀鑄與北宋蘇軾、秦觀、周邦彥等大家並舉，可知對賀鑄推
崇至深。爲賀鑄抱不平。又反駁尹煥之語，曰：

> 尹惟曉云：「求詞於吾宋，前有淸眞，後有夢窗，此非予之
> 言，四海之公言也。」爲此論者，不知置東坡、少游、方
> 回、白石等於何地。〔註93〕

尹煥，字惟曉，浙江山陰（今浙江紹興）人，生卒年均不詳，約宋理
宗紹定中前後在世。尹煥標舉宋代詞人周邦彥與吳文英，更言此論是
眾所公論；然而，陳廷焯則持不同見解，認爲此論不公，不應忽略蘇
軾、秦觀、賀鑄、姜夔等人。

五、郭麐：賀詞幽豔，爲詞體四派之一

　　郭麐（1767～1831），字群伯，號頻伽，因右眉全白，又號白眉
生，吳江（今屬江蘇）人，爲浙派餘脈，著有《靈芬館詞話》二卷，
主要品評淸代詞人詞作。卷一提出詞分四派：

> 詞之爲體，大略有四：風流華美，渾然天成，如美人臨粧，
> 却扇一顧，花間諸人是也。晏元獻、歐陽永叔諸人繼之。
> 施朱傅粉，學步習容，如宮女題紅，含情幽豔，秦、周、
> 賀、晁諸人是也。柳七則靡曼近俗矣。姜、張諸子，一洗
> 華靡，獨標淸綺，如瘦石孤花，淸笙幽磬，入其境者，疑
> 有仙靈，聞其聲者，人人自遠。夢窗、竹屋，或揚或拾，
> 皆有新雋，詞之能事備矣。至東坡以橫絕一代之才，凌厲

〔註92〕清・朱彝尊、汪森編：《詞綜・發凡》（臺北：中華書局，1981年），
　　　　冊1，頁4。
〔註93〕清・陳廷焯撰：《白雨齋詞話》，卷2，見錄於唐圭璋編：《詞話叢編》，
　　　　冊4，頁3802。

一世之氣，間作倚聲，意若不屑，雄詞高唱，別爲一宗。
辛、劉則粗豪太甚矣。其餘么絃孤韻，時亦可喜。溯其派
別，不出四者。〔註94〕

詞之四派是指花間諸人、秦周賀晁、姜張、蘇軾，分別屬華美、幽豔、
清綺、高雄四類。推崇花間詞派之「風流華美，渾然天成」，是與常
州派推尊晚唐五代有異曲同工之妙；〔註95〕而將賀詞列爲「施朱傅
粉，學步習容，如宮女題紅，含情幽豔」一類，與秦觀、周邦彥、晁
補之並列，是偏於柔媚婉約之屬；郭麐爲浙派後期之繼承者，較推許
姜夔與張炎，認爲二人之詞「能事備矣」；也爲蘇軾保有一席之地，
比之傳統浙西派之推尊姜、張，門庭略爲開張。〔註96〕

六、李調元：賀詞獨立一派

李調元（1734～1803），字羹堂，號雨村，又號墨庄、蠢翁等，
綿州（今四川綿陽）人，著有《雨村詞話》四卷，凡一百六十八則，
卷一志卷三論唐宋詞人，卷四論明清詞人。《雨村詞話・序》云：

詞非詩之餘，乃詩之源也。周之頌三十一篇，長短句居十
八，漢郊祀歌十九篇，長短句居五，至短簫饒歌十八篇，
皆長短句。自唐開元盛日，王之渙、高適、王昌齡絕句流
播旗亭，而李白菩薩蠻等詞亦被之管絃，實皆古樂府也。
詩先有樂府，而後有古體，有古體而後有今體，樂府長短
句，卽古體也。溫、韋以流麗爲宗，花間集所載南唐西蜀
諸人最爲古豔。北宋自東坡「大江東去」，秦七、黃九踵起，
周美成、晏叔原、柳屯田、賀方回繼之，轉相矜尚，曲調
愈多，派衍愈別。〔註97〕

〔註94〕清・郭麐撰：《靈芬館詞話》，卷1，見錄於唐圭璋編：《詞話叢編》，
　　　　冊2，頁1503。

〔註95〕朱崇才：《詞話學》（臺北：文津出版社，1995年1月），頁157。

〔註96〕參閱方智範等著：《中國詞學批評史》（北京：中國社會科學出版社，
　　　　1994年7月），頁257。

〔註97〕清・李調元撰：《雨村詞話・序》，見錄於唐圭璋編：《詞話叢編》，
　　　　冊2，頁1377。

序中探析詞之源流和演變，認為詞是詩之源，評溫庭筠、韋莊等花間詞人是以流麗為宗。北宋蘇軾揮舞「大江東去」之豪放旗幟，而後有秦觀、黃庭堅等詞人，又有周邦彥、晏幾道、柳永、賀鑄等人接踵而至，至此曲調越出，派別越多。是認為賀鑄等人皆能獨立成為一派別。

七、周濟：詞風穠麗

　　周濟評賀詞曰「穠麗」。周濟（1781～1839），字保緒，一字介存，號未齋，晚號止庵，江蘇荊溪（今江蘇宜興）人。周濟論詞，求有寄託入，求無寄託出，強調詞家必須藝術的把握現實生活，重視藝術效果。〔註98〕周濟之詞論可見於《詞辨·序》、《介存齋論詞雜著》、《宋四家詞選目錄序論》。周濟為常州詞派之承繼者，周濟論詞特重「渾化」，標舉周邦彥，《宋四家詞選目錄序論》曰：「問塗碧山，歷夢窗、稼軒，以還清真之渾化」、「清真渾厚，正於鉤勒處見。他人一鉤勒便刻削，清真愈鉤勒愈渾厚。」〔註99〕周濟的詞論中，《詞辨》一書未收錄賀詞，《介存齋論詞雜著》亦未論及賀鑄。《宋四家詞選》則錄賀詞 7 闋，其中評〈薄倖〉一詞曰：「耆卿於寫景中見情，故淡遠；方回於言情中佈景，故穠至。」〔註100〕《宋四家詞選目錄序論》評賀鑄詞曰：「方回鎔景入情，故穠麗。」〔註101〕是論賀鑄的詞風特色，相較於柳永詞的「景中見情」，較為淡遠；賀詞則能「鎔景入情」、「情中佈景」，因此顯得穠麗。柳永（987～1053），字耆卿。本名三變，字景庄，後改名永。排行第七，又稱柳七，福建崇安（今福建武夷）人。慢詞因柳永的大量創作而盛行，他擅於在長調慢詞中鋪敘抒情，

〔註98〕邱世友：《詞論史論稿》（北京：人民文學出版社，2002 年 1 月），頁187～188。

〔註99〕清·周濟輯：《宋四家詞選目錄序論》，見錄於唐圭璋編：《詞話叢編》，冊 2，頁 1643。

〔註100〕清·周濟輯：《宋四家詞選》，見錄於唐圭璋編：《詞話叢編》，冊 2，頁 1653。

〔註101〕清·周濟輯：《宋四家詞選目錄序論》，見錄於唐圭璋編：《詞話叢編》，冊 2，頁 1643。

將敘事與寫景巧妙冶爲一爐，〔註102〕因此周濟稱柳永能「於寫景中見情」。如賀鑄〈青玉案〉一詞末尾「一川煙草，滿城風絮，梅子黃時雨」，連用三個意象，以加深加厚愁的感人力量，這些意象之間又有互相聯繫，從而構成一幅江南梅子時節的風景圖。一片景色，一種心情，芳草萋萋，飛絮濛濛，細雨紛紛，皆是鬱抑心情的表露，〔註103〕此正是賀鑄鎔景入情之妙。

八、劉熙載：婉而瞻逸

劉熙載（1813～1881），字伯簡，一字融齋，興化（今屬江蘇）人，爲晚清經學家與批評家，有《藝概》六卷，唐圭璋析其《詞曲概》中論詞部分，收入《詞話叢編》，題作《詞概》，計有115則，前五則論詞之起源和本質，次48則評歷代詞人詞作，大都別出心裁，不作牛後言，其餘詞論則言詞之作法、風格、境界、音律等事，一爲一己之心得。〔註104〕劉熙載論詞推崇豪放詞風，「太白〈憶秦娥〉聲情悲壯，晚唐、五代惟趨婉麗，至東坡始能復古。後世論詞者，或轉以東坡爲變調，不知晚唐、五代乃變調也。」〔註105〕是從源流之角度論詞之正變，標榜豪放，但對婉約詞風卻非全盤否定，只要能得品之正者，也能予以肯定，〔註106〕如論北宋詞家之風格有云：

> 叔原貴異，方回瞻逸，耆卿細貼，少游清遠，四家詞趣各別，惟尚婉則同耳。〔註107〕

〔註102〕 孫康宜著，李奭學譯：《晚唐迄北宋詞體演進與詞人風格》（臺北：聯經，1994年），頁174～175。

〔註103〕 陳如江：《唐宋五十名家詞論》（上海：華東師範大學出版社，1992年7月），頁93。

〔註104〕 朱崇才：《詞話學》（臺北：文津出版社，1995年1月），頁168～169。

〔註105〕 清·劉熙載撰：《詞概》，見錄於唐圭璋編：《詞話叢編》，冊4，頁3690。

〔註106〕 參閱陳水雲：《清代詞學發展史論》（北京：學苑出版社，2005年7月），頁341。

〔註107〕 清·劉熙載撰：《詞概》，見錄於唐圭璋編：《詞話叢編》，冊4，頁3692。

評晏幾道、賀鑄、柳永、秦觀四人皆為婉約詞風，但各具特色，是趣尚各異，又異中有同。〔註108〕論賀鑄詞曰「贍逸」，指詞采富麗，感情奔放。江順詒《詞學集成》〔註109〕、謝章鋌《賭棋山莊詞話續編》亦引劉熙載此論。〔註110〕

九、田同之：承繼張耒「幽潔悲壯」之評

田同之（1677～1749），字硯思、西圃、號在田、小山姜，山東德州人，康溪此十九年（1720）舉人，著《西圃詞說》一卷，凡九十三則，為晚年追述昔日之所見所聞，徵引參酌他人之說而成書，實非其本人之詞學創見；且引用前人之論時，常未註明出處來源。〔註111〕論及賀詞，引張耒之評，曰：

> 昔人云：填詞小道，然魯直謂晏叔原樂府為高唐、洛神之流，張文潛謂賀方回「幽潔如屈、宋，悲壯如蘇、李」，夫屈、宋，三百之苗裔，蘇、李，五言之鼻祖，而謂晏、賀之詞似之，世亦無疑二公之言為過情者，然則填詞非小道可知也。〔註112〕

田同之謂賀詞幽潔悲壯，是承繼張耒之見解。先言昔人皆稱詞為小道，借黃庭堅評晏幾道之詞為「高唐、洛神之流」、張耒評賀鑄詞風「幽潔如屈、宋，悲壯如蘇、李」，言晏、賀二人之詞能與「三百之苗裔」和「五言之鼻祖」相似，且世人未疑此評過甚，因此證得填詞非小道也。田同之身處於浙派淳雅詞風盛行的康熙末年，因此承繼浙

〔註108〕參閱方智範等著：《中國詞學批評史》（北京：中國社會科學出版社，1994 年 7 月），頁 418。

〔註109〕清‧江順詒：《詞學輯成》，卷 5，見錄於唐圭璋編：《詞話叢編》，冊 4，頁 3269。

〔註110〕清‧謝章鋌撰：《賭棋山莊詞話》，續編 3，見錄於唐圭璋編：《詞話叢編》，冊 4，頁 3513。

〔註111〕譚新紅著：《清詞話考述》（武漢：武漢大學出版社，2009 年 9 月），頁 51～52。

〔註112〕清‧田同之撰：《西圃詞說》，見錄於唐圭璋編：《詞話叢編》，冊 2，頁 1455。

派詞人之詞學觀，具有「尊體」之概念，認爲不應將詞視作不能登大雅之堂的小道。

第四節　與諸家詞人相比

一、與小晏、張先相較

先著、程洪《詞潔》評：

> 方回長調，便有美成意，殊勝晏、張。〔註113〕

宋・陳振孫《直齋書錄解題》曾評周邦彥之詞：「長調尤善鋪敍，富艷精工。」〔註114〕周邦彥喜用長調、鋪敍之法作詞，《詞潔》認爲賀鑄之長調，有周邦彥之意，勝於晏幾道和張先。亦有將賀鑄與晏幾道並題者，如查禮（1716～1783），原名爲禮，又名學禮，字恂叔，號榕巢，順天宛平（今屬北京）人，著有《銅鼓書堂詞話》一卷，十五則，多載紀事之文；前十三則記宋代詞家故實而足爲詞壇之佳話，後二則記時人揚州鄭板橋及茂州陳時若事，篇幅雖少，然所載多爲他書未見者，且記錄詳備。〔註115〕《銅鼓書堂詞話》評劉過詞，將賀鑄與晏幾道並提，曰：

> 劉後村跋雪舟樂章，謂其清麗，叔原、方回不能加。〔註116〕

查禮主要評劉克莊之詞，劉克莊（1187～1269），初名灼，字潛夫，號後村居士，莆田城廂（今屬福建）人，南宋愛國詩詞家，詞作主要內容多是對國家和民族之關心，認爲其清麗處，勝於賀鑄、晏幾道，是將賀、晏二人並提。如馮煦《宋六十一家詞選・序例》言：

〔註113〕清・先著、程洪輯，劉崇德、徐文武點校：《詞潔》（保定：河北大學出版社，2007年9月）。

〔註114〕宋・陳振孫：《直齋書錄解題》，卷21，見錄於任繼愈、傅璇琮編：《文淵閣四庫全書》，史部，冊224，頁809。

〔註115〕譚新紅著：《清詞話考述》（武漢：武漢大學出版社，2009年9月），頁57～58。

〔註116〕清・查禮撰：《銅鼓書堂詞話》，見錄於唐圭璋編：《詞話叢編》，冊2，頁1481。

淮海、小山，古之傷心人也。其淡語皆有味，淺語皆有致。
余謂此唯淮海足以當之。小山矜貴有餘，但可方駕子野、
方回，未足抗衡淮海也。〔註117〕

評晏幾道「矜貴有餘」，可駕張先、賀鑄。王國維《人間詞話》也將
賀鑄與晏幾道並論：

以宋詞比唐詩，則東坡似太白，歐、秦似摩詰，耆卿似樂
天，方回、叔原，則大曆十子之流。〔註118〕

說賀、晏二人似唐代大曆十子，大曆十才子是唐代宗大曆年間互相唱
和的十位著名詩人，較講究格律形式。王國維主張「境界說」，貶抑
賀詞，曾言：「北宋名家，以方回為最次。其詞如歷下、新城之詩，
非不華贍，惜少真味。」〔註119〕認為賀詞少真味，詞之境界於北宋
居最次，此論於下文有所評析。

二、毛滂略與賀鑄近

　　汪筠（1715～？），字珊立，號謙谷，秀水人，〈讀《詞綜》書後
二十首〉之七云：

黃九何如秦七佳，莫教犁舌泥金釵。
東堂略與東山近，風雨江南各惱懷。〔註120〕

詩作末二句論毛滂之詞風近似賀鑄。「惱懷」之「風雨」當指賀鑄〈青
玉案〉；「惱懷」之「江南」應指毛滂〈臨江仙・都城元夕〉一詞：

聞道長安燈夜好，雕輪寶馬如雲。蓬萊清淺對觚棱。玉皇
開碧落，銀界失黃昏。　　誰見江南憔悴客，端憂懶步芳
塵。小屏風畔冷香凝。酒濃春入夢，窗破月尋人。〔註121〕

〔註117〕清・馮煦：《宋六十一家詞選》（臺北：文化圖書公司，1956 年 3 月）。
〔註118〕王國維著、施議對譯注：《人間詞話譯注》（臺北：貫雅出版社，1995
　　　　年 5 月），頁 328。
〔註119〕王國維著、施議對譯注：《人間詞話譯注》（臺北：貫雅出版社，1995
　　　　年 5 月），頁 203。
〔註120〕王偉勇：《清代論詞絕句初編》，頁 123。
〔註121〕《全宋詞》，冊 2，頁 691。

毛滂（1064～？），字澤民，號東堂，衢州江山石門（今浙江江山）
人，著《東堂集》、《東堂詞》。此闋詞爲流寓汴京所作，借市集之繁
榮盛況，對比愁苦獨處的自己；賀詞〈青玉案〉是借相思之情寄託身
世之感，毛滂自稱「江南憔悴客」直紓胸臆，二人詞中「惱懷」的情
感皆是耐人玩味，因此汪筠言「風雨江南各惱懷」。〔註122〕

　　毛滂詞之特色，陳廷焯《白雨齋詞話》評曰：「毛澤民詞，意境
不深，間有雅調。」〔註123〕評賀鑄則曰：「方回詞，胸中眼中，另有
一種傷心說不出處，全得力於楚騷，而運以變化，允推神品。」〔註
124〕、「方回詞極沉鬱，而筆勢卻又飛舞，變化無端，不可方物，吾
烏乎測其所至。」〔註125〕就境界論之，毛滂之詞「意境不深」，不如
賀鑄「沉鬱」的「神品」。陳廷焯又云：「賀方回爲一體，毛澤民、晁
具茨高者附之。」〔註126〕是將毛滂和晁沖之（生卒年不詳，字叔用，
一字用道，晁補之從弟，南宋晁公武之父。）附屬於賀鑄之下，優劣
之分不明而喻。

三、賀鑄似稼軒手筆

　　王士禎《花草蒙拾》評賀詞〈小梅花〉（縛虎手）「車如雞棲馬如
狗」一句：「用古諺語，絕似稼軒手筆。」〔註127〕是注意到賀鑄詞與
辛棄疾（1140～1207，字幼安，號稼軒）詞中的相似性。賀鑄〈小梅

〔註122〕　參閱趙福勇：《清代「論詞絕句」論北宋詞人及其作品研究》（彰化：
　　　　　彰化師範大學國文研究所博士論文，2011年1月），頁375～376。
〔註123〕　清・陳廷焯撰：《白雨齋詞話》，卷1，見錄於唐圭璋編：《詞話叢編》，
　　　　　冊4，頁3786。
〔註124〕　清・陳廷焯撰：《白雨齋詞話》，卷1，見錄於唐圭璋編：《詞話叢編》，
　　　　　冊4，頁3786。
〔註125〕　清・陳廷焯撰：《白雨齋詞話》，卷1，見錄於唐圭璋編：《詞話叢編》，
　　　　　冊4，頁3786。
〔註126〕　清・陳廷焯撰：《白雨齋詞話》，卷8，見錄於唐圭璋編：《詞話叢編》，
　　　　　冊4，頁3962。
〔註127〕　清・王士禎撰：《花草蒙拾》，見錄於唐圭璋編：《詞話叢編》，冊1，
　　　　　頁681。

花〉（縛虎手）全篇檃括古語爲詞，寫自己枉有文才武藝，卻不得朝廷器重，苦悶無法排遣，只能呼酒買醉。壯士老去，功名未立，只覺度日如年，反映詞人沉重的人生感慨。〔註128〕而辛棄疾身處南宋抗金之際，宋朝南渡之後，文學家多抒發民族危亡之感，王師偉勇《南宋詞研究》曾曰：「南宋詞人，處此變動時代，豪放之士如張元幹、陸游、范成大、張孝祥、辛棄疾、陳亮、劉克莊、劉辰翁等，於家國身世，固多致意，發之於詞，或慷慨譏評朝政，或悲憤權奸誤國，或宣洩滿腔抑鬱，或抒發個人襟抱，均能令頑廉懦立也。」〔註129〕北宋賀鑄詞中有閃耀愛國光芒者，如〈六州歌頭〉：

> 少年俠氣，交結五都雄。肝膽洞，毛髮聳。立談中，死生同。一諾千金重。推翹勇，矜豪縱。輕蓋擁，聯飛鞚，斗城東。轟飲酒壚，春色浮寒甕，吸海垂虹。間呼鷹嗾犬，白羽摘雕弓，狡穴俄空。樂忽忽。　似黃粱夢。辭丹鳳，明月共，漾孤篷。官冗從，懷倥偬，落塵籠。簿書叢。鶡弁如雲眾，供麤用，忽奇功。笳鼓動：漁陽弄，思悲翁。不請長纓，繫取天驕種，劍吼西風。恨登山臨水，手寄七絃桐，目送歸鴻！（《東山詞》，頁421）

全詞抒發詞人的英雄豪氣，及沉淪下僚、請纓無門的悲憤。〔註130〕上片追憶少時結客的豪俠生活，下片哀嘆官途漂泊，最後歸結到西夏入侵，民族有難，自己身懷壯心，卻因無路請纓，使得壯志蹉跎。全詞聲情激越，曲調悲涼。此闋可作爲賀鑄愛國詞篇的重要作品，爲南宋愛國詞開先例；鍾振振嘗評賀鑄此詞開南宋愛國詞的風氣之先。居靖康之前而憂時憤事，堪與後來李綱、岳飛、張元幹、張孝祥、陸游、辛棄疾、陳亮、劉過、劉克莊等人之所作稱爲同調的愛國詞，特此一

〔註128〕鍾振振：《北宋詞人賀鑄研究》（臺北：文津出版社，1994年8月），頁107～108。

〔註129〕王偉勇：《南宋詞研究》（臺北：文史哲出版社，1987年9月），頁99。

〔註130〕參閱黃文吉：《北宋十大詞家研究・兼具豪放婉約之長——賀鑄》（臺北：文史哲出版社，1996年3月），頁277。

篇而已，可目為「鐵樹之花」。〔註131〕南宋辛棄疾受時代環境影響下，詞作悲壯激烈，常懷愛國之思，如〈水龍吟‧登建康賞心亭〉上片云：

> 楚天千里清秋，水隨天去秋無際。遙岑遠目，獻愁供恨，
> 玉簪螺髻。落日樓頭，斷鴻聲裏，江南游子。把吳鉤看了，
> 欄杆拍徧，無人會、登臨意。〔註132〕

此詞從寫景敘起，而轉向內心之情，詞中以看吳鉤寶劍，拍遍欄杆之動作，生動表達壯志難酬，英雄無用武之地的悲憤情懷，所發揚的愛國精神可與賀鑄詞中憂時憤世相通。

四、史達祖平睨賀鑄

彭孫遹（1631～1700），字駿孫，號羨門，又號金粟山人，海鹽（今屬浙江）人，有《金粟詞話》一卷，十八則，品評詞人詞作，有會心之論。〔註133〕評史達祖之詞能「平睨方回」，曰：

> 南宋白石、竹屋諸公，當以梅溪為第一。昔人謂其分鑣
> 清真，平睨方回，紛紛三變行輩，不足比數，非虛言也。
> 〔註134〕

王弈清（1665～1737），字幼芬，號拙園，江蘇太倉人，康熙三十四年（1695）進士，康熙四十六年（1707）與沈辰垣奉旨編纂歷代詞總集《御選歷代詩餘》，凡一百二十卷，其中卷一百一致卷一百一十為詞人姓氏，分朝代先後列出詞人小傳，共957家，唐圭璋輯錄《詞話叢編》時，析出此十卷，命名為《歷代詞話》。〔註135〕有云：

〔註131〕 參閱鍾振振：《北宋詞人賀鑄研究》（臺北：文津出版社，1994年8月），頁107。

〔註132〕 唐圭璋編：《全宋詞》（北京：中華書局，1998年），冊3，頁1869。

〔註133〕 參閱王兆鵬：《詞學史料學》（北京：中華書局，2009年2月），頁440。

〔註134〕 清‧沈雄撰：《古今詞話‧詞評上卷》，見錄於唐圭璋編：《詞話叢編》，冊1，頁1004。

〔註135〕 參閱譚新紅著：《清詞話考述》（武漢：武漢大學出版社，2009年9月），頁49～50。

　　　　史達祖詞，纖綃泉底，去塵眼中，妥帖輕圓，情詞俱到。
　　　　有瓌奇警邁清新閒婉之長，而無詭蕩汙淫之失。端可分鑣
　　　　清眞，平睨方回。〔註136〕

史達祖，字邦卿，號梅溪，汴京（今河南開封）人，長於詠物，用筆
細膩，頗爲傳神。張鎡〈題梅溪詞〉將賀鑄、周邦彥與史達祖並列品
評，曰：

　　　　蓋生之作，辭情俱到，纖綃泉底，去塵眼中，妥帖輕圓，
　　　　特其餘事。至於奪苕艷于春景，起悲音於商素，有瓌奇警
　　　　邁、清新閒婉之長，而無詭蕩汙淫之失，端可以分鑣清眞，
　　　　平睨方回，而紛紛三變行輩幾不足比數。〔註137〕

清代論詞絕句論史達祖詞常紹祖張鎡之評，如江昱〈論詞十八首〉之
十曰：

　　　　纖綃泉底去氛埃，省吏翩翩絕世才；
　　　　具有錦囊幽豔筆，固應平睨賀方回。〔註138〕

華長卿〈論詞絕句〉之二十八曰：

　　　　警邁瓌奇自一家，纖綃泉底淨無沙；
　　　　甘心枉作權奸用，平睨方回未足誇。（史達祖）〔註139〕

譚瑩〈論詞絕句一百首〉之七十六曰：

　　　　清眞難儷況方回，掾吏居然覯此才；
　　　　縱使未堪昌谷比，斷腸挑菜或歸來。（史達祖）〔註140〕

江昱、華長卿、譚瑩三人之說，本諸張鎡之言，謂史達祖「幽豔」、「瓌
奇」之詞風可並駕賀鑄，譚瑩更謂周邦彥與賀鑄未能比肩史達祖；是
將賀鑄視作雅正之典範，進而標舉史達祖的詞壇地位。〔註141〕

〔註136〕 清・王弈清撰：《歷代詞話》，卷8，見錄於唐圭璋編：《詞話叢編》，
　　　　　冊2，頁1245。
〔註137〕 宋・張鎡：〈題梅溪詞〉，見錄於明・毛晉輯：《宋六十名家詞》（上
　　　　　海：上海古籍出版社，1992年），頁196。
〔註138〕 王偉勇：《清代論詞絕句初編》，頁121。
〔註139〕 王偉勇：《清代論詞絕句初編》，頁233。
〔註140〕 王偉勇：《清代論詞絕句初編》，頁213。
〔註141〕 參閱趙福勇：《清代「論詞絕句」論北宋詞人及其作品研究》（彰化：
　　　　　彰化師範大學國文研究所博士論文，2011年1月），頁353～354。

五、王士禎詞似賀詞

　　王士禎（1634～1711），字貽上，號阮亭，別號漁洋山人，人稱王漁洋，謚文簡，山東新城（今山東桓台）人，有《衍波詞》二卷。王士禎與朱彝尊二人，世稱「南朱北王」，朱彝尊先鳴於詩，後轉而位居「浙西詞派」之盟主；王士禎則先以詞名盛極一時，轉而爲詩，爲「神韻」詩派之宗。〔註142〕王國維《人間詞話》云：

> 衍波詞之佳者，頗似賀方回。雖不及容若，要在錫鬯、其
> 年之上。〔註143〕

言王士禎詞之佳者似賀詞，雖不及納蘭性德〔註144〕，但勝過朱彝尊等人之浙西詞派。王國維評賀鑄曰：「北宋名家，以方回爲最次。其詞如歷下、新城之詩，非不華贍，惜少眞味。」〔註145〕將賀鑄詞列爲北宋最次，評賀詞似李潘龍〔註146〕、王士禎〔註147〕。

　　清代論詞絕句中，亦有將王士禎與賀鑄並論者，如汪孟鋗〈題本朝詞十首〉之五云：

> 江南只有賀梅子，不是涪翁信筆誇；
>
> 直將漁洋一詩老，也塡小令占桐花。（王尚書士禎）〔註148〕

首二句言及黃庭堅之詩：「解道江南斷腸句，如今只有賀方回。」非爲信筆浮誇之語，認爲賀鑄〈青玉案〉堪稱一絕，賀鑄也因「梅子黃

〔註142〕參閱嚴迪昌：《清詞史》（南京：江蘇古籍出版社，1999 年 8 月），頁 60。

〔註143〕王國維著、施議對譯注：《人間詞話譯注》（臺北：貫雅出版社，1995 年 5 月），頁 235。

〔註144〕納蘭性德，字容若，號楞伽山人，滿洲正黃旗人，康熙十五年進士，爲詩文藝術之奇才，詩文傑出，尤以詞作出色，有《納蘭詞》著稱於世。

〔註145〕王國維著、施議對譯注：《人間詞話譯注》（臺北：貫雅出版社，1995 年 5 月），頁 203。

〔註146〕李潘龍（1514～1570），號滄溟，著《滄溟集》三十卷，山東歷城（今濟南）人，爲明代後七子之一。

〔註147〕王士禎爲山東新城人。

〔註148〕王偉勇：《清代論詞絕句初編》，頁 129。

時雨」之句工，而贏得「賀梅子」之稱號。絕句末二句則論王士禎專力於詩，卻也曾填詞作〈蝶戀花・和漱玉詞〉而獲得「王桐花」之美名。〔註150〕汪孟鋗此絕所言，北宋之賀鑄與本朝之王士禎，二人詞作妙絕，前後映照，光耀詞壇。〔註151〕

第五節　〈橫塘路〉詞之詮評

歷來詞論評賀鑄詞作多著力於〈橫塘路〉（即〈青玉案〉）一闋，而清代論此闋詞者，較之前代詞評數量更多，且評論之角度更廣，茲分作七端，一是語工而妙之稱許；二是襲用古語之抑揚；三是詞作本事之感嘆；四是斷腸情懷之共鳴；五是山谷讚語之發揚；六是名作、和韻之共賞；七是詞句格律之舉隅。

一、語工而妙之稱許

李佳、陳廷焯、沈謙、尤侗、劉嗣綰、先著、程洪等詞評家。如李佳舉賀方回詞：「一川煙草，滿城風絮，梅子黃時雨。」等句「皆佳」。〔註152〕陳廷焯亦云：

> 子野弔林君復詩「煙雨詞亡草更青」，蔡君謨寄李良定詩「多麗新詞到海邊」，此則一篇之工，見諸吟詠。然亦其人並非專家，故不惜以一篇之工，藝林傳播。至賀梅子、張三影、秦學士，詞品超絕。而亦以一語之工得名。〔註153〕

又云：

〔註150〕如陳廷焯言：「王阮亭詞也，京師人呼爲王桐花。」參閱清・陳廷焯撰：《白雨齋詞話》，卷6，見錄於唐圭璋編：《詞話叢編》，冊4，頁3928。

〔註151〕參閱趙福勇：《清代「論詞絕句」論北宋詞人及其作品研究》（彰化：彰化師範大學國文研究所博士論文，2011年1月），頁364～365。

〔註152〕清・李佳撰：《左庵詞話》，卷上，見錄於唐圭璋編：《詞話叢編》，冊4，頁3117～3118。

〔註153〕清・陳廷焯撰：《白雨齋詞話》，卷6，見錄於唐圭璋編：《詞話叢編》，冊4，頁3929。

> 宋人如紅杏尚書、賀梅子、張三影、山抹微雲秦學士、露
> 華倒影柳屯田、曉風殘月柳三變、滴粉搓酥左與言之類，
> 皆以一語之工，傾倒一世。〔註154〕

評張先、蔡襄（1012～1067），字君謨，號莆陽居士，逝號忠惠，北
宋興化仙游（今福建仙游人）二人之詩，以一篇之工，傳播藝林；而
評賀鑄、張先、秦觀等人「詞品超絕」，僅以一語之工，便能傾倒於
世。宋祁有詞句「紅杏枝頭春意鬧」，人稱「紅杏尚書」；賀鑄有「梅
子黃時雨」句，人稱「賀梅子」；張先有三影之句「嬌柔懶起，簾墜
卷花影」、「柳徑無人，墜飛絮無影」、「雲破月來花弄影」，時稱「張
三影」；秦觀有「山抹微雲」句，人稱「山抹微雲秦學士」；柳永原名
柳三變，有「露華倒影」句，人道「露華倒影柳屯田」，又有「楊柳
岸曉風殘月」，人稱「曉風殘月柳三變」；左譽，長相雖粗，詞卻溫柔，
人稱「滴粉搓酥左與言」；以上諸人皆以一語傳遍天下，勝以一篇之
工傳於世者。

　　尤侗（1618～1704），字同人，又字展成，號悔庵，晚號艮齋，
又號西堂老人，蘇州長洲（今江蘇蘇州）人，為清代著名文學家、戲
曲家，晚年著有《艮齋雜說》十卷，其中卷三繼前人詩詞曲，多睿知
之見。評論言「雨」之詩詞曰：

> 林邦翰稱詩之言雨者，白樂天「梨花一枝春帶雨」，王子安
> 「珠簾暮捲西山雨」，李長吉「桃花亂落如紅雨」，佳矣。
> 王介甫又謂不如「院落深沉杏花雨」，未見其勝于前也。予
> 謂詞亦有之，賀方回「梅子黃時雨」，一時稱絕，人呼為賀
> 梅子；然亦本蘇小小「紗窗幾陣黃梅雨」，但賀語尤簡而妙
> 耳。〔註155〕

此處先論詩之言雨者，分別讚譽白居易、王勃、李賀之詩，又特舉詞

〔註154〕清‧陳廷焯撰：《白雨齋詞話》，卷6，見錄於唐圭璋編：《詞話叢編》，
　　　　冊4，頁3928。
〔註155〕清‧尤侗：《艮齋雜說》，卷3，見錄於徐德明、吳平編：《清代學術
　　　　筆記叢刊》（北京：學苑出版社，2005年），頁40。

之言雨者，如賀鑄「梅子黃時雨」，雖有所本，但尤爲精簡，堪爲妙絕。

　　沈謙（1620～1670），字去矜，號東江，仁和（今杭州）人，有《塡詞雜說》三十二則，論述塡詞之法，或評前人名作雋語，精要深切。〔註156〕《塡詞雜說》評賀鑄〈青玉案〉曰：

　　　　不特善于喻愁，正以瑣碎爲妙。〔註157〕

認爲賀詞之妙，在於以瑣碎之事入詞。先著、程洪《詞潔》，選詞與評詞合爲一體，收〈橫塘路〉一闋，評曰：

　　　　工妙之至，無跡可循，語句思路，亦在目前，而千人萬人
　　　　不能湊泊。山谷云：「解道江南腸斷句，只今惟有賀方回。」
　　　　其爲當時稱許如此。〔註158〕

言賀詞之工妙，雖千萬人不能比之。王闓運《湘綺樓詞選》評此闋曰：

　　　　一句一月非一時也。不著一字，故妙。〔註159〕

《湘綺樓詞選》錄五代至南宋詞 55 家，76 詞，其中僅錄賀鑄此闋，取其詞末三句以具象之物比作無形之愁，不著一字，故評曰「妙」。

　　李希聖亦指出賀鑄斷腸句象徵不可抹滅的重要指標，其〈論詩絕句四十首〉之二十二曰：

　　　　兔頭萬卷自淹該，俊逸青蔥信異才；
　　　　除却斷腸詞句好，無人知有賀方回。（賀鑄）〔註160〕

此絕先論賀鑄博學廣識，俊材非凡，後言賀鑄因斷腸句之妙，而能名聲遠播。

〔註156〕朱崇才：《詞話學》（臺北：文津出版社，1995 年 1 月），頁 141。
〔註157〕清・沈謙撰：《塡詞雜說》，見錄於唐圭璋編：《詞話叢編》，冊 1，頁 632。
〔註158〕清・先著、程洪輯，劉崇德、徐文武點校：《詞潔》（保定：河北大學出版社，2007 年 9 月）。
〔註159〕清・王闓運輯：《湘綺樓詞選》（王氏湘綺樓刊本），1917 年。
〔註160〕王偉勇：《清代論詞絕句初編》，頁 263。

二、襲用古語之抑揚

賀詞「梅子黃時雨」句出於寇準之語。清代詞論中對賀鑄用他人句之作法，褒貶不一。王弈清《歷代詞話》云：

> 寇萊公詩云：「杜鵑啼處血成花，梅子黃時雨如霧」世推方回「梅子黃時雨」爲絕唱，蓋萊公語也。〔註161〕

指出賀詞用寇準（961～1023，字平仲，著有《寇萊公集》）之語。沈雄《古今詞話·詞品下卷》：

> 潘子真云：「杜鵑啼處血成花，梅子黃時雨如霧」，此寇萊公詩也。人但知「梅子黃時雨」爲賀方回句。〔註162〕

劉熙載《詞概》云：

> 賀方回青玉案詞，收四句云：「試問閒愁都幾許，一川煙草，滿城風絮，梅子黃時雨。」其末句好處，全在試問句呼起，及與上一川二句並用耳。或以方回有賀梅子之稱，專賞此句誤矣。且此句原本寇萊公「梅子黃時雨如霧」詩句，然則何不目萊公爲寇梅子耶。〔註163〕

劉熙載、沈雄皆言賀鑄用寇萊公之詩，劉熙載更言：「何不目萊公爲寇梅子？」是將此句精妙之功歸於寇準。然而，筆者以爲賀鑄「梅子黃時雨」一句雖是用寇萊公之語，但運用巧妙，遂使盛行於世，因此賀鑄贏得「賀梅子」之稱是當之無愧的。吳衡照《蓮子居詞話》卷一云：「詞有襲前人語而得名者，雖大家不免。如方回「梅子黃時雨」……，惟善於調度，正不以有藍本爲嫌。」〔註164〕是肯定賀鑄善於調度。

〔註161〕 清·王弈清撰：《歷代詞話》，卷6，見錄於唐圭璋編：《詞話叢編》，冊2，頁1193。

〔註162〕 清·沈雄撰：《古今詞話·詞品下卷》，見錄於唐圭璋編：《詞話叢編》，冊1，頁853。

〔註163〕 清·劉熙載撰：《詞概》，見錄於唐圭璋編：《詞話叢編》，冊4，頁3700～3701。

〔註164〕 清·吳衡照：《蓮子居詞話》，卷1，見錄於唐圭璋編：《詞話叢編》，冊3，頁2414。

　　清代論詞絕句中，皆肯定賀鑄善用古語，如梁梅〈論詞絕句一百六十首〉論曰：

　　　　梅子黃時雨如霧，刪除兩字味方深；

　　　　由來鳧頸偏宜短，莫泥陰陰夏木吟。（賀方回鑄）〔註165〕

賀鑄刪去寇準詩句「梅子黃時雨如霧」的「如霧」二字，而「味方深」，指情味方能深長。寇準詩作：「杜鵑啼處血成花，梅子黃時雨如霧」是單純寫景之句，較無情感的寄託；而賀詞則以連綿之梅雨比作斷腸之閒愁，達到情景交融之境。第三句「鳧頸」當作「鳧脛」，語出《莊子・駢拇》：「是故鳧脛雖短，續之則憂；鶴脛雖長，斷之則悲。」〔註166〕以「鳧脛」、「鶴膝」之長短，說明萬物各有天性，為自然之理，咸得逍遙，無優劣之分；正如賀詞雖刪除寇詩二字，置於己之詞篇中，卻是恰當好處，渾然天成。末句則以王維襲用李嘉祐之詩為證，說明作品之優劣，不該以是否化用他人語為評斷標準，應著眼於作者本身運化之功力，與是否契合於作品本身。王維詩〈積雨輞川莊作〉：

　　　　積雨空林煙火遲。蒸藜炊黍餉東菑。

　　　　漠漠水田飛白鷺。陰陰夏木囀黃鸝。

　　　　山中習靜觀朝槿。松下清齋折露葵。

　　　　野老與人爭席罷。海鷗何事更相疑。〔註167〕

其中頷聯化用李嘉祐詩「水田飛白鷺，夏木囀黃鸝」，而王維加以「漠漠」、「陰陰」之詞敷演成句，更覺生動精妙。梁梅以此例證得賀詞之剪裁恰當，古語經賀鑄點化之後能別具風貌，自成一體。

　　沈道寬（1772～1853，字栗仲）則以前後句之連綴得宜，讚譽賀鑄能敷陳襯托「梅子黃時雨」一句。其〈論詞絕句〉之十四曰：

〔註165〕王偉勇：《清代論詞絕句初編》，頁201。

〔註166〕清・郭慶藩集釋：《莊子集釋・駢拇第八》（臺北：貫雅文化，1991年9月），頁318。

〔註167〕清聖祖御定：《全唐詩》，冊2，頁1298。

佳士還須好客陪，匠心惟有賀方回；

一川煙草漫天絮，梅子黃時細雨來。

（或謂梅黃句襲萊公，不知二句敷襯得好也。）〔註168〕

以文句前後語之襯托映照，凸顯一詩句之文采，並非僅是句子本身的精美，還需觀照上下文營造的整體詩境。沈道寬明確指出賀鑄「梅子黃時雨」一句，襲用寇準之詩，但佳士仍須好客之陪襯；如同賀鑄以「一川煙草」、「滿城風絮」二句敷襯，用三項景物，以三喻閒愁之多，可謂匠心獨運。

謝啓昆〈讀全宋詩仿元遺山論詩絕句二百首〉之一○七論曰：

鬼頭端合號書淫，梅子黃時對雨吟；

未讓馴狐豪氣在，尋詩蠟屐慶湖深。（賀鑄）〔註169〕

首句論及賀鑄嗜好讀書，次句言賀詞「梅子黃時雨」一句是面對眼前之梅雨而吟詠，出於自身之經驗，並未提及該句襲用前人語。王僧保〈論詞絕句〉之二二論賀詞曰：

眼前有景賦愁思，信手拈來意自怡；

詞客競傳佳語說，須知妙悟熟梅時。〔註170〕

王僧保亦從情感抒發之角度，言賀鑄因眼見自然景象而興起百般愁思，是自身所有體悟，可謂「信手拈來」之句。

三、詞作本事之感嘆

黃蘇《蓼園詞選》收賀鑄〈橫塘路〉一闋，評曰：

方回有小築在姑蘇盤門內，地名橫塘，時往來期間有此作。方回以考惠皇后族孫，元祐中通判四州，又倅太平州，退居吳下，是此時作於退休之後也，自有一番不得意難以顯言處。言斯所居橫塘，斷無宓妃到，然波光清幽，亦常目送芳塵，第孤寂自守，無與爲歡，惟有春風相慰藉而已。

〔註168〕王偉勇：《清代論詞絕句初編》，頁170。

〔註169〕王偉勇：《清代論詞絕句初編》，頁144。

〔註170〕王偉勇：《清代論詞絕句初編》，頁194。

次闋言幽居腸斷，不盡窮愁，惟見煙草風絮，梅雨如霧，
其此旦晚耳。無非寫其境之鬱勃岑寂也。〔註171〕

此記載是就賀鑄作詞之背景，論述其寫作心境。言此闋詞作於退休之後，因內心孤寂而寫盡情愁，因不被重用而幽居腸斷，故詞作有岑寂沉鬱之感，重賀詞中的比興寄託。

論詞長短句中，焦袁熹〈采桑子〉題為「賀方回」一闋，由賀鑄的相貌作引子，藉其詞嘆其感情世界。詞云：

哀駘多妾君知否，此段緣由。別有風流。不見江南賀鬼頭。
　一聲梅子黃時雨，魂斷朱樓。雲雨都休。會說愁時我
也愁。（《全清詞》，冊18，頁10581）

上片借莊子之典，寫面貌醜陋的哀駘它，才全德滿，為物所歸。《莊子・德充符第五》：「婦人見之，請於父母曰『與為人妻寧為夫子妾』，十數而未止也。」〔註172〕在此焦袁熹將賀鑄和哀駘它連結在一起的原因，是因為兩者都是以面醜著名。關於賀鑄的容貌，葉夢得〈賀鑄傳〉稱他「長七尺，面鐵色，眉目聳拔。」〔註173〕陸游《老學庵筆記》卷八據傳聞記載「狀貌奇醜，色青黑而有英氣，俗謂之『賀鬼頭』。」〔註174〕因賀鑄面容醜陋，故人稱他為「賀鬼頭」。哀駘它貌醜而多妾，人稱「賀鬼頭」的賀鑄也有一段「風流」的韻事。而「別有風流」究竟是指什麼？可在下片中看出端倪。

下片首句化用賀鑄〈青玉案〉一闋，此為賀鑄詠「閑愁」之代表，寫偶遇女子而產生情愫，但兩情難通，引起無限憂愁。上片先寫相遇

〔註171〕清・黃蘇輯：《蓼園詞選》，見錄於程千帆編、尹志騰校點：《清人選評詞集三種》（濟南：齊魯書社，1988年9月），頁63。

〔註172〕清・郭慶藩編：《莊子集釋・德充符第五》（臺北：貫雅文化，1991年9月），頁206。

〔註173〕宋・葉夢得：《石林居士建康集》，卷8，見錄於鄧子勉編：《宋金元詞話全編》（南京：鳳凰出版社，2008年12月），上冊，頁271～272。

〔註174〕宋・陸游：《老學庵筆記》，卷8，見錄於《唐宋史料筆記叢刊》（北京：中華書局，1997年12月），頁105。

的情況。首句用曹植〈洛神賦〉：「淩波微步，羅襪生塵」〔註175〕寫女子輕盈的姿態，己卻不能至，只能目送她的芳蹤，不能一通心曲；接著將所有感情和目光完全投注在她身上，設身處地的想佳人的寂寞孤單，年華虛度。下片寫女子離去引出他的無限閑愁，景物如昔，佳人已杳，令人傷心斷腸。「若問」以下具體描寫閑愁，連用三個譬喻，不僅生動的表現閑愁之多，也展現閑愁的特點：一川煙草，表示閑愁廣闊無垠，無所不在；滿城風絮，表示閑愁的紛繁雜亂，又寫出無所依託的失落感；梅雨黃時雨，表示閑愁連綿不斷，無法窮盡。在此將抽象的閑愁具體的比喻，使得愁緒的形象更加豐富與鮮明。「梅子黃時雨」一句最爲人稱道。王弈清《歷代詞話》云：「寇萊公詩云：『杜鵑啼處血成花，梅子黃時雨如霧』世推方回「『梅子黃時雨』爲絕唱，蓋萊公語也。」〔註176〕認爲此句化用北宋寇準之語。此應可上溯至唐人詩句，《歲時廣記》「春花信風」條引《東雜錄》載後唐人詩云：「楝花開後風光好，梅子黃時雨意濃。」〔註177〕

焦袁熹寫「一聲梅子黃時雨，魂斷朱樓。」是化用賀鑄的詞來寫賀鑄的事。鍾振振考證賀鑄〈橫塘路〉一闋描寫對象爲蘇州的歌妓吳女，賀鑄和吳女的戀情發生於趙夫人逝世之後。〔註178〕據李之儀《姑溪居士文集・題賀方回詞》：「吳女宛轉有餘韻，方回過而悅之，遂將委質焉。」〔註179〕可謂詞中之女子便是蘇州的吳女。而「魂斷朱樓」一句是寫吳女最後香消玉殞，鍾振振考證賀鑄和吳女兩人在蘇州相

〔註175〕三國・曹植著，趙幼文校注：《曹植集校注》（臺北：明文書局，1985年4月），頁284。

〔註176〕清・王弈清撰：《歷代詞話》，卷6，見錄於唐圭璋編：《詞話叢編》，冊2，頁1193。

〔註177〕王偉勇：《宋詞與唐詩之對應研究》（臺北：文史哲出版社，2004年3月），頁258。

〔註178〕鍾振振：《北宋詞人賀鑄研究》（臺北：文津出版社，1994年8月），頁124。

〔註179〕宋・李之儀撰：《姑溪居士前集》，卷40，見錄於鄧子勉編：《宋金元詞話全編》，上冊，頁134。

識，隔年賀鑄到泗州任通判，又到太平州，而吳女卻在此時去世，這對於賀鑄是莫大的悲慟。由於賀鑄與吳女並無開花結果，因此焦袁熹接著寫「雲雨都休」一句，表示賀鑄不再變愛情抱有期望。賀鑄原有一妻趙氏，爲宋宗室濟國公趙克彰之女。賀鑄終身潦倒，趙夫人原是貴族千金，出嫁後便隨賀鑄過著清苦的生活，儘管如此，夫妻倆人相濡以沫，恩愛甚篤。但趙氏於賀鑄約五十歲時逝世。賀鑄曾作〈半死桐〉（即〈鷓鴣天〉）一闋詞表示對亡妻的哀悼。詞云：「重過閶門萬事非，同來何事不同歸？梧桐半死清霜後，頭白鴛鴦失伴飛。　　原上草，露初晞，舊棲新壠兩依依。空牀臥聽南窗雨，誰復挑燈夜補衣！」〔註180〕妻子去世後，覓得蘇州女子，誰知卻又以悲劇收尾。

　　「雲雨都休」是化用賀鑄〈南柯子〉題爲「別恨」的尾句。詞云：「斗酒纔供淚，扁舟只載愁。畫橋青柳小朱樓。猶記出城車馬，爲遲留。　　有恨花空委，無情水自流。河陽新鬢儘禁秋。蕭散楚雲巫雨，此生休！」〔註181〕整闋詞描寫詞人內心的憂愁與別恨，尾句「蕭散楚雲巫雨、此生休」化用李商隱〈馬嵬〉：「他生未卜此生休」〔註182〕一句。「楚雲巫雨」之典可上溯至宋玉〈高唐賦〉、〈神女賦〉序〔註183〕，指男女之情愛；而「雲雨都休」則表示詞人對愛情已不再期待。結尾句「會說愁時我也愁」是焦袁熹對賀鑄的這段淒美愛情故事的內心感發，如此無緣的一段韻事，讓人也不禁爲他哀愁。

　　又朱和羲有〈夢橫塘〉一闋，亦從賀鑄塡〈橫塘路〉之寫作背景爲發端，曰：

〔註180〕宋・賀鑄著、鍾振振校注：《東山詞》（上海：上海古籍出版社，1989年12月），頁24。

〔註181〕宋・賀鑄著、鍾振振校注：《東山詞》（上海：上海古籍出版社，1989年12月），頁452。

〔註182〕清聖祖御定：《全唐詩》，冊8，頁6177。

〔註183〕宋玉〈高唐賦〉、〈神女賦〉序中提到戰國時楚懷王、襄王遊高唐，夢巫山神女自願薦寢事。後巫山雲雨比喻男女歡合。見梁・昭明太子編，唐・李善注：《昭明文選》（臺北：文化圖書公司，1975年8月），卷19，頁249～253。

吹殘梅雨，路出橫塘，組成雲錦盈疊。客到江南，寫不盡、春情遼闊。思繫溫柔，氣吞江漢，一時英發，算宮商妙理，律細鈿銖，裁紅韻、爭豪髮。　　高吟雁後歸來，儘閒愁幾許，盡感風月。仙骨珊珊，休浪道、鬼頭奇絕。慢呼起、吟魂細說。淚漬丁香寸心結。度出金針，藝林傳播，唱陽春白雪。〔註184〕

杜文瀾《憩園詞話》記載朱和羲《萬竹樓詞選》合刻朱和羲布衣詞、張鴻卓（1800～1876）廣文詞，有張嘯山序言：「紫鶴祖居莫釐峯下，而常客松江，郡席故資，他無嗜好，獨喜爲長短句。嘗與其鄉先輩戈順卿游，多聞緒論。故其爲詞，持律甚嚴，而用意深細。中年得許姬香繽，閨房靜好，唱和爲樂，人謂神仙中人。比遭亂傾覆，姬罵賊死。君逃難奔走，轉徙浦江南北，索居淒愴，有不堪回憶者。余始記前在白門，嘯山曾爲香繽索詞，蓋即朱君之姬也。詞中多佳句，有二事可想見其爲人。」其中一事爲：「讀賀方回詞，因其下語雅麗，用韻精嚴，爲北宋一大家。遍購其集不得，就各選本搜得百二十闋，編分兩卷付梓，因塡〈夢橫塘〉。」〔註185〕朱和羲特愛賀鑄之詞而作〈夢橫塘〉，杜文瀾《憩園詞話》評曰：「按此調，盡感之感字，不從俗譜，用平聲，甚合。細說之字非協。」〔註186〕杜文瀾就用韻協律之技巧上評朱和羲之詞，認爲此闋詞「細說二字」非協韻；屛除藝術之形式技巧的優劣，單論朱和羲此闋之內容論之，從朱氏評論賀鑄其人其事，可探究朱氏特愛賀詞之因與對賀詞之接受角度。〈夢橫塘〉一闋借用賀詞，以賀鑄作〈橫塘路〉之本事起頭，評析賀詞之情感豐富。詞之上片言及賀鑄作〈橫塘路〉之本事，寫賀鑄在江南之橫塘，面對梅雨吹殘之景，觸發寫不盡的春

〔註184〕　清・杜文瀾撰：《憩園詞話》，卷4，收於唐圭璋編：《詞話叢編》，冊3，頁2925。

〔註185〕　清・杜文瀾撰：《憩園詞話》，卷4，收於唐圭璋編：《詞話叢編》，冊3，頁2926。

〔註186〕　清・杜文瀾撰：《憩園詞話》，卷4，收於唐圭璋編：《詞話叢編》，冊3，頁2926。

情，因此能填下「宮商妙理，律細鈿銖」這般音律協美又「春情遼
闊」之詞。下片著眼於賀詞之高雅與情感之眞摯。「仙骨珊珊」謂
賀詞之高雅飄逸，「休浪道、鬼頭奇絕。慢呼起、吟魂細說」意謂
論賀詞，莫只稱乎奇絕之姿，更應細觀詞人之內在情意。「儘開愁
幾許，盡感風月」化用〈橫塘路〉「試問閒愁都幾許」，言賀鑄感於
眼前景物而興起閒愁；「淚漬丁香寸心結」化用〈石州引〉「芭蕉不
展丁香結」，寫賀詞之多情動人。因著賀鑄之情思豐富，故能譜出
金針般的絕妙詞作，使能傳播藝林，流傳千古。

四、斷腸情懷之共鳴

　　賀鑄〈橫塘路〉一詞，有「一川煙草，滿城風絮，梅子黃時雨。」
之句，是以江南常見之自然景物，比擬內心苦悶的閒愁，將具體事物
喻爲無形之情感，又以三者之多堆疊，使心中愁苦更爲濃烈。清人論
賀詞常以賀鑄之斷腸句爲發端，如孫爾準〈論詞絕句〉之九曰：

　　　嚴顧同薰北宋香，清詞前輩數吾鄉；

　　　珠簾細雨今猶昔，賀老江南總斷腸。〔註187〕

孫爾準（1772～1832），字平叔，一字萊甫，江蘇金匱（今江蘇無錫）
人。此絕首句之嚴、顧，分別指嚴繩孫、顧貞觀，此絕是就「斷腸」
之詞情，將二人與北宋賀鑄並論。

　　嚴繩孫（1623～1706），字蓀友，號藕漁，又作藕塘漁人，明末
清初無錫（今江蘇無錫）人，有《秋水詞》。嚴繩孫爲清詞小令之名
家，其詞清逸淒婉，自然流宕，洵爲精妙之品。其〈御街行‧中秋〉
〔註188〕一詞，作於中秋之時，一反中秋盼晴月之思，而以不雨爲憾〔註

〔註187〕王偉勇：《清代論詞絕句初編》，頁 161。
〔註188〕嚴繩孫〈御街行‧中秋〉：「算來不似蕭蕭雨。有箇安愁處。而今把
　　　　酒問姮娥，是甚廣寒心緒。隻輪飛上，天街似水，不管人羈旅。　　霓
　　　　裳罷按當時譜。一片青砧路。西風白騎幾人歸，腸斷綠窗兒女。數
　　　　聲角罷，樓船月偃，雁落瀟湘去。」見於《全清詞‧順康卷》（北
　　　　京：中華書局，2002 年），冊 6，頁 3669。
〔註189〕嚴迪昌：《清詞史》，頁 321。

189〕，吐露兒女腸斷之愁思。厲鶚亦將嚴繩孫詞比附賀詞，其〈論詞絕句十二首〉之十一曰：

> 閒情何礙寫雲藍，淡處翻濃我未諳；
>
> 獨有藕漁工小令，不教賀老占江南
>
> （錫山嚴中允蓀友《秋水詞》一卷）。〔註190〕

此絕盛讚嚴繩孫作詞高明，能「淡處翻濃」，因別有寄意而情摯濃厚〔註191〕，其小令精妙，情意深長，可並駕賀鑄。

顧貞觀（1637～1714），初名華文，字華峰，號梁汾，江蘇無錫人，著有《彈指詞》，有〈金縷曲〉〔註192〕兩闋「以詞代書」贈摯友吳兆騫，因二人交情至深，故能將心頭千愁萬緒、百結難解之哀怨悲傷寫得淋漓盡致，情意深長。陳廷焯曾評曰：「華峰賀新郎兩闋，只如家常說話，而痛快淋漓，宛轉反覆，兩人心迹，一一如見。雖非正聲，亦千秋絕調也。」又曰：「二詞純以性情結撰而成，悲之深，慰之至。丁寧告戒，無一字不從肺腑流出。可以泣鬼神矣。」〔註193〕言顧貞觀〈金縷曲〉出自胸臆，感人肺腑，可謂泣鬼神的千秋絕調。

孫爾準推舉無錫同鄉詞人嚴、顧二人之詞，有北宋詞之神韻；無錫爲千年歷史的江南名城，而賀鑄有江南斷腸句，可謂江南詞壇之巨擘，因此孫爾準論嚴、顧之詞眞切動人，可追溯賀鑄的斷腸情懷。

又如黃承吉（1771～1824）於春日觸發賀鑄斷腸之情，其〈春日雜興十二首〉之九曰：

> 曉風殘月鎮情媒，草落花茵掃不開；
>
> 錦瑟年華誰與度，一春腸斷賀方回。〔註194〕

〔註190〕 王偉勇：《清代論詞絕句初編》，頁103。

〔註191〕 參閱嚴迪昌：《清詞史》，頁321～322。

〔註192〕 顧貞觀〈金縷曲〉見於《全清詞·順康卷》（北京：中華書局，2002年），冊12，頁7123～7124。

〔註193〕 清·陳廷焯撰：《白雨齋詞話》，卷3，見錄於唐圭璋編：《詞話叢編》，冊4，頁3832。

〔註194〕 王偉勇：《清代論詞絕句初編》，頁165。

詞人在春日之時，面對「曉風殘月」之景，滿懷相思無法擺脫，因此感嘆「錦瑟年華誰與度」，借賀詞之句抒發自己等待的斷腸愁思。

李其永亦從梅雨風絮、斷腸愁思之角度切入以論賀詞，〈讀歷朝詞雜興〉之七曰：

> 可堪時候又黃梅，無數閒愁得得來；
>
> 直把年華等風絮，斷腸寧獨賀方回。〔註195〕

正逢梅雨時節，詞人因著陰鬱連綿的梅雨天而興起內心閒愁，對賀詞斷腸之語產生情感的共鳴回應。

華長卿（1805～1881），一作長慶，字枚宗，晚號米齋老人，化用賀鑄之詞，玩味賀鑄閒愁之情懷，其〈論詞絕句〉之一七云：

> 一寸芭蕉易惹愁，橫塘臺榭水東流；
>
> 滿城風絮黃梅雨，腸斷江南賀鬼頭。（賀鑄）〔註196〕

此絕首句用賀鑄〈石州引〉之詞句和本事，宋代吳曾《能改齋漫錄》記載：

> 賀方回眷一妹，別久，妹寄詩云：「獨倚危欄淚滿襟。小園
> 春色嬾追尋。深恩縱似丁香結，難展芭蕉一寸心。」賀得
> 詩，初敘分別之景色，後用所寄詩成〈石州引〉。〔註197〕

賀鑄為贈答歌妓所作，用其詩句而作〈石州引〉，有句云：「欲知方寸，共有幾許新愁，芭蕉不展丁香結。」表露自身的情愁難解。華長卿謂「一寸芭蕉易惹愁」，言賀鑄多情惹愁的天性。次句「橫塘臺榭水東流」則指出賀鑄〈橫塘路〉的創作地。第三句用賀詞「滿城風絮。梅子黃時雨」，言江南之景物，觸動心中無限閒愁，賀鑄之作可謂江南之斷腸名句。

〔註195〕王偉勇：《清代論詞絕句初編》，頁116。

〔註196〕王偉勇：《清代論詞絕句初編》，頁232。

〔註197〕宋・吳曾撰：《能改齋漫錄》（臺北：木鐸出版社，1982年5月），卷16，頁484。

五、山谷讚語之發揚

宋代王直方《王直方詩話》記載：

> 賀方回初作〈青玉案〉詞，遂知名。其間有云：「彩筆新題斷腸句，只今惟有賀方回。」後山谷有詩云：「少游醉臥古藤下，誰與愁眉唱一盃。解道江南斷腸句，如今只有賀方回。」〔註198〕

黃庭堅特愛賀鑄此闋，作〈寄賀方回〉曰：

> 少游醉臥古藤下，誰與愁眉唱一盃。
>
> 解道江南斷腸句，如今只有賀方回。

秦觀〈好事近‧夢中作〉末二句云：「醉臥古藤陰下，了不知南北。」〔註199〕最後卒於藤州，詩句成讖。《宋史》亦記載：「徽宗立，復宣德郎放還，至藤州，出游光華亭，為客道夢中作長短句，索水欲飲，水至，笑視之而卒。」〔註200〕黃庭堅感嘆秦觀的身世淒涼，秦觀之後，又有誰能繼軌其才情？而賀鑄〈橫塘路〉一詞，以江南尋常風物喻作閒愁無數，如此斷腸之篇，正可承繼秦觀之情懷。清人論賀詞，常引用黃庭堅此詩，如先著、程洪《詞潔》評曰：

> 山谷云：「解道江南腸斷句，只今惟有賀方回。」其為當時稱許如此。〔註201〕

是引黃庭堅之語，稱許賀鑄〈橫塘路〉受人推崇。清代論詞絕句中，亦常以黃庭堅之評為基準，加以闡發論述，如錢陳群（1686～1774），字主敬，其〈宋百家詩存題詞〉之一將賀鑄與秦觀並提：

> 鐵面虯豪度曲才，慶湖湖畔老方回；
>
> 最憐梅子黃時雨，零落秦淮舊酒杯。（賀鑄《慶湖集》）〔註202〕

〔註198〕 宋‧王直方撰：《王直方詩話》，見錄於張惠民編：《宋代詞學資料匯編》（廣州：汕頭大學出版社，1993 年 11 月），頁 7。

〔註199〕 《全宋詞》，冊 1，頁 469。

〔註200〕 元‧脫脫：《宋史》（臺北：新文豐出版公司，1975 年 6 月），卷 444，頁 5319。

〔註201〕 清‧先著、程洪輯，劉崇德、徐文武點校：《詞潔》（保定：河北大學出版社，2007 年 9 月）。

〔註202〕 王偉勇：《清代論詞絕句初編》，頁 93。

首句論及賀鑄的面容、性格和才能。葉夢得〈賀鑄傳〉曾評之「眉目聳拔，面鐵色」〔註203〕、程俱〈宋故朝奉郎賀公墓志銘〉亦載「哆口疏眉目，面鐵色」〔註204〕，如陸游所評「色青黑而有英氣」〔註205〕，是言賀鑄面色青黑似鐵。論其性格是「豪爽精悍」〔註206〕，且「少豪俠氣蓋一坐，馳馬走狗，飲酒如長鯨。」〔註207〕，深具豪俠氣概。「度曲才」則強調賀鑄精通音律，能自度曲；首句不僅言賀鑄有著粗曠的外表，卻又心思細膩，妙解音律。次句寫賀鑄字方回，號慶湖遺老，其自號是取之於祖籍慶湖。此絕末二句便是化用黃庭堅之詩意，言身世淒絕的秦觀，一語成讖的辭世之後，其才情惟有能作出「梅子黃時雨」之句的賀鑄得以接武。

六、名作、和韻之共賞

　　賀鑄〈橫塘路〉一詞流傳千古，清代論詞絕句中，常將此作與他人名作相互較論，如鄭方坤將賀鑄、秦觀、柳永三家名作相提並論，〈論詞絕句三十六首〉之十四曰：

> 賀家梅子句通靈，學士屯田比尹邢；隻字單詞足千古，不將畫壁羨旗亭。（賀鑄有「梅子黃時雨」之句，號「賀梅子」。東坡云：「山抹微雲秦學士，露華倒影柳屯田。」）〔註208〕

〔註203〕宋・葉夢得：《石林居士建康集》，卷8，見錄於鄧子勉編：《宋金元詞話全編》，上冊，頁271～272。

〔註204〕宋・程俱：《慶湖遺老集・宋故朝奉郎賀公墓志銘》，見錄於王雲五主編：《四庫全書珍本八集》（臺北：商務印書館，1978），冊156，頁31。

〔註205〕宋・陸游：《老學庵筆記》，卷8，見錄於《唐宋史料筆記叢刊》（北京：中華書局，1997年12月），頁105。

〔註206〕宋・程俱：《慶湖遺老集・宋故朝奉郎賀公墓志銘》，見錄於王雲五主編：《四庫全書珍本八集》（臺北：商務印書館，1978），冊156，頁31。

〔註207〕宋・程俱：《慶湖遺老集・鑑湖遺老詩序》，見錄於王雲五主編：《四庫全書珍本八集》（臺北：商務印書館，1978），冊155，頁5。

〔註208〕王偉勇：《清代論詞絕句初編》，頁111。

此絕第一、二句將賀鑄〈橫塘錄〉、秦觀〈滿庭芳〉、柳永〈破陣樂〉三者並論。賀鑄有「梅子黃時雨」一句之妙，而鄭方坤附注提及蘇軾之評，可見於宋代葉夢得《避暑錄話》卷下云：

> 蘇子瞻于四學士中最善少游，故他文未嘗不極口稱善，豈特樂府。然猶以氣格爲病，故常戲云：「山抹微雲秦學士，露水倒影柳屯田。」〔註209〕

蘇軾分別取秦、柳二人詞句「山抹微雲」、「露花倒影」而將二人並論，身爲豪放詞風之代表的蘇軾，是以諧謔之口氣評秦、柳二人之詞纖柔婉媚，缺乏雄豪奇絕的氣勢。鄭方坤此絕次句「學士屯田比尹邢」，將秦觀「山抹微雲」句與柳永「露花倒影」句比作貌美的尹夫人與邢夫人。〔註210〕迥異蘇軾嘲諷之口吻，鄭方坤是以不同角度評析秦、柳之詞，言二人詞深具詞體柔媚之本質。

秦觀〈滿庭芳〉詞云：

> 山抹微雲，天連衰草，畫角聲斷譙門。暫停征棹，聊共引離尊。多少蓬萊舊事，空回首、煙靄紛紛。斜陽外，寒鴉萬點，流水繞孤村。　　銷魂。當此際，香囊暗解，羅帶輕分，謾贏得、青樓薄倖名存。此去何時見也，襟袖上、空惹啼痕。傷情處，高城望斷，燈火正黃昏。〔註211〕

此闋爲離別之作，以淒涼之景渲染離愁別苦，憶起過往年華，卻展望著今後前程的孤寂，因此不得以興起身世之慨歎，情景交融之手法，寫來纏綿淒迷，令人低迴不盡。宋·吳曾《能改齋漫錄》評秦觀「斜陽外，寒鴉數點，流水遶孤村」一句，曰：「雖不識字人，亦知是天生好言語。」〔註212〕即使目不識丁者，亦能感於秦觀此斷魂之作。

〔註209〕宋·葉夢得：《避暑錄話》（臺北：台灣商務印書館，1966年3月），卷下，頁50。

〔註210〕「尹邢」指漢武帝所寵幸之尹夫人與邢夫人，二人事蹟詳見日·瀧川龜太郎：《史記會注考證·外戚世家》（臺北：洪氏出版社，1986年），卷49，頁779～780。

〔註211〕《全宋詞》，冊1，頁458。

〔註212〕宋·吳曾撰：《能改齋漫錄》（臺北：木鐸出版社，1982年5月），

馮煦《蒿庵論詞》亦論曰：「寄慨身世，閑雅有情思，酒邊花下，一往而深。」〔註213〕而柳永〈破陣樂〉詞云：

> 露花倒影，煙蕪蘸碧，靈沼波暖。金柳搖風樹樹，繫彩舫
> 龍舟遙岸。千步虹橋，參差雁齒，直趨水殿。繞金堤、曼
> 衍魚龍戲，簇嬌春羅綺，喧天絲管。霽色榮光，望中似覩，
> 蓬萊清淺。　　時見。鳳輦宸遊，鸞觴禊飲，臨翠水、開
> 鎬宴。兩兩輕舠飛畫楫，競奪錦標霞爛。罄歡娛，歌魚藻，
> 徘徊宛轉。別有盈盈遊女，各委明珠，爭收翠羽，相將歸
> 遠。漸覺雲海沉沉，洞天日晚。〔註214〕

全詞描寫金明池的優美景象，池水的清澈廣闊、茂密的岸邊垂柳、華美的彩舟龍船，市集的人們，有成群的歌舞妓藝，吹奏著響徹雲霄的管弦，風土民情寫得繪聲繪影，更寫皇帝臨幸金明池，賜宴群臣之景，如此物阜民豐的城市，堪爲人間蓬萊仙境。整闋詞反映汴京的繁榮昌盛，爲當時城市風貌之實錄，交織成一幅繁華興旺、氣象開闊的風俗畫作。

　　鄭方坤末二句讚曰：「隻字單詞足千古，不將畫壁羨旗亭。」將賀鑄、秦觀、柳永三人之名作比作唐代王昌齡、高適、王之渙三人，是並駕齊驅，難分軒輊。並讚賞賀鑄「梅子黃時雨」、秦觀「山抹微雲」、柳永「露花倒影」單句之工和〈橫塘路〉、〈滿庭芳〉、〈破陣樂〉全詞之妙，言此三家之作可響赫詞壇，千古傳誦。

　　高旭則以章粢〈水龍吟〉相較於賀鑄〈橫塘路〉，其〈論詞絕句三十首〉之十四曰：

> 游蕩金鞍是淚不，柳花工寫浦城愁；
> 爭傳梅子黃時雨，輸卻吳中賀鬼頭。〔註215〕

首句「游蕩金鞍是淚不」，化用章粢〈水龍吟〉詞之末句「金鞍遊蕩，

　　　卷16，頁469。
〔註213〕清・馮煦：《蒿庵論詞》，見錄於《詞話叢編》，冊4，頁3586。
〔註214〕《全宋詞》，冊1，頁28。
〔註215〕王偉勇：《清代論詞絕句初編》，頁266。

有盈盈淚」。次句之「浦城」便指章楶，此絕首二句評賞章楶〈水龍吟〉一詞。章楶（1027～1102），字質夫，建州浦城（今屬福建）人，有〈水龍吟〉曰：

> 燕忙鶯懶芳殘，正堤上、楊花飄墜。輕飛點畫青林，誰道全無才思。閒趁游絲，靜臨深院，日長門閉。傍珠簾散漫，垂垂欲下，依前被、風扶起。蘭帳玉人睡覺，怪春衣、雪霑瓊綴。繡牀旋滿，香毬無數，才圓欲碎。時見蜂兒，仰粘輕粉，魚吹池水。望章臺路杳，金鞍遊蕩，有盈盈淚。〔註216〕

此為詠絮詞，寫暮春時節，柳絮隨風飄起之景，再通過擬人手法，含蓄婉轉的透露離情。章楶真切的描摹楊花姿態和風吹柳絮之景象，寫得栩栩如生，工巧別致，並融入自身思想情感，堪為佳作。高旭言章楶一詞以柳花寫愁，可謂工妙；然而筆鋒一轉，絕句末二句言「爭傳梅子黃時雨，輸卻吳中賀鬼頭」，僅管章楶之詞寫來入妙，但綜觀詞壇中黃梅柳絮之句，仍需推尊賀鑄〈橫塘路〉一詞，揭示賀詞難以匹敵之地位。

　　歷來和韻賀鑄者〈橫塘路〉者更是不勝枚舉，厲鶚（1692～1752），字太鴻，號樊榭，又自號南湖花隱，浙江錢塘（今杭州）人，為浙西派中期的領袖。厲鶚無詞話著作，其詞評多存於詞集序跋，此外尚有〈論詞絕句十二首〉，為厲鶚的重要詞論文獻；因其〈論詞絕句十二首〉具系統性，全盤分析探究，能從中洞悉其詞學思想，故此論詞組詩也成為浙西詞派的重要詞學理論文獻。〔註217〕其〈論詞絕句十二首〉之四將惠洪之和韻作品與賀鑄詞作相比，曰：

> 賀梅子昔吳中住，一曲橫塘自往還；難會寂音尊者意，也將綺障學東山（洪覺範有和賀方回〈青玉案〉詞，極淺陋）。

〔註216〕《全宋詞》，冊1，頁79。
〔註217〕孫克強：《清代詞學批評史論》（上海：上海古籍出版社，2008年11月），頁287。

〔註218〕

首二句論及賀鑄〈橫塘路〉之創作背景，范成大《吳郡志》載：「賀鑄，字方回，本越人，後徙居吳之醋坊橋。作吳趨曲，甚能道吳中古今景物。方回有小築在盤門外十里橫塘，常扁舟往來，作〈青玉案〉詞。」〔註219〕此絕三、四句則論及惠洪和韻〈青玉案〉之作。惠洪（1071～1128），名德洪，字覺範，俗姓彭，筠州（今江西高安）人，其〈青玉案〉云：

> 綠槐烟柳長亭路。恨取次、分離去。日永如年愁難度。高城回首，暮雲遮盡，目斷人何處。　　解鞍旅舍天將暮。暗憶丁寧千萬句。一寸柔腸情幾許。薄衾孤枕，夢回人靜，徹曉瀟瀟雨。〔註220〕

厲鶚所謂「綺障」，指「綺語」，佛教語詞，為十善戒中之口業，凡指愛欲等華麗辭藻和淫邪穢語；「障」，亦為佛教語。厲鶚為浙西派詞人，論詞標準推崇「雅」，推「詩」為「詞」之源頭，曾言：

> 詞源於樂府，樂府源於《詩》。四詩大小雅之材合百有五。材之雅者，風之所由美，頌之所由成。由《詩》而樂府而詞，必企夫雅之一言而可以卓然自命為作者。〔註221〕

認為「雅」是「風之所由美，頌之所由成」之依據，因此須合乎封建正統的軌道，且不失其正。〔註222〕惠洪之詞寫來綺麗華美，抒發兒女情懷，僧人執著於人間癡愛，為封建正統所不允許，因此厲鶚以戲謔之口氣稱惠洪觸犯佛家法條，作綺語有失雅正。

〔註218〕王偉勇：《清代論詞絕句初編》，頁102。

〔註219〕宋・范成大：《吳郡志》，卷50，見錄於鄧子勉編：《宋金元詞話全編》，中冊，頁845～846。

〔註220〕《全宋詞》，冊1，頁712。

〔註221〕清・厲鶚：《樊榭山房文集》，卷4，見錄於《四部備要》（臺北：中華書局，1981年），頁4。

〔註222〕參閱方智範等著：《中國詞學批評史》（北京：中國社會科學出版社，1994年7月），頁236～237。

七、詞句格律之舉隅

> 古今詞譜曰：中呂宮曲，按過變第二句七字句之第六字，
> 用平聲乃叶。六一詞「爭似家山見桃李」，方回詞「彩筆空
> 題斷腸句」，稼軒詞「笑靨盈盈暗香去」，以多者證之也。
> 若梅溪之「被芳草，將愁去」，又是一法。〔註223〕

分別舉出歐陽脩、賀鑄、辛棄疾等人作〈青玉案〉之句，歸納〈青玉
案〉下片第二句第六字爲平聲，又史達祖詞則作六字句，另爲一法。

第六節　其它詞作之論繹

一、〈小梅花〉（縛虎手）

> 蔡嵩雲《柯亭詞論》云：
> 〈小梅花〉，係東山創調，一名〈梅花引〉，體近古樂府，
> 宜逕用古樂府作法。軟句弱韻，均所最忌。賀作筆力陡健。
> 《詞律》律收向子諲作，不逮賀作遠甚，而反謂勝之，真
> 賞識于牝牡驪黃之外矣。〔註224〕

〈小梅花〉一詞調，爲賀鑄所創，用古樂府之法，其詞「筆力陡健」；
蔡嵩雲認爲《詞律》僅收向子諲所作，是厚此薄彼之失。陳廷焯《白
雨齋詞話》卻提出不同看法，評向子諲〈小梅花〉（花如頰）云：

> 此調頗不易工，古今合作，僅此一首。蓋轉韻太多，真氣
> 必減。且轉韻處必須另換一意，方能步步引人入勝。作者
> 多爲調所窘。此作層層入妙，如轉丸珠。又如七寶樓臺，
> 不容拆碎。〔註225〕

言〈小梅花〉此調不易填作，因多處轉韻，且轉韻處需換新意，才能

〔註223〕清・沈雄撰：《古今詞話・詞辨下卷》，見錄於唐圭璋編：《詞話叢
　　　　編》，冊1，頁930。

〔註224〕清・蔡嵩雲撰：《柯亭詞論》，見錄於唐圭璋編：《詞話叢編》，冊5，
　　　　頁4916。

〔註225〕清・陳廷焯：《白雨齋詞話》，卷7，見錄於唐圭璋編：《詞話叢編》，
　　　　冊4，頁3953。

引人入勝；後品評向子諲之詞，層層入妙，不易拆碎，爲古今塡〈小梅花〉最勝者，並收此闋詞入《詞則・閒情集》。陳廷焯評賀鑄〈小梅花〉三闋曰：「專集古語以爲詞，可稱別調。」〔註226〕將〈小梅花〉（縛虎手）收於《詞則・別調集》，並評曰：「掇拾古語，運用入化，借他人之酒杯，澆自己之塊壘。趙聞禮所謂『有酣耳熱，浩歌數過，亦一快也。』」〔註227〕賀詞雖未得到陳廷焯論向子諲「古今合作，僅此一首」之評，但賀鑄專集古語，仍稱運用入化。

二、〈石州引〉（薄雨初寒）

宋代吳曾《能改齋漫錄》曾言：

> 賀方回眷一姝，別久，姝寄詩云：「獨倚危欄淚滿襟。小園春色嬾追尋。深恩縱似丁香結，難展芭蕉一寸心。」賀得詩，初敘分別之景色，後用所寄詩成〈石州引〉。〔註228〕

論及詞作本事，清代詞論如馮金伯《詞苑萃編》卷十二〔註229〕、葉申薌《本事詞》卷上〔註230〕，亦提及此事。

三、〈薄倖〉（淡妝多態）

丁紹儀，字杏舲，著有《聽秋聲館詞話》二十卷，凡三百零八則，爲有清一代字作詞話卷帙最富者。此書有校讎補訂之功。〔註231〕《聽

〔註226〕清・陳廷焯：《白雨齋詞話》，卷7，見錄於唐圭璋編：《詞話叢編》，冊4，頁3953。

〔註227〕清・陳廷焯：《詞則・別調集》（上海：上海古籍出版社，1984年5月），頁593。

〔註228〕宋・吳曾撰：《能改齋漫錄》（臺北：木鐸出版社，1982年5月），卷16，頁484。

〔註229〕清・馮金伯：《詞苑萃編》，卷12，見錄於唐圭璋編：《詞話叢編》，冊3，頁2023。

〔註230〕清・葉申薌：《本事詞》，卷上，見錄於唐圭璋編：《詞話叢編》，冊3，頁2320。

〔註231〕譚新紅著：《清詞話考述》（武漢：武漢大學出版社，2009年9月），頁118。

秋聲館詞話》提及《詞律》所錄賀詞〈薄倖〉（淡妝多態）與《詞綜》
不同，《詞律》載：「淡妝多態、更滴滴、頻迴盼睞。便認得琴心先許，
欲縮合歡雙帶。記畫堂風月逢迎，輕颺淺笑嬌無奈。向睡鴨鑪邊，翔
鴛屛裏，羞把香羅偷解。　　自過了收燈後，都不是、踏青挑菜。幾
回憑雙燕，丁寧深意，往來翻恨重簾礙。約何時再。正春濃酒暖，人
閒晝永無聊賴。懨懨睡起，猶有花梢日在。」言：「《詞綜》『偷解』
作『暗解』，『收燈』作『燒燈』，並於『燈』字下落『後』字，『翻恨』
作『卻恨』，『酒暖』作『酒困』，『睡鴨』二句作『翡翠屛開、芙蓉帳
掩』。」丁紹儀評曰：「『翡翠』二語，字雖豔麗，未免近俚。〔註232〕
主張《詞律》所載之版本為佳。

四、〈宛溪柳〉（夢雲蕭散）

　　朱祖謀（1857～1931），一名孝臧，字藿生，一字古微，號漚尹，
又號彊村，歸安（今浙江湖州）人。《彊村老人評詞》為朱祖謀撰，
龍沐勛輯。朱祖謀為晚清四大詞人之一，論詞謹慎，未嘗率易下筆。
〔註233〕賀詞〈宛溪柳〉（夢雲蕭散）云：

> 夢雲蕭散，簾捲畫堂曉。殘薰爐燭隱映，綺席金壺倒。塵
> 送行鞭嬝嬝，醉指長安道。波平天渺，蘭舟欲上，回首離
> 愁滿芳草。　　已恨歸期不早，枉負狂年少。無奈風月多
> 情，此去應相笑。心記新聲縹緲，翻是相思調。明年春杪，
> 宛溪楊柳，依舊青青為誰好？〔註234〕

上片寫送別時的景致，與自己的相思離愁；下片蘊藏自己身世之感，
興起「歸期不早」的倦意，又感嘆「枉負狂年少」的不遇之情，「枉
負」、「無奈」的轉折語氣，遂成頓挫。末三句則以設想作結，「明年

〔註232〕清・丁紹儀：《聽秋聲館詞話》，卷13，見錄於唐圭璋編：《詞話叢
　　　　編》，冊3，頁2739～2740。
〔註233〕參閱王兆鵬：《詞學史料學》（北京：中華書局，2009年2月），頁
　　　　457。
〔註234〕宋・賀鑄著、鍾振振校注：《東山詞》（上海：上海古籍出版社，1989
　　　　年12月），頁148。

春杪，宛溪楊柳，依舊青青爲誰好」，寫想像中的來春之景，呼應上片離別光景，道出內心對時光荏苒與離情別緒之惆悵，令人低迴不已。觀其藝術技巧，下片全用「已恨」、「枉負」、「無奈」、「應」、「翻是」等虛字貫穿，翻轉語氣，營造迴腸盪氣之感，無怪乎朱祖謀評下半闋曰：「筆如轆轤」。〔註 235〕轆轤，是應用杠桿原理和滑車的汲水用具，爲井上可轉動的原盤。以筆爲轉動繩索的轆轤，謂賀鑄此處迴旋宕折之妙。〔註 236〕

五、〈伴雲來〉（煙絡橫林）

賀詞〈伴雲來〉（煙絡橫林）云：

> 煙絡橫林，山沈遠照，邐迤黃昏鐘鼓。煙映簾櫳，蛩催機杼，共苦清秋風露。不眠思歸，齊應和、幾聲砧杵。驚動天涯倦宦，駸駸歲華行暮。　　當年酒狂自負，謂東君、以春相付。流浪征驂北道，客檣南浦。幽恨無人晤語。賴明月、曾知舊游處。好伴雲來，還將夢去。〔註237〕

賀鑄此闋詞表現仕途不得意的苦悶傷感和萬般無奈。上片先寫眼前之景，遠望蒼茫遼闊的山林，耳聞寒蛩與思婦的砧杵聲，形單影隻、浪跡天涯的宦遊人因而興起悲秋風露之苦。下片首句「當年酒狂自負」，豪筆憶當年的意氣風發，而今卻是宦遊南北、孑然一身，心中的幽恨更無人能道。朱祖謀評下半闋曰「橫空盤硬語」。〔註238〕比喻遒勁有力之語句盤旋於空中，是形容賀詞的氣勢雄偉。

〔註235〕清・朱祖謀撰，龍榆生輯：《彊村老人評詞》，見錄於唐圭璋編：《詞話叢編》，冊 5，頁 4379。

〔註236〕參閱黃文鶯：《賀鑄在詞史上的承繼與開展》（臺北：國立臺灣師範大學國文研究所碩士論文，2002 年），頁 103。

〔註237〕宋・賀鑄著、鍾振振校注：《東山詞》（上海：上海古籍出版社，1989 年 12 月），頁 168。

〔註238〕清・朱祖謀撰，龍榆生輯：《彊村老人評詞》，見錄於唐圭璋編：《詞話叢編》，冊 5，頁 4379。

第七節　賀詞缺失之批判

一、劉體仁：拾人牙慧

　　賀鑄善用前人語，清代論詞者如張德瀛、賀裳、吳衡照、沈祥龍等人皆以此爲賀詞獨特之處，但亦有持相反見解者，認爲此法是「拾人牙慧」。劉體仁（1612～1677），字公勇，號蒲庵，穎川（今河南許昌）人，著有《七頌堂詞鐸》，對詞之本質、源流、風格、境界、作法等，均有相關論述。對賀鑄用前人語之寫作技巧有所批判，《七頌堂詞鐸》云：

　　　　惟片言而居要，乃一篇之警策，詞有警句，則全首俱動。
　　　　若賀方回非不楚楚，總拾人牙慧，何足比數。〔註239〕

批賀鑄化用古語之法是「拾人牙慧」，不足比數。然則賀鑄能翻用古語，使出新意，此法爲其他詞評家所讚揚，劉體仁之評未免過於狹隘。

二、王國維：境界最次

　　王國維（1877～1927），字靜安，號觀堂，海寧（今屬浙江）人，有《人間詞話》，曾云：「詞之爲體，要眇宜修。能言詩之所不能言，而不能盡言詩之所能言。詩之境闊，詞之言長。」是從審美角度論述詞的美感特徵。於浙、常二派之外，另創「境界說」，〔註240〕是以「境界」作爲評詞的標準，王國維言：「能寫眞景物，眞感情者，謂之有境界，否則謂之無境界。」是以「眞景物」、「眞感情」作爲意境的精神核心，從常州派的論理批評轉向審美批評的道路。〔註241〕他首推

〔註239〕清・劉體仁撰：《七頌堂詞鐸》，見錄於唐圭璋編：《詞話叢編》，冊1，頁620。
〔註240〕朱崇才：《詞話學》（臺北：文津出版社，1995年1月），頁173。
〔註241〕陳水雲：《二十世紀清詞研究史》（高雄：麗文文化，2007年8月），頁27。

納蘭性德，評其詞情眞意切，楚楚動人，〔註242〕並稱之「北宋以來，一人而已」，認爲獨有納蘭詞能得意境之深；對賀鑄詞則持批判態度，王國維《人間詞話》云：

> 北宋名家，以方回爲最次。其詞如歷下、新城之詩，非不華贍，惜少眞味。〔註243〕

將賀鑄詞列爲北宋最次，認爲其詞重於形式，雖風格華美，惜少眞情，不知此論據何而來，無法令人心服。所謂「眞味」，是以「寫眞感情」而論。賀詞自有其獨到之處，詞作內容雖無家國之悲，但其深切的遭遇之感，鎔鑄詞中，能深得楚《騷》之遺韻，莫不令人動容，王國維之論不免失之於偏。〔註244〕

小　結

歷代詞論對賀鑄詞的評騭接受，因各個時代有其詞學特色，因此各朝對賀詞接受之情形呈現不同風貌，通過各式詞評資料，包括詩話、詞話、筆記、詞集序跋、論詞絕句、論詞長短句等材料之會通整理，歷代論賀詞之評論內容可分作六個面向：

一、論述賀鑄生平軼聞方面，以宋代詞話載錄最多且面向最多元，諸如陸游《老學庵筆記》、葉夢得〈賀鑄傳〉、程俱〈宋故朝奉郎賀公墓志銘〉、龔明之《中吳紀聞》、周紫芝《竹坡詩話》等，涉及賀鑄之面容性格、爲官經歷、做學態度、交遊軼趣，賀鑄身處宋代，當代文人對賀鑄之記載，無論是親身經歷或是耳聞得知，自然較後人更能貼近賀鑄。金元時期未見相關著錄。至明代編寫《宋史》，對賀鑄之生平有所記載，是以宋代葉夢得〈賀鑄傳〉爲本。

〔註242〕祖保泉、張曉雲著：《王國維與人間詞話》（臺北：萬卷樓圖書公司，1993年6月），頁125。

〔註243〕王國維著、施議對譯注：《人間詞話譯注》（臺北：貫雅出版社，1995年5月），頁203。

〔註244〕參閱黃啓方：《東山詞箋注·敘論》（臺北：嘉新水泥公司，1969年8月），頁22。

而清代則有吳衡照《蓮子居詞話》一書記錄賀鑄之爲官經歷與文學表現。

二、比較賀鑄詩詞成就方面，宋代主張賀鑄詩詞皆妙者有陸游《老學庵筆記》、龔明之《中吳紀聞》，認爲賀鑄詞名勝於詩者如胡澄《慶湖遺老集・跋》、劉克莊《後村詩話》。元代方回《瀛奎律髓》則以爲賀鑄詞之光芒勝於詩。明代論者如蔣一葵《堯山堂外紀》、胡應麟《詩藪》、郎瑛《七修類稿》等皆持相同見解。清代詞評家未見比較賀鑄詩詞優劣者，然綜覽清代涉及賀鑄之詞評，全是聚焦於賀鑄之詞。總體而言，歷代詞論未見主張賀詩勝於詞者，多主張賀鑄詞名較顯，且涉及賀鑄詩作之評論，遠不及論述賀鑄詞作之數量，可見賀鑄之詞名較其詩名更爲彰顯。

三、探究賀鑄寫作技巧方面，宋代評話論及賀詞善用古語、長於令曲、知曉音律之特色。金元兩代未見論述此類之資料。明代論賀詞之藝術技巧多見於詞選中之眉批與評語。清代有承繼前人之評，如工小令、善鍊字、借古語、知音律等，亦有就新視角評析賀詞之行文與結構。

四、評析賀鑄詞風特色方面，宋代詞論中，程俱與葉夢得論賀鑄詞風偏於華美，張耒則注意到賀詞兼具豪放與婉約之風。元代楊維楨主張賀詞才情兼具，妙絕一世。清代詞話論及賀詞之風格出現多種樣貌，諸如「新鮮」、「贍逸」、「含情幽豔」、「穠麗」、「沉鬱」等辭彙推陳出新，形成豐富多樣的品評論述。

五、評斷賀鑄詞史地位方面，宋代惠洪主張晏幾道、王觀在賀鑄之下，是對賀鑄之推崇；趙令時則將賀鑄與秦觀並提；李清照論詞重音律合樂，王灼論詞擇重思想情感，二者以不同之角度品評賀鑄，卻皆能推尊賀鑄之詞，可見賀詞於宋代已位居重要地位。金、元代較少關注於賀詞，又元代張之翰、王博文批賀詞哇淫氣弱，可見賀鑄於金元兩代之地位並不高。明代詞論中則未明確指出賀鑄於詞史上的地位。清代由於詞派林立，各家學者以不同詞學觀點

評斷賀詞之地位，使得賀詞於各詞派之接受程度出現褒貶不一的現象，將賀詞推尊至高者為陳廷焯，而王國維與劉體仁則批判賀詞，王國維甚至稱賀詞為詞家最次，可見賀詞於清代詞評的接受情況各有軒輊。

六、品評賀鑄單篇詞作方面，歷代詞評對賀鑄〈橫塘路〉一詞之關注最多，宋代詞論中涉及之範疇包括詞作本事、藝術技巧，黃庭堅尤愛此闋而作一詩記之，後代論賀鑄此詞者，常據此發揚。元代僅有祝誠《蓮堂詩話》論及此闋之句工。明代詞論中，如沈際飛《古香岑草堂詩餘》、茅暎《詞的》皆賞賀詞之妙。至清代詞論對此闋之接受可謂臻至高峰，論及面向朝向多元之角度發展，包括賞詞作的語工而妙、論述「梅子黃時雨」一句襲用古語之抑揚、對詞作本事發出感嘆、對賀詞中斷腸情懷產生共鳴、論述並發揚黃庭堅之讚語、將賀詞與歷代名作、和韻作品並論、探求詞句之格律，由歷代詞話論及賀鑄此闋之數量與面向，可窺見賀鑄此詞具有深遠之影響力。

第五章　歷代賀鑄詞的創作接受

　　文學史具有一種動態生成的特點，一部文學作品，並非一個自身獨立、向每個時代的每一讀者均提供同樣觀點的客體。「文學事件是在那些隨之而來或對之再次發生反響的情況下——假如有些讀者要再次欣賞這部過去的作品，或有些作者力圖模仿、超越或反對這部作品——才能持續的發生影響。」〔註1〕當創作者透過仿效、沿襲等方法對前代作家之作品再創作時，即是反映前代作品如何被接受與被理解的面向。歷代文人對賀鑄詞的創作接受，可分為和韻、仿傚、集句三類，亦有在情感上與賀詞產生共鳴的現象。

　　「和韻詞」，謂依照原詞原韻所作的一類詞體。明・徐師曾《詩體明辯》曰：「和韵詩有三類，一曰依韵，謂同在一韵中，而不必用其字也；二曰次韵，謂和其原韵，而先後次第皆因之也；三曰用韵，謂用其韵，而先後不必次也。」〔註2〕清・吳喬《答萬季野詩問》云：「和詩之體不一，意如答問而不同韻者，謂之和詩；同其韻而不同其字者，謂之和韻；用其韻而次第不同者，謂之用韻；依其次第者，謂之步韻。步韻最困人，如相敺而自縶手足也。蓋心思為韻所束於命意

〔註1〕聯邦德國・H.R.姚斯、美・R.C.霍拉勃著，周寧、金元浦譯：《接受美學與接受理論》（瀋陽：遼寧人民出版社，1987年9月），頁26～27。
〔註2〕明・徐師曾：《詩體明辯》（臺北：廣文書局，1972年4月），頁1039。

布局，最難照顧。」〔註3〕和韻可分作三類，其一爲次韻，即吳喬所言之「步韻」，是最困難者，所用之韻字前後順序必須相同；其二爲依韻，所用韻部必須與所和者相同，但不必用其原字；其三是用韻，必須用所和之詩的原韻字，但不必依其次序。

「仿擬體」始於北宋，是仿效承襲或套用前人之作品。依據仿效的方式可歸納出三種類型，其一爲「效仿作法與體製」，其二爲「效仿體製、內容與風格」，其三爲「效仿總體風格」。〔註4〕集句詩是完全採集前人的詩句或文句，以另行組合成的作品，不許有任何一句自創之作摻雜其中，甚至更動前人句子一字，也不被容許；與一般之創作完全不同，而形成一種特殊之體；〔註5〕此法用於詞作亦然，所謂「集句詞」者，是以整引、截取、增損、化用、隱括等方式，雜集古句；間或雜入一、二今人或個人作品以成詞也。〔註6〕

此外，創作接受的面向尚包括創作者內在的感發，即所謂「興」的作用。葉嘉瑩曾言：「西方的創作與批評都較重視有心的設計與安排，而中國的創作與批評則較重視自然的感動和興發。」又言：「中國詩論中之所謂『興』原來乃是可以兼指作者與讀者而言的。就作者而言，所謂『興』者，自然指作者『見物起興』所引起的一種感發；而就讀者而言，所謂『興』者，則是指讀者在閱讀時由『詩可以興』而引起的一種感發。」〔註7〕文學家對賀詞有所「興」，而將情感的共鳴與相通表現於創作中，成爲歷代接受賀詞的特殊現象。

〔註3〕清・吳喬：《答萬季野詩問》，收於清・何文煥、丁福保編：《歷代詩話統編》（北京：北京圖書館出版社，2003年5月），頁37。

〔註4〕參閱王師偉勇：〈兩宋詞人仿擬典範作品析論〉，見收於《人文與創意學術研討會論文集》（臺北：里仁書局，2008年6月），頁89～129。

〔註5〕參閱裴普賢：《集句詩研究》（臺北：臺灣學生書局，1975年11月），頁1。

〔註6〕王偉勇：《詞學專題研究・兩宋集句詞形式考》（臺北：文史哲出版社，2003年4月），頁330。

〔註7〕葉嘉瑩：《中國詞學的現代觀》（臺北：大安出版社，1988年12月），頁44～45。

　　本章以唐圭璋《全宋詞》〔註8〕、唐圭璋《全金元詞》〔註9〕、饒宗頤與張璋《全明詞》〔註10〕、周明初與葉曄合編《全明詞補編》〔註11〕、南京大學全清詞編纂委員會《全清詞・順康卷》〔註12〕、張宏生《全清詞順康卷・補編》〔註13〕、陳乃乾《清詞別集百三十四種》〔註14〕等書進行檢索，在和韻方面，筆者主要就詞題或詞序中作「和韻」、「次韻」、「依韻」、「步韻」等字詞者爲研究對象。在仿擬方面，收集標示「仿」、「擬」、「效」、「法」、「用」、「改」等字者。集句方面，則有標明用賀詞者。然亦有未明確標註，而和韻、仿擬、集用賀詞者，由於歷代詞作數量龐大，或有所遺漏，筆者竭力全面蒐羅。以下以創作之作品爲經，以時代順序爲緯，將後世詞作與賀鑄原作相互比較，析論其用韻方式、題材內容與藝術風格的關聯與沿襲，以呈顯後人如何將賀鑄詞內化並重新咀嚼創作的接受面向。

第一節　宋代對賀鑄詞的創作接受

　　統計《全宋詞》和賀鑄詞共有十五闋，包括蘇軾、李之儀、黃大臨、黃庭堅、毛滂、惠洪、蔡伸、張元幹、楊無咎、史浩之作。其中和賀鑄詞之作以〈青玉案〉爲最多，十五闋和韻作品中，計有十闋；其它和韻詞作分別爲〈怨三三〉、〈天門謠〉、〈七娘子〉、〈長相思〉、〈六麼令〉。賀鑄〈青玉案〉之斷腸詞作，見用於辛棄疾、周密之詞句，爲情感上的共鳴，作爲一典故所使用。宋代對賀鑄詞的創作接受情況試析如下。

〔註8〕唐圭璋編：《全宋詞》（北京：中華書局，1998 年）。
〔註9〕唐圭璋編：《全金元詞》（北京：中華書局，1979 年 10 月）。
〔註10〕饒宗頤初纂，張璋總纂：《全明詞》（北京：中華書局，2004 年 1 月）。
〔註11〕周明初、葉曄補編：《全明詞補編》（杭州：浙江大學出版社，2007 年 1 月）。
〔註12〕南京大學全清詞編纂委員會編：《全清詞・順康卷》（北京：中華書局，2002 年 5 月）。
〔註13〕張宏生主編：《全清詞・順康卷補編》（南京：南京大學出版社，2008 年 5 月）。
〔註14〕陳乃乾：《清詞別集百三十四種》（臺北：鼎文書局，1975 年 8 月）。

一、和韻賀鑄詞

表 3-1：宋代詞人和韻賀鑄詞一覽表

編號	作者	詞牌名	首　句	詞題（詞序）	出　處
1	蘇軾	青玉案	三年枕上吳中路	和賀方回韻送伯固歸吳中	《全宋詞》，冊1，頁 320
2	李之儀	青玉案	小篷又泛曾行路	用賀方回韻，有所禱而作	《全宋詞》，冊1，頁 347
3	黃大臨	青玉案	千峯百嶂宜州路	和賀方回韻，送山谷弟貶宜州	《全宋詞》，冊1，頁 384
4	黃庭堅	青玉案	煙中一線來時路	至宜州次韻上酬七兄	《全宋詞》，冊1，頁 412
5	惠洪	青玉案	綠槐烟柳長亭路		《全宋詞》，冊1，頁 712
6	蔡伸	青玉案	參差弱柳長堤路	和賀方回韻	《全宋詞》，冊2，頁 1010
7	張元幹	青玉案	平生百繞垂虹路	賀方回所作，世間和韻者多矣。余經行松江，何啻百回，念欲下一轉語，了無好懷。此來偶有得，當與吾宗椿老子載酒浩歌西湖南山間，寫我滯思，二公不可不入社也。	《全宋詞》，冊2，頁 1088
8	楊無咎	青玉案	五雲樓閣蓬瀛路	次賀方回韻	《全宋詞》，冊2，頁 1180
9	史浩	青玉案	湧金斜轉青雲路	用賀方回韻	《全宋詞》，冊2，頁 1265
10	史浩	青玉案	銀濤漸溢江南路	入韻用賀方回韻	《全宋詞》，冊2，頁 1275

編號	作者	詞牌名	首　句	詞題（詞序）	出　處
11	李之儀	怨三三	清溪一派瀉揉藍	登姑熟堂寄舊遊，用賀方回韻	《《全宋詞》，冊 1，頁 340
12	李之儀	天門謠	天塹休論險	次韻賀方回登采石蛾眉亭	《全宋詞》，冊 1，頁 349
13	毛滂	七娘子	月光波影寒相向	和賀方回登月波樓	《全宋詞》，冊 1，頁 681
14	楊無咎	長相思	急雨回風	己卯歲留淦上，同諸友泛舟至盧家洲，登小閣，追用賀方回韻，以資坐客歌笑	《全宋詞》，冊 2，頁 1204
15	李綱	六么令	長江千里	次韻和賀方回〈金陵懷古〉，鄱陽席上作	《全宋詞》，冊 2，頁 907

（一）和〈青玉案〉

〈青玉案〉一詞為賀鑄的名篇，歷代對賀鑄詞和韻最多者為〈青玉案〉。漢張衡《四愁》：「美人贈我錦繡段，何以報之青玉案」調名取自於此。茲先錄賀詞如次：

> 凌波不過橫塘路。但目送、芳塵去。錦瑟華年誰與度？月橋花院，瑣窗朱戶。只有春知處。　　飛雲冉冉蘅皋暮。彩筆新題斷腸句。試問閑情都幾許？一川煙草，滿城風絮。梅子黃時雨。〔註15〕

歷代文人對此闋詞甚是喜愛，常有所論。王灼《碧雞漫志》卷二：「賀方回初在錢塘，作〈青玉案〉，魯直喜之，賦絕句云：『解道江南斷腸句，而今惟有賀方回。』賀集中如〈青玉案〉者甚眾。大抵二公卓然自立，不肯浪下筆，予故謂『語意精新，用心甚苦』。」〔註16〕先著、

〔註15〕宋·賀鑄著、鍾振振校注：《東山詞》（上海：上海古籍出版社，1989年 12 月），頁 152。

〔註16〕宋·王灼撰：《碧雞漫志》，卷 2，見錄於唐圭章編：《詞話叢編》（北京：中華書局，2005 年 10 月），冊 1，頁 86。

程洪《詞潔》言：「方回〈青玉案〉詞，工妙之至，無跡可尋，語句思路亦在目前，而千人萬人不能湊泊。」〔註17〕認為賀鑄〈青玉案〉一闋詞工妙至極，是眾家詞人不能相比者。此闋詞最為人津津樂道的便是結尾處用三譬喻寫閒愁之多。羅大經曾對詞家中的喻「愁」者有所解析，《鶴林玉露》云：

> 詩家有以山喻愁者，杜少陵云「憂端如山來，澒洞不可掇」，趙嘏云「夕陽樓上山重疊，未抵春愁一倍多」，是也。有以水喻愁者，李頎云「請量東海水，看取淺深愁」，李後主云「問君能有幾多愁，恰似一江春水向東流」，秦少游云「落紅萬點愁如海」是也。賀方回云「試問閒愁知幾許，一川煙草，滿城風絮，梅子黃時雨。」蓋以三者比愁之多也，尤為新奇，兼興中有比，意味更長。〔註18〕

就藝術技巧的角度論賀詞，言賀鑄以三種抽象風物比愁之多，具比興之意味，尤為新奇，最富藝術性。

賀鑄作〈青玉案〉一詞，六十七字，前後片各五仄韻，〔註19〕押第四部，韻腳為「路、去、度、戶、處、暮、句、許、絮、雨」。宋代和韻〈青玉案〉之作品如次列之：

1、蘇軾（1037～1101）〈青玉案〉題作「和賀方回韻送伯固歸吳中」，詞曰：

> 三年枕上吳中路。遣黃耳、隨君去。若到松江呼小渡。莫驚鷗鷺，四橋盡是，老子經行處。　輞川圖上看春暮。常記高人右丞句。作箇歸期天已許。春衫猶是，小蠻針線，曾溼西湖雨。（《全宋詞》，冊1，頁320）〔註20〕

〔註17〕清・先著、程洪輯，劉崇德、徐文武點校：《詞潔》（保定：河北大學出版社，2007年9月）。

〔註18〕宋・羅大經：《鶴林玉露》（臺北：臺灣開明書局，1968年11月），卷7，頁8～9。

〔註19〕龍沐勛：《唐宋詞格律》（臺北：里仁書局，2002年9月），頁94。

〔註20〕《全宋詞》於此闋詞後註：「此首別作蔣璨詞，見樂府雅詞拾遺卷上。苕溪漁隱叢話前集卷五十九與陽春白雪卷五皆謂姚進道作。」

2、李之儀（1038～1117），字端叔，作〈青玉案〉題爲「用賀方回韻，有所禱而作」，詞曰：

> 小篷又泛曾行路。這身世、如何去。去了還來知幾度。多
> 情山色，有情江水，笑我歸無處。　　夕陽杳杳還催暮。
> 練淨空吟謝郎句。試禱波神應見許。帆開風轉，事諧心遂，
> 直到明年雨。（《全宋詞》，頁 347）

3、黃大臨，字元明，號寅庵，黃庭堅兄，作〈青玉案〉題爲「和賀方回韻，送山谷弟貶宜州」，詞曰：

> 千峯百嶂宜州路。天黯淡、知人去。曉別吾家黃叔度。弟
> 兄華髮，遠山修水，異日同歸處。　　樽罍飲散長亭暮。
> 別語纏綿小成句。已斷離腸能幾許。水村山館，夜闌無寐，
> 聽盡空階雨。（《全宋詞》，冊 1，頁 384～385）

4、黃庭堅（1045～1105），字魯直，號山谷道人，晚號涪翁。其〈青玉案〉題作「至宜州次韻上酬七兄」，詞曰：

> 煙中一線來時路。極目送、歸鴻去。第四陽關雲不度。山
> 胡新囀，子規言語。正在人愁處。　　憂能損性休朝暮。
> 憶我當年醉時句。渡水穿雲心已許。暮年光景，小軒南浦。
> 同捲西山雨。（《全宋詞》，冊 1，頁 412）

5、惠洪（1071～1128），名德洪，字覺範，俗姓彭，筠州（今江西高安）人，其〈青玉案〉云：

> 綠槐烟柳長亭路。恨取次、分離去。日永如年愁難度。高
> 城回首，暮雲遮盡，目斷人何處。　　解鞍旅舍天將暮。
> 暗憶丁寧千萬句。一寸柔腸情幾許。薄衾孤枕，夢回人靜，
> 徹曉瀟瀟雨。（《全宋詞》，冊 1，頁 712）

6、蔡伸（1088～1156），字伸道，自號友古居士，莆田（今福建）人。其〈青玉案〉題爲「和賀方回韻」，詞曰：

> 參差弱柳長堤路。柳外征帆去。皓齒明眸嬌態度。回頭一
> 夢，斷腸千里，不到相逢地。　　來時約略春將暮。幽恨
> 空餘錦中句。小院重門深幾許。桃花依舊，出牆臨水，亂
> 落如紅雨。（《全宋詞》，冊 2，頁 1010）

7、張元幹（1091～1170）〈青玉案〉題為：「賀方回所作，世間和韻者多矣。余經行松江，何啻百回，念欲下一轉語，了無抒懷。此來偶有得，當與吾宗椿老子載酒浩歌西湖南山間，寫我滯思，二公不可不入社也。」，詞曰：

> 平生百繞垂虹路。看萬頃、翻雲去。山澹夕暉帆影度。菱歌風斷，襪羅塵散，總是關情處。　少年陳跡今遲暮。走筆猶能醉時句。花底目成心暗許。舊家春事，覺來客恨，分付疏篷雨。（《全宋詞》，冊2，頁1088）

8、楊無咎，字補之，其〈青玉案〉題為「次賀方回韻」，詞曰：

> 五雲樓閣蓬瀛路。空相望、無由去。弱水渺茫誰可渡。君家徐福，蕩舟尋訪，卻是曾知處。　群山應問來何暮。說與榮歸錦封句。句裡丁寧天已許。要教強健，召還廊廟，永作商巖雨。（《全宋詞》，冊2，頁1180）

9、史浩（1106～1194），字直翁，明州鄞縣（今浙江寧波）人。其〈青玉案〉題為「用賀方回韻」，詞曰：

> 湧金斜轉青雲路。溯袞袞、紅塵去。春色勾牽知幾度。月簾風幌，有人應在，唾線餘香處。　年來不夢巫山暮。但苦憶、江南斷腸句。一笑匆匆何爾許。客情無奈，夜闌歸去，簌簌花空雨。（《全宋詞》，冊2，頁1265）

10、史浩〈青玉案〉題作「入韻用賀方回韻」，詞曰：

> 銀濤漸溢江南路。汎短棹、輕帆去。破塊跳珠知幾度。竹窗新粉，藕池香碧，應在雲深處。　蕭蕭鶴髮雖云暮。曾得神仙悟真句。久視長生親見語。離愁掃盡，更無慵困，怕甚黃梅雨。（《全宋詞》，冊2，頁1275）

觀蘇軾、李之儀、黃大臨、惠洪、蔡伸、張元幹、楊無咎、史浩之和韻作品，就用韻而言，這些和韻作品皆有一特色，即是上、下片第五句之韻部或押韻字常與賀鑄相異。諸作之中，當屬黃庭堅之作最為工整，所用韻部皆為第四部，唯獨上、下片第五句之用韻字與賀詞不同。其餘和〈青玉案〉之作，上、下片第五句各不押韻，宋詞按此填者甚多；如蘇軾和韻詞上、下片第五句之末字為「是、線」，分別押第三

部、第七部；而李之儀、黃大臨、蔡伸三人所用之字皆屬第三部；惠
洪用字為「盡、靜」，分別押第六部、第十一部；張元幹詞用字為「散、
恨」，分別押第三部、第六部；楊無咎詞用字為「訪、廟」，分別押第
二部、第八部；史浩和韻詞其一用字為「在、去」，分別押第五部、
第四部，其二用字為「碧、困」分別押第十七部、第六部。就句式而
言，蔡伸詞的第二句為五字句，與賀詞六字句不同；又史浩（湧金斜
轉青雲路）一詞，下片第二句作八字句，賀詞作七字句；其餘和韻作
品之句式皆與賀詞無異。

　　就內容論之，賀鑄〈青玉案〉一詞敘寫對一女子的傾慕與思念，
並感歎自己的身世孤寂。史浩（湧金斜轉青雲路）一詞中，下片的「江
南斷腸句」指的便是以賀鑄〈青玉案〉一詞之典作為情感共鳴；（銀
濤漸溢江南路）下片作「久視長生親見語。離愁掃盡，更無傭困，怕
甚黃梅雨。」更是親身體驗了賀詞中的「愁」，甚至因賀詞的「黃梅
雨」蘊藏濃厚的閒愁，而害怕黃梅雨的到來。

　　而用作送別者，如蘇軾、黃大臨、黃庭堅、惠洪。其中蘇軾詞常
為人所道，詞題作「送伯固歸吳中」，元祐四年至七年蘇軾知杭州，
此闋是送友人蘇堅（字伯固）歸吳中，蘇軾離杭回京時所作，詞中寫
對蘇堅歸鄉後的牽掛，惜別中帶著感傷。況周頤《蕙風詞話》曾評之
曰：「（作箇歸期下三句）未為甚豔，『曾溼西湖雨』是清語，非豔語。
只上三句相連屬，遂成奇豔、絕豔，令人愛不忍釋。坡公天仙化人，
此等詞尤為非其至者，後學已未易橅肪其萬一。」〔註21〕讚許蘇軾「曾
溼西湖雨」一句用筆之妙，後學難以模仿。

　　黃大臨詞題為「送山谷弟貶宜州」、黃庭堅詞題作「酬七兄」，二
人之詞為相互酬唱之作，又據吳曾《能改齋漫錄》所載，惠洪亦和韻
而作〈青玉案〉。〔註22〕崇寧三年（1104）黃庭堅謫宜州，此三人之

〔註21〕　清·況周頤撰：《蕙風詞話》，卷2，收於唐圭章編：《詞話叢編》（北
　　　　京：中華書局，2005年10月），冊5，頁4426。
〔註22〕　宋·吳曾撰：《能改齋漫錄》（臺北：木鐸出版社，1982年5月），卷
　　　　16，頁470～471。

詞圍繞此事，黃大臨、惠洪借和韻賀鑄之詞，道出對黃庭堅貶謫之關懷。黃大臨詞中多見親情之愛，言兩人時以華髮白頭，無奈卻遭分離，因而興起同歸之願；下片敘寫別後之斷腸離愁，夜闌不寐獨聽雨，蘊藏無限憂傷。觀黃庭堅之和作，亦是寄予哀傷之愁思。上片用陽關曲之典，表達離別的悲惻，又以胡音和子規之聲，烘托自身的哀傷；下片呼應黃大臨之詞，同寫雨中涕零的相思，情意深篤。至若惠洪之詞，同抒發孤枕聽雨之愁，在藝術表現上則不似黃氏兄弟之高妙，厲鶚〈論詞絕句十二首〉之四曾評惠洪此闋曰：「梅子昔吳中住，一曲橫塘自往還；難會寂音尊者意，也將綺障學東山（洪覺範有和賀方回〈青玉案〉詞，極淺陋）。」〔註 23〕是以戲謔口吻稱僧人惠洪言世間情感，觸犯佛法，有失雅正，無法與賀詞相比。

此外，蔡伸詞寫對一女子的思念，抒發兒女情懷，與賀詞情調相近。李之儀詞中自傷身世之淒，詞題為「有所禱而作」，於結尾處道出祈禱之事為「帆開風轉，事諧心遂」。張元幹詞由景入情，是載酒浩歌於西湖時所得。楊無咎詞抒發抱負，期許自己能「召還廊廟」。

（二）和〈怨三三〉

李之儀〈怨三三〉題為「登姑熟堂寄舊遊，用賀方回韻」：

> 清溪一派瀉揉藍。岸草氃氃。記得黃鸝語畫簷。喚狂裡、醉重三。　　春風不動垂簾。似三五、初圓素蟾。鎮淚眼廉纖。何時歌舞，再和池南。（《全宋詞》，冊 1，頁 340）

所和之賀詞如下：

> 玉津春水如藍，宮柳氃氃。橋上東風側帽簷，記佳節約是重三。　　飛樓十二珠簾，恨不貯、當年彩蟾。對夢雨廉纖，愁隨芳草，綠遍江南。（《東山詞》，頁 343）

《塡詞名解》卷一：「怨三三。古怨詞有狂喚醉裡三三之句，遂取以名。」〔註 24〕此調宋代僅賀鑄及李之儀和作，別無其他作者，或是方

〔註 23〕王偉勇：《清代論詞絕句初編》，頁 102。

〔註 24〕吳藕汀、吳小汀：《詞調名辭典》（上海：上海書局，2005 年 9 月），頁 437。

回自度曲。此闋是雙調五十字，前段四句四平韻，後段五句四平韻。押第十四部，韻腳為「藍、毿、簪、三、簾、蟾、纖、南」。觀李之儀之作，其韻字與用韻順序皆與賀鑄同，為次韻作品。但就句式而言，上片的句式有所不同。賀鑄詞首句「玉津春水如藍」為六字，李之儀「清溪一派瀉揉藍」則為七字句；又賀鑄詞第四句「記佳節、約是重三」為七字句，李之儀詞「喚狂裡、醉重三」為六字句。

就內容論之，二詞同作回憶「重三」時節。據夏承燾《賀方回年譜》考證崇寧元年（1102）賀鑄與李之儀交於當塗（今安徽當塗），二人之詞為此年同遊作也。〔註25〕賀鑄身處江南，為追憶京城之作。上片敘寫憶中之景，在陰曆三月三日這天，詞人遊春賞春，當時的碧綠春水和垂拂細柳，仍是謹記心頭。下片首三句寫佳景不再，因此興起無限悵然，末三句借迷濛之微雨和遍生之芳草比擬內心之愁緒。若有似無之細雨，譬如愁思似有還無，連綿不絕之芳草，好似揮不去的情思，以具象之物比作抽象之愁，是每到春季便會觸景而生的感傷。而李之儀和韻作品，為憶舊遊之作，上片寫重三之日出遊之景物，下片則寫詞人於十五月圓日追憶彼時，使得淚眼籟籟而落，感歎何時能再重遊歌舞。二闋詞皆是細膩婉曲之作，但賀詞之結語在藝術層面上，愁思之形象更加鮮明，意境更為深遠，且跳脫如李之儀單寫個人追憶之情懷，而是更進一步寫生命普遍之感。

（三）和〈天門謠〉

李之儀〈天門謠〉題為「次韻賀方回登采石蛾眉亭」：

　　天塹休論險。盡遠目、與天俱占。山水斂。稱霜晴披覽。
　　　　正風靜雲閑、平激灩。想見高吟名不濫。頻扣檻。杳杳落、沙鷗數點。（《全宋詞》，冊1，頁349）

所和之賀詞作：

　　牛渚天門險，限南北、七雄豪占。清霧斂，與閑人登覽。

〔註25〕夏承燾著：《唐宋詞人年譜・賀方回年譜》（臺北：明倫出版社，1970年12月），頁302。

待月上潮平波灩灩，塞管輕吹新阿濫。風滿檻，歷歷
數、西州更點。（《東山詞》，頁403）

〈天門謠〉之名出自賀鑄〈蛾眉亭記〉：「采石鎮瀕江有牛渚磯，磯上
絕壁嵌空，與天門相直，嵐浮翠拂，狀若娥眉。」此爲雙調四十五字，
前後段各四句，四仄韻，押第十四部，韻腳爲「險、占、斂、覽、灩、
濫、檻、點」。觀李之儀詞，同押第十四部，其韻字與用韻順序皆與
賀鑄同，爲次韻之作。就句式而論，李詞下片首句以一「正」字爲領
調字，引出「風靜雲閒、平瀲灩」之景象，而賀詞則作四、四之句式。

　　就內容論之，賀詞爲懷古詠史之作，寫登臨采石（今安徽馬鞍山）
蛾眉亭，見絕壁之天險，曾是雄豪所占之地，今日卻成了「閒人登覽」
之遊覽勝地，因此興起物換星移之感。李之儀詞同是登覽采石蛾眉亭
而作，首句「天塹休論險」，即是相對於賀詞「牛渚天門險」所言，
反用賀詞之意，敍寫遠望天塹，但見山水連天，能飽覽霜後晴天之景，
通篇所言多寫遊覽名勝之景象，不似賀詞蘊藏深刻的懷古傷感。

　　李之儀擅長作詞，曾與秦觀、黃庭堅、賀鑄等人相互贈答，前人
常將他與這幾人並提；然而他的創作成就卻不及秦觀等人。清人馮煦
評曰：「姑溪詞長調近柳，短調近秦，而均有未至。」〔註26〕李之儀
與賀鑄交情甚篤，和韻賀鑄詞計有三闋，包括〈青玉案〉、〈怨三三〉、
〈天門謠〉皆是與賀鑄共時的創作接受。

（四）和〈七娘子〉

毛滂作〈七娘子〉題爲「和賀方回登月波樓」：

月光波影寒相向。借團團、與做長壕樣。此老南樓，風流
可想。殷勤冰彩隨人上。　　欲同次道傾家釀。有兵廚、
玉盞金波漲。雲外歸鴻，煙中飛槳。五湖秋興心先往。（《全
宋詞》，冊2，頁681）

所和者之賀鑄詞：

〔註26〕清・馮煦輯：《宋六十一家詞選・例言》（臺北：文化圖書公司，1956
年6月）。

□波飛□□□向。□□□、□□□□樣。擁鼻微吟，捋鬚
遐想，□□□□□□上。　　會須加數□□釀。□□□、
□□□□漲。美滿孤帆，輕便雙槳。中分□□□□往。□□
□□寄月波□□□「擁鼻微吟，捋須遐想」，吾自得見招，因采其語
賦此詞。(《東山詞》，頁4)

〈七娘子〉爲雙調六十字，前後段各五句，四仄韻。押第二部。韻腳
爲「向、樣、想、上、釀、漲、槳、往」。毛滂〈七娘子〉押第二部；
賀詞整闋共缺二十九字，無法看到全詞原貌；然就殘見之詞句看來，
兩闋詞同記遊覽月波樓之事。月波樓位於嘉興府（今浙江嘉興）西北
城上。宋元祐中，知州令狐挺所建，政和四年（1114）毛滂守秀州（今
蘇州嘉興），秋九月重修月波樓，毛滂〈月波樓記〉：「至其人散酒罷，
水波月出，余獨擁鼻微吟，捋鬚遐想，蓋意已超然遺塵埃。」〔註27〕
招賀往游，賀附詞以答，毛滂以原韻奉和。〔註28〕

（五）和〈長相思〉

楊無咎〈長相思〉題爲「己卯歲留淦上，同諸友泛舟至盧家洲，
登小閣，追用賀方回韻，以資坐客歌笑」：

急雨回風，淡雲障日，乘閒攜客登樓。金桃帶葉，玉李含
朱，一尊同醉青州。福善橋頭。記檀槽淒絕，春筍纖柔。
窗外月西流。似潯陽、商婦鄰舟。

況得意情懷，倦妝模樣，尋思可奈離愁。何坊乘逸興，甚
征帆、只抵蘆洲。月卻花羞。重見想、歡情更稠。問何時，
佳期卜夜，如今雙鬢驚秋。(《全宋詞》，冊2，頁1204)

楊詞言「追用賀方回韻」，觀所和者爲賀鑄〈望揚州〉：

鐵甕城高，蒜山渡闊，干雲十二層樓。開尊待月，捲箔披
風，依然燈火揚州。繡陌南頭。記歌名宛轉，鄉號溫柔。
曲檻俯清流。想花陰、誰繫蘭舟？

〔註27〕清・嵇曾筠：《（雍正）浙江通志》，收於任繼愈、傅璇琮主編：《文
津閣四庫全書》（北京：商務印書館，2005年），卷41，頁335～336。
〔註28〕見宋・賀鑄著、鍾振振校注：《東山詞》（上海：上海古籍出版社，
1989年12月），頁5。

念淒絕秦絃，感深荊賦，相望幾許凝愁。殷勤裁尺素，奈
雙魚、難渡瓜洲。曉鑑堪羞：潘鬢點、吳霜漸稠。幸于飛、
鴛鴦未老，不應同是悲秋。(《東山詞》，頁 293)

然此闋詞又見於《淮海詞》，作〈長相思〉。應是誤入於淮海詞者，以
楊無咎此闋詞之小題爲證，此詞爲方回所作無疑。〔註29〕此闋押第十
二部，韻腳爲「樓、州、頭、柔、流、舟、愁、洲、羞、稠、秋」。
觀楊無咎詞之用韻情形，其韻字和所押韻部皆與賀詞相同，押第十二
部，是次韻作品。

　　就內容觀之，賀詞寫遊覽鐵甕城之景，鐵甕城位於江蘇鎮江，孫
吳時築子城，取其堅固如鐵而得名。楊無咎則是與好友泛舟登樓時所
作。兩闋詞寫作時間皆爲秋季，並且同樣於觀景後抒發悲秋之情，感
傷雙鬢漸斑；賀詞於寫景中寄託物是人非的歷史感傷，楊詞相對於言
則多寫自身之離愁別緒，不如賀詞寓意深遠。

（六）和〈六么令〉

　　李綱（1083～1140），字伯紀，邵武（今福建）人，徽宗政和
二年（1112 年）進士，與趙鼎、李光、胡銓合稱「南宋四名臣」。
作〈六么令〉一闋，題爲「次韻和賀方回〈金陵懷古〉，鄱陽席上
作」：

長江千里，煙淡水雲闊。歌沈〈玉樹〉，古寺空有疏鐘發。
六代興亡如夢，苒苒驚時月。兵戈凌滅，豪華銷盡，幾見
銀蟾自圓缺。　　潮落潮生波渺，江樹森如髮。誰念遷客
歸來，老大傷明節。縱使歲寒途遙，此志應難奪。高樓誰
設？倚闌凝望，獨立漁翁滿江雪。(《全宋詞》，冊 2，頁 907)

綜觀賀鑄之詞，〈六么令〉僅有一闋，賀鑄詞牌名作〈宛溪柳〉，詞云：

夢雲蕭散，簾捲畫堂曉。殘薰盡燭隱映，綺席金壺倒。塵
送行鞭嫋嫋，醉指長安道。波平天渺，蘭舟欲上，回首離
愁滿芳草。　　已恨歸期不早，枉負狂年少。無奈風月多

〔註29〕黃啓方：《東山詞箋注》（臺北：國立臺灣大學中文研究所，1969 年
　　　　8 月），頁 117。

情，此去應相笑。心記新聲縹緲，翻是相思調。明年春杪，
宛溪楊柳，依舊青青爲誰好？（《東山詞》，頁 148）

李綱之詞押第十八部，韻腳作「闊、發、月、滅、缺、髮、節、奪、
設、雪」。然賀鑄此闋詞押第八部，與李詞不合，故李綱所謂賀鑄之
〈金陵懷古〉，應爲散佚之詞篇。就內容而言，李綱之作爲一詠史詞，
而賀詞題作〈金陵懷古〉，應同爲詠懷之作。因不復見賀鑄之原作，
無法與李綱之詞作比較。李綱此闋借景物之渲染，興起六朝如夢，繁
華殆盡之嘆，並抒發貶抑之心情，道出自己的雄心壯志。

二、情感之共鳴

表 3－2：宋代詞作與賀詞情感共鳴一覽表

編號	作者	詞牌名	詞題（詞序）	詞　句	出　處
1	辛棄疾	沁園春	送趙景明知縣東歸，再用前韻	空贏得，江南佳句，只有方回。	《全宋詞》，冊 3，頁 1868
2	周密	高陽臺	送陳君衡被召	投老殘年，江南誰念方回。	《全宋詞》，冊 1，頁 347

賀鑄〈青玉案〉一闋爲古今名作，詞中之離情愁苦，常成爲文學
家筆下之情，是對賀詞之情感產生共鳴迴響，如辛棄疾〈沁園春・送
趙景明知縣東歸，再用前韻〉：

佇立瀟湘，黃鵠高飛，望君不來。被東風吹墮，西江對語，
急呼斗酒，旋拂征埃。卻怪英姿，有如君者，猶欠封侯萬
里哉。空贏得，江南佳句，只有方回。　　錦帆畫舫行齋。
悵雪浪黏天江影開。記我行南浦，送君折柳，君逢驛使，
爲我攀梅。落帽山前，呼鷹臺下，人道花須滿縣栽。都休
問，看雲霄高處，鵬翼徘徊。（《全宋詞》，冊 3，頁 1868）

辛棄疾此闋爲送別趙景明而作，趙景明，字奇瑋，於淳熙六年至八年
任江陵知縣，時離任東歸，與辛棄疾相別。上片寫等待友人之時，因
離情而有所感觸，上片末句道出：「空贏得，江南佳句，只有方回」，
所謂「江南佳句」，指賀鑄〈青玉案〉一詞，賀詞寫離別之愁，辛棄

疾送別之地爲江南一代，故在情感上與賀詞產生共鳴，在此似乎已將
賀鑄〈青玉案〉作爲一典故使用。

又如周密〈高陽臺・送陳君衡被召〉：

> 照野旌旗，朝天車馬，平沙萬里天低。寶帶金章，尊前茸
> 帽風欹。秦關汴水經行地，想登臨、都付新詩。縱英遊，
> 疊鼓清笳，駿馬名姬。　　酒酣應對燕山雪，正冰河月凍，
> 曉瓏雲飛。投老殘年，江南誰念方回。東風漸綠西湖柳，
> 雁已還、人未南歸。最關情，折盡梅花，難寄相思。（《全
> 宋詞》，冊 5，頁 3291）

此闋爲送友人陳允平（字君衡）之詞。以描寫廣闊之景揭序，氣概壯
大，於送別之途一路飲酒賦詩，笳鼓合樂，名姬相隨。後敘離情，別
後二人從此殊途，其中「投老殘年，江南誰念方回」，用賀鑄當年作
〈青玉案〉之離情，寫自身無人顧念，爲自傷之句；賀詞之典已融於
詞意，因觸發賀詞之情感共鳴而所有感嘆。

第二節　金、元代對賀鑄詞的創作接受

金代對賀詞之創作接受主要表現在和韻作品上，金代和韻賀詞有
完顏璹、元好問〈青玉案〉二闋，元代王實甫作〈西廂記〉有化用賀
詞現象，以下分別試析。

表 3－3：金、元代對賀鑄詞創作接受一覽表

編號	接受類型	朝代	作者	作品名稱	首句／化用之句	出　處
1	和韻	金	完顏璹	青玉案	凍雲封却馳岡路	《中州集》
2		金	元好問	青玉案	落紅吹滿沙頭路	《遺山樂府》，卷 2
3	化用	元	王實甫	北西廂	不近喧譁，嫩綠池塘藏睡鴨；自然幽雅，淡黃楊柳帶棲鴉。	《三先生合評元本北西廂》

一、和韻賀鑄詞

　　完顏璹，字仲寶，一字子瑜，世宗之孫，有〈青玉案〉一闋，詞提或詞序中雖未標明和韻賀詞，然觀所用之韻字與韻部皆與賀詞相同；詞曰：

> 凍雲封却馳岡路，有誰訪溪梅去，夢裏踈香風暗度，覺來唯見，一窗凉月，瘦影無尋處。　　明朝畫筆江天莫，定向漁蓑得奇句，試問簾前深幾許，兒童笑道，黃昏時後，猶是廉纖雨。〔註30〕

元好問（1190〜1257），字裕之，號遺山，秀容（今山西省忻縣）人，著《中州集》。《遺山樂府》錄〈青玉案〉詞曰：

> 落紅吹滿沙頭路，似總被春將去，花落花開春幾度，多情唯有，畫梁雙燕，知道春歸處。　　鏡中冉冉韶華暮，欲寫幽懷恨無句，九十花期能幾許，一厄芳酒，一襟清淚，寂寞西窗雨。〔註31〕

賀詞押第四部，韻腳爲「路、去、度、戶、處、暮、句、許、絮、雨」。觀元好問詞之用韻情況，二闋在上、下片第五句之韻部皆出律，與賀詞相異，「凍雲封却」一闋上、下片第五句之韻字爲「月、後」，分別押第十八部、第十二部；元好問「落紅吹滿」一闋用韻字則爲「燕、淚」，分別押第七部、第三部；其餘韻字與賀詞皆同。就內容觀之，「凍雲封却」一闋寫於冬季，迥異於賀詞的春思之作；「落紅吹滿」一闋見花開花落，嘆春景將去，有傷春之意。在藝術技巧上，賀詞末三句以江南尋常景物堆砌成閒愁無限，堪爲一絕；二詞未使用相同作法，在藝術表現上未及賀詞。

〔註30〕金・元好問編：《中州集》，見錄於《景印文淵閣四庫全書》，集部，冊1365，頁370。

〔註31〕金・元好問撰：《遺山樂府》，卷2，見錄於《叢書集成續編》（臺北：新文豐出版公司，1989年），冊208，頁143〜144。

二、化用賀鑄詞

　　元代王實甫《北西廂》卷三第三折之第三套「踰墻」搬演張生與崔鶯鶯之私會，紅娘唱道：

　　　　【駐馬聽】不近喧譁，嫩綠池塘藏睡鴨；自然幽雅，淡黃楊柳帶棲鴉。〔註32〕

《北西廂》劇本筆者選用明崇禎間刻本《三先生合評元本北西廂》，正文之上有卷鐫刻批語，然未標明出自何人手口。上述文字有眉批曰：「得此勝地便足了一生」，此處是紅娘敘說景色之語，其中化用賀鑄〈減字浣溪沙〉「淡黃楊柳暗棲鴉」（《東山詞》，頁400）之句，描繪淡黃楊柳之中，有棲鴉相映，營造極美之境。胡仔《苕溪漁隱詞話》嘗云：「詞句欲全篇皆好，極爲難得。如賀方回「淡黃楊柳帶棲鴉」，秦虛度「藕葉清香勝花氣」二句，寫景詠物，可謂造微入妙。」〔註33〕是讚賞賀詞「淡黃楊柳暗棲鴉」之句寫景詠物，堪爲造化入妙。而《北西廂》中於此句前添增「自然幽雅」一句，點明賀鑄此句自然幽雅之境界，並再造一對句「不近誼譁，嫩綠池塘藏睡鴨」與賀詞相配，寫嫩綠池塘中藏匿著睡鴨，呈現一幅超然世外之景，更加深賀詞淡雅優美的畫面。明・蔣一葵《堯山堂外紀》亦評曰：「賀方回〈浣溪沙〉有云：『淡黃楊柳帶栖鴉』。關漢卿演作四句云：『不近誼譁，嫩綠池塘藏睡鴨；自然幽雅，淡黃楊柳帶栖鴉。』青出於藍，無妨竝美。」〔註34〕是認爲《北西廂》之句演賀詞作四句，能青出於藍，可與賀詞並稱絕美。

〔註32〕元・王實甫撰，關漢卿續，明・湯顯祖、李贄、徐渭合評：《三先生合評元本北西廂》，《明刻孤本秘笈叢刊》（桂林：廣西師範大學出版社，2010年），頁431。

〔註33〕宋・胡仔撰：《苕溪漁隱詞話》，卷1，見錄於唐圭璋編：《詞話叢編》（北京：中華書局，2005年10月），冊1，頁167。

〔註34〕明・蔣一葵撰：《堯山堂外紀》，卷68，見錄於《續修四庫全書》，子部，冊1194，頁628。

第三節　明代對賀鑄詞的創作接受

　　《全明詞》中，搜得明代和韻賀鑄詞的作品計有五闋，作者包括吳山、沈謙、陳鐸、王烏、王翃五人；和韻之詞牌有〈青玉案〉、〈望湘人〉、〈小梅花〉、〈薄倖〉。

表 3－4：明代詞人和韻賀鑄詞一覽表

編號	作者	詞牌名	首　句	詞題（詞序）	出　處
1	吳山	青玉案	彩霞不續長河路	西湖七夕，用賀方回韻	《全明詞》，頁 1504
2	沈謙	青玉案	望中渺渺相思路	後段第二句用洪覺範體。幽期，用賀方回韻	《全明詞》，頁 2640
3	陳鐸	望湘人	糝地殘紅	和賀方回	《《全明詞》，頁 460
4	王烏	小梅花	莫弄手	次賀方回韻	《全明詞》，頁 1619
5	王翃	薄倖	顧花知態	次賀鑄春情韻	《全明詞》，頁 1856

一、和〈青玉案〉

　　明代和韻〈青玉案〉之作計有二首，如次於後：

　　（一）吳山（1500～1577），字日靜，號筠泉，江西高安人。其〈青玉案〉題為「西湖七夕，用賀方回韻」：

　　　彩霞不續長河路。一水渺然流去。晥彼清光何以度。隔年
　　　離恨，千秋情緒。都在雲深處。　　龍輿倏轉藍橋暮。惜
　　　別應留秋月句。試語人間愁幾許。兩行清淚，滿天秋露。
　　　疑是巫山雨。（《全明詞》，頁 1504）

　　（二）沈謙〈青玉案〉題為「後段第二句用洪覺範體。幽期，用賀方回韻」：

　　　望中渺渺相思路。便咫尺、難來去。幽夢雖輕吹不度。畫
　　　堂南畔，玉櫳西面，誰是無人處。　　隔牆花暝春風暮。
　　　青鳥仙書無一句。總是伊家真箇許。晚雲籠罩，重門深閉，
　　　又下黃昏雨。（《全明詞》，頁 2640）

就用韻情形論之，吳山詞皆押第四部，惟上、下片第五句之韻字與賀詞不同，爲依韻作品；又沈謙詞上、下片第五句的韻字分別押第七部與第三部，其餘韻腳皆與賀詞無異。觀二闋詞之句式，賀詞第二句作上三、下三，爲單式音節；吳山詞第二句「一水渺然流去」，爲二、二、二的讀法，是雙式音節。其它句式皆與賀詞相同。就內容論之，沈謙詞寫相思之情；吳山詞與賀詞皆寫「愁」，吳詞末三句更是仿賀詞作法，以三物喻愁，然其中之「清淚」非寫自然景物，而是直接寫愁思惹來雙淚，與賀鑄詞以三者自然之物堆疊愁緒之濃厚，此中虛實絕美之境，使此二闋望塵莫及。

二、和〈望湘人〉

詞譜云：「此調只有此詞，無它詞可校。」此調係方回自度者也。
賀鑄〈望湘人〉：

> 厭鶯聲到枕，花氣動簾，醉魂愁夢相半。被惜餘薰，帶驚賸眼，幾許傷春春晚。淚竹痕鮮，佩蘭香老，湘天濃暖。記小江、風月佳時，屢約非煙游伴。　　須信鸞絃易斷，奈雲和再鼓，曲終人遠。認羅韤無蹤，舊處弄波清淺。青翰棹艤，白蘋洲畔。盡目臨皋飛觀。不解寄、一字相思，幸有歸來雙燕。（《東山詞》，頁453）

共一百七字，前段十一句五仄韻，後段十句六仄韻。通首單押第七部，韻腳爲「半、眼、晚、暖、伴、斷、遠、淺、畔、觀、燕」。後人對此闋詞多有評論，如陳匪石《宋詞舉》：「題作〈春思〉，他本無之。尋味詞意，當是傷離之作。」又曰：「全篇言情，而以景入之，則東山家法也。」〔註35〕明顯道出賀鑄此詞之內容爲離情之作。

陳鐸〈望湘人〉題作「和賀方回」：

> 糝地殘紅，障園新綠，好春將過多半。梅子酸心，藤梢刺眼。怕見繡簾鈎晚。鳳枕寒留，鴛衾夜剩，倩誰生暖。恨

〔註35〕陳匪石：《宋詞舉》（臺北：正中書局，1983年1月），頁104。

> 楚臺雲冷，秦樓月滿，吹簫無伴。　　情似遊絲不斷。經
> 幾朝間闊，便知疏遠。竟失却桃源，自是劉郎緣淺。桃花
> 洞口，胡麻鯊畔。虛望玉眞樓觀。獨不見、青鳥飛來，空
> 有許多鶯燕。（《全明詞》，頁 460）

陳鐸詞與賀詞之韻腳相同，同押第七部，爲次韻之作。就內容而言，
陳詞的「恨楚臺雲冷」、「情似遊絲不斷」、「失却桃源」等句，皆流露
傷心之情，與賀詞的情調相近。但就藝術技巧而言，唐圭璋《唐宋詞
簡釋》評賀鑄〈望湘人〉：「起厭鶯，末幸燕，章法亦奇。」〔註36〕觀
陳鐸之詞未見如此首尾映襯之作法。再者，後人論賀鑄此闋詞多以首
字──「厭」爲奇。如沈際飛《草堂詩餘正集》卷二：「鶯自聲而到
枕，花何氣而動簾，可稱葩藻，『厭』字嶙峋。」〔註37〕陳匪石《宋
詞舉》：「開口一『厭』字，不知從何飛來。而所厭者，乃『到枕』之
『鶯聲』、『動簾』之『花氣』，極細膩，極柔媚，偏與心境不合。此
種心境，半屬醉魂，半屬愁夢。第三句寫『厭』字神理，亦極惝怳迷
離之致。蓋綜挈全篇，先爲傳神之筆也。」〔註38〕又俞陛雲《唐五代
兩宋詞選釋》：「題意重在起筆之『厭』字，『鶯聲』、『花氣』，正娛賞
之時，轉厭其攪人愁夢，乃極寫傷春之情緒。」〔註39〕諸詞評家皆指
出「厭」字用法的高深和傳神。觀陳鐸所和之詞，於首句卻未見如賀
詞這般「綜挈全篇」的字眼。又上片的末三句，陳鐸亦改變賀詞之句
式。總體而論，陳鐸此闋和韻之作，不如賀鑄原作之高明。

三、和〈小梅花〉

　　王鳥〈小梅花〉題爲「次賀方回韻」：
> 莫弄手。休開口。紛紛畫虎多成狗。脫頭巾。洗京塵。歸

〔註36〕唐圭璋：《唐宋詞簡釋》（臺北：木鐸出版社，1982 年 3 月），頁 122。
〔註37〕明・顧從敬輯、沈際飛評：《古香岑草堂詩餘》，明崇禎間太末翁少
　　　麓刊本，現藏於國家圖書館。
〔註38〕陳匪石：《宋詞舉》（臺北：正中書局，1983 年 1 月），頁 103。
〔註39〕俞陛雲：《唐五代兩宋詞選釋》（臺北：文史哲出版社，1988 年 7 月），
　　　頁 249。

遲竊恐詒笑山中人。浮雲世事何須道。多少英雄林下老。
書張顛。句劉錢。閑得須臾，亦勝忙百千。　　金接斗。
為君壽。醉臥醒馳福誰有。容花然。態鴻翩。歌喉縱好，
我愛琴無弦。後庭唱斷前朝曲。江水東流何太促。顏光光。
比春桑。須信年華，不向忙處長。(《全明詞》，頁 1619)

所和者為賀鑄〈行路難〉：

縛虎手，懸河口，車如雞棲馬如狗。白綸巾，撲黃塵，不
知我輩可是蓬蒿人！衰蘭送客咸陽道，天若有情天亦老。
作雷顛，不論錢，誰問旗亭美酒斗十千？　　酌大斗，更
為壽，青鬢常青古無有。笑嫣然，舞翩然，當壚秦女十五
語如絃。遺音能記秋風曲，事去千年猶恨促。攬流光，繫
扶桑，爭奈愁來一日却為長！(《東山詞》，頁 103)

此為雙調一百十四字，前後段各十三句，五仄韻、六平韻。共有八次
轉韻，分別是押第十二部，韻腳為「手、口、狗」；押第六部，韻腳
為「巾、塵、人」；押第八部，韻腳為「道、老」；押第七部，韻腳為
「顛、錢、千」；押第十二部，韻腳為「斗、壽、有」；押第七部，韻
腳為「然、翩、絃」；押第十五部，韻腳為「曲、促」；押第二部，韻
腳為「光、桑、長」。觀王烏詞之用韻情況，其押韻字幾乎與賀詞皆
同，惟在下片第五句的韻字，改賀鑄的「然」字而作「翩」，因此屬
依韻之作。就內容而論，賀詞為寫愁之作，詞中滿懷悲憤，卻又無可
奈何，只能恣情飲酒，又感嘆光陰虛度、時光荏苒，而興起鬱鬱不得
志的愁悶。王烏詞有飲酒歌唱，也感嘆韶光匆匆，但情感上不似賀詞
那般的憤懣與哀愁。

四、和〈薄倖〉

　　王翃，生卒年不詳，字介人，浙江嘉興人。其〈薄倖〉題為「次
賀鑄春情韻」，詞曰：

顧花知態。笑影動、鏡波分映。恨想絕、年年無計，共攬
女蘿絲帶。最宜人、氣若幽蘭，含辭未吐嬌微奈。更唇煖

　　　長紅，腮寒小白，素手連環偷解。　　悄語問、黃昏約，
　　初未覺、玉顏成萊。鎮幽吁俯仰，深疑怨抑，畫樓月好行
　　雲礙。擬他生再。倘春魂、未泯梅根，呼醒情猶賴。淹掩
　　香夢，歸去羅幃先在。(《全明詞》，頁1856)

所和者為賀鑄〈薄倖〉：

　　　豔眞多態，更的的、頻回眄睞。便認得、琴心相許，與寫
　　宜男雙帶。記畫堂、斜月朦朧，輕韏微笑嬌無奈。便翡翠
　　屏開，芙蓉帳掩，與把香羅偷解。　　自過了收燈後，都
　　不見、蹋青挑菜。幾回憑雙雁、丁寧深意，往來翻恨重簾
　　礙。約何時再？正春濃酒暖，人閒晝永無聊賴。厭厭睡起，
　　猶有花梢日在。(《東山詞》，頁164)

此調一百八字，前段九句五仄韻，後段十句五仄韻，押第五部，韻
腳為「態、睞、帶、奈、解、菜、礙、再、賴、在」。俞陞雲《唐
五代兩宋詞選釋》則進一步為此闋詞作賞析：「上闋追敘前歡。下
闋言紫燕西來，已寄書多阻，姑借酒以消磨永晝；乃酒消睡醒，仍
日未西沉，清晝悠悠，遣愁無計；極寫其無聊之思，原題云：〈憶
故人〉，知其眷戀之深。調用〈薄倖〉，殆其自謂耶？」〔註40〕通篇
敘寫男女之相識愛戀，從初識到歡會，而後不得再見的相思；是以
鋪敘手法表達情思，非藉由景物以寫情，如周濟《宋四家詞選》評
此闋曰：「方回於言情中佈景，故穠至。」〔註41〕賀鑄此闋能情中
佈景，故為穠麗之作。

　　觀王翃詞用韻情形，所押韻部和韻字皆與賀詞相同，是次韻之
作。就句式而論，賀鑄下片「正春濃酒暖，人閒晝永無聊賴」而五、
七之句；王翃則作「倘春魂、未泯梅根，呼醒情猶賴」為七、五之句
式。就內容而論，王翃詞與賀詞同為閨情之作。

〔註40〕俞陞雲：《唐五代兩宋詞選釋》(臺北：文史哲出版社，1988年7月)，
　　　　頁261。
〔註41〕清・周濟輯：《宋四家詞選》，收錄於《續修四庫全書》，集部，冊1732，
　　　　頁591〜613。

第四節　清代對賀鑄詞的創作接受

統計《全清詞·順康卷》、《全清詞補編》、《清詞別集》等書，觀清代對賀鑄詞的創作接受，可分作四端，以和韻爲最，共計十五闋詞作；尚有仿傚賀鑄詞者，計有八闋；亦有一首集句用賀詞；此外，賀鑄〈青玉案〉一闋之斷腸情懷，常成爲文學家反芻後之產物，以下分別探析。

一、和韻賀鑄詞

清代和韻賀鑄詞之詞作十六闋。作者包括龔鼎孳、曹武亮、孫致彌、許尚質、唐之鳳、周壽昌、王士祿、荊榗、魏學渠、熊文舉、朱祖謀共十一人；和韻之詞牌有〈青玉案〉、〈望湘人〉、〈薄倖〉、〈臨江仙〉、〈石州引〉、〈兀令〉。

表 3-5：清代詞人和韻賀鑄詞一覽表

編號	作者	詞牌名	首　句	詞題（詞序）	出　處
1	龔鼎孳	青玉案	金閶篛是迷香路	虎邱踏月，用賀方回暮春韻	《全清詞·順康卷》，頁 1130
2	曹武亮	青玉案	社前尋徧江南路	詠燕，用賀方回韻」	《全清詞·順康卷》，頁 7227
3	孫致彌	青玉案	十年不踏行春路	泛舟衡塘作，用賀方回韻	《全清詞·順康卷》，頁 8146
4	許尚質	青玉案	仙人閣下行雲路	過橫塘，追和賀方回韻	《全清詞·順康卷》，頁 8688
5	唐之鳳	青玉案	平蕪十里湖堤路	湖上，次賀方回韻	《全清詞補編》，冊 2，頁 1205
6	周壽昌	青玉案	太平車子催征路	雨中鄉思用賀方回韻	《清詞別集》，頁 5564
7	王士祿	青玉案	清宵盼盼銀河路	用賀方回韻	《全清詞·順康卷》，頁 4733
8	董潮	青玉案	小橋流水西塘路	用賀方回韻	《國朝詞綜續編》，卷 2，頁 8

編號	作者	詞牌名	首　句	詞題（詞序）	出　處
9	周篔	青玉案	雲帆西指吳臺路	泊吳門簡丁筠雪用賀方回韻	《瑤華集》，卷22，頁370
10	羅汝懷	青玉案	青蒼一徑山塘路	梅雨用賀方回韻	《研華館詞》，卷2
11	荊搢	望湘人	泛聲聲柔櫓	見新月，用賀方回韻	《《全清詞・順康卷》，頁6287
12	魏學渠	薄倖	惠心妍態	文意，用賀方回韻	《全清詞・順康卷》，頁2616
13	曹武亮	薄倖	豔情穠態	憶看洑溪徐氏女優，賦此紀事，用賀方回韻	《全清詞・順康卷》，頁7174
14	熊文舉	臨江仙	憶得當初行樂地	和賀方回韻	《全清詞・順康》，頁48
15	朱祖謀	石州慢	一枕春醒	用東山韻	《清詞別集》，頁6602
16	汪鉽	兀令	旖旎風光南陌好	春日同陸東蘿、吳禮堂散步晴郊，賦此志興，用賀方回韻	《國朝詞綜補》〔註42〕，卷35，頁316

（一）和〈青玉案〉

清代和韻〈青玉案〉詞共計七闋，臚列如次：

1、龔鼎孳（1615～1673），字孝升，號芝麓，祖籍江西臨川，與吳偉業、錢謙益並稱爲江左三大家。其〈青玉案〉題爲「虎邱踏月，用賀方回暮春韻」：

> 金閶箇是迷香路。又月底，移船去。風定百坪笙管度。吳王虹劍，貞娘珠粉，兒女英雄處。　草痕短簿荒祠暮。入望寒山夜鐘句。自負多情天應許。要離事往，館娃人去，一陣催花雨。（《全清詞・順康卷》，頁1130）

〔註42〕清・丁紹儀輯：《國朝詞綜補》，見錄於《續修四庫全書》，集部，冊1732，頁1～534。

2、曹武亮〈青玉案〉題爲「詠燕，用賀方回韻」：

> 社前尋徧江南路。爭忍向，他鄉去。疊就芹泥知幾度。舊
> 家門巷，美人庭户。都是留伊處。　　雕梁軟語春將暮。
> 似解人間斷腸句。說與閒愁仍未許。掠些煙水，啄些花絮。
> 剪斷絲絲雨。（《全清詞・順康卷》，頁 7227）

3、孫致彌，生卒年不詳，約康熙年間在世，字愷似，號松坪，
江蘇嘉定人。其〈青玉案〉題爲「泛舟衡塘作，用賀方回韻」：

> 十年不踏行春路。重載酒，尋山去。曲曲疏林帆影度。鷗
> 邊寒水，雁邊斜照，多少關情處。　　生煙一抹鱸鄉暮。
> 紅葉休題怨秋句。青篛綠蓑心久許。終須買箇，橛頭船子，
> 醉聽雙橋雨。（《全清詞・順康卷》，頁 8146）

4、許尙質〈青玉案〉題爲「過橫塘，追和賀方回韻」：

> 仙人閣下行雲路。看一艇、穿波去。渺渺春光知幾度。異
> 時花月，舊家門户。遺老曾遊處。　　慶湖有客來何暮。
> 記得當年斷腸句。欲譜新詞誰共許。苴棚抛繭，柳陰飛絮。
> 恰做黃梅雨。（《全清詞・順康卷》，頁 8688）

5、唐之鳳〈青玉案〉題爲「湖上，次賀方回韻」：

> 平蕪十里湖堤路。趁柳外、尋香去。嚦嚦歸鴻雲裏度。鏤
> 花鐫葉，翠樓瓊户。正在春深處。　　紫蕭玉笛朝還暮。
> 象管閒書新恨句。鬪綠籌紅愁幾許。六橋芳樹，半天殘絮。
> 做盡紛紛雨。（《全清詞補編》，冊 2，頁 1205）

6、周壽昌（1814～1884），字應甫，一字荇農，號友生，湖南長
沙人。其〈青玉案〉題爲「雨中鄉思用賀方回韻」：

> 太平車子催征路。日送著，行人去。莫信衡峯無雁度。洞
> 庭秋月，瀟湘春樹。都是關情處。　　涼風消暑斜陽暮。
> 排悶詩無快心句。作意遣愁愁不許。鴒原新恨，蠶叢離緒，
> 一片芭蕉雨。（《清詞別集》，頁 5564）

7、王士祿（1626～1673），字子底，號西樵山人。新城（今山東
桓台）人。其〈青玉案〉題爲「用賀方回韻」：

> 清宵盼盼銀河路，只惆悵、華年去。密約芳期經幾度，紅

絃翠管，風簾月簟，并與人何處。　　別時夏杪春還莫。
燕燕鶯鶯漫成句。舊事縈心還幾許。微酣曾訪，短篷相遇，
荷葉西陵雨。(《全清詞‧順康卷》，頁 4733)

8、董潮，字曉滄，號東亭，海鹽人。有漱花集詩餘一卷。有〈青
玉案〉一詞，題作「用賀方回韻」，詞曰：

小橋流水西塘路，記淚眼、匆匆去。一片春帆雲外渡，亂
烟芳草，遠山殘照，知道人何處。　　紅藕香銷秋欲暮。
苦憶當時臨別句。一寸柔腸餘幾許。那堪今夜，斷鴻聲裏，
點點芭蕉雨。〔註43〕

9、周篔（1623～1687），初名筠，字公貞，更字青士，別字當谷，
浙江嘉興人。其〈青玉案〉題作「泊吳門簡丁筠雪，用賀方回韻」，
詞曰：

雲帆西指吳臺路，重繫纜、遲歸去。爲記魚書傳兩度，襄
陽吟苦，長江詩瘦，曾是相憐處。　　望中搔首河山暮。
玉案難酬舊題句。爲問新詞填幾許。白龍潭上，青楓林畔，
賦得瀟瀟雨。〔註44〕

10、羅汝懷（1804～1880），初名汝槐，字廿孫，一作念生、研
生，晚號梅根居士，湖南湘潭縣人。其〈青玉案〉題作「梅雨，用賀
方回韻」，詞曰：

青蒼一徑山塘路，送錦瑟、流年去。夏始春餘容易度，度
碧澌池，沼綠庭戶，愁鎖無人處。　　楚天易黯湘煙暮。
鐵石剛題？梅句。要爾和羹人不許。滿林紅綻，只如飄絮，
潛墮深宵雨。(《研華館詞》，卷2)

就韻字與韻部觀之，曹武亮、許尚質、唐之鳳、羅汝懷四人的詞韻字
皆與賀詞相同，皆押第四部，爲次韻之作。周壽昌詞用韻字在上、下
片第五句與賀詞不同，但所押韻部與賀詞皆爲第四部，爲依韻作品。

〔註43〕清‧黃燮清輯：《國朝詞綜續編》（臺北：中華書局，1981 年），卷 2，
頁 8。
〔註44〕清‧蔣景祁輯：《瑤華集》，卷 22，見錄於《四庫禁燬書叢刊》，集部，
冊 37，頁 370。

王士祿詞上片第五句押第十四部，其它韻腳皆押第四部。其餘龔鼎孳、孫致彌、董潮、周篔四人的詞在上、下片第五句皆出律。龔鼎孳詞上、下片第五句所押韻部分別為第六部和第三部；孫致彌、董潮分別押第八部和第三部；周篔則分別押第十二部和第七部。

就內容論之，賀詞所寫的分離地是在橫塘，而孫致彌、許尙質二闋詞便是遊歷橫塘時所作。孫致彌是於泛舟時，道出自己平靜自然之心；許尙質下片第二句「記得當年斷腸句」是追憶賀詞。又曹武亮詞題爲「詠燕」，在下片提及「似解人間斷腸句」，亦是借用賀鑄之詞句。曹武亮、唐之鳳、周壽昌三人之詞皆與賀詞同樣寫「愁」，且末三句倣賀詞作法，連用三譬喻說「閒愁」。龔鼎孳、董潮之詞寫離別之思。王士祿詞寫道「紅絃翠管」、「燕燕鶯鶯」，可知此闋詞是寫對一女子的相思之情，與賀詞情調相似。周篔寫泊舟時所憶，下片云「玉案難酬舊題句。爲問新詞填幾許」，呼應賀詞「彩筆新題斷腸句」，周篔作此「新詞」以抒自身之感。羅汝懷則寫於梅雨之時，觸發錦瑟華年流去之愁思。

（二）和〈望湘人〉

荊摺，字慈衛，號盟石，又號石門。其〈望湘人〉題爲「見新月，用賀方回韻」，詞曰：

> 泛聲聲柔櫓，葉葉輕帆，瞞過花月多半。漸失遲紅，連飛弱素，才覺傷春悲晚。翠點新荷，粉霑疏攛，放晴催暖。向閒階、信履來回，瘦影侵尋相伴。　　方記金波不斷。又微瀾乍起，天街星遠。到紅藥欄東，一帶露搖光淺。料客櫂滯，蒓絲湖畔。今睹姮娥宮觀。怕只是、人倚西窗，慵數出巢雛燕。（《全清詞‧順康卷》，頁 6287）

觀荊摺詞之用韻情形，所押之韻腳爲「半、晚、暖、伴、斷、遠、淺、畔、觀、燕」，皆與賀詞同押第七部。惟第五句之「素」字出律，押第四部。就句式而言，首句同賀詞之法，以一「泛」字作爲提綱挈領，帶出「聲聲柔櫓」、「葉葉輕帆」之句。就內容而論，與賀詞同道出「傷春」之情。

（三）和〈薄倖〉

清代和韻〈薄倖〉計有兩闋詞，臚列於下。

1、魏學渠，字子存，號青城。其〈薄倖〉題作「文意，用賀方回韻」，詞曰：

> 惠心妍態。記邂逅、偏垂倩眄。早惹得、愁紅羞粉，結與繡鴛雙帶。算從前、悄步迴廊，深憐密喚眞無奈。向三五掌中，七絃聲裏，語少情多能解。　　聽不了、桃花呪，還獨自、采藍挑菜。只梨夢烟溶，蕙思雪繞，尋常蝴蝶游絲礙。歡期難再。怕滿街、明月吹簫，人去何聊賴。東風輕薄，補過微之可在。（《全清詞‧順康卷》，頁 2616）

2、曹武亮〈薄倖〉題作「憶看狀溪徐氏女優，賦此紀事，用賀方回韻」，詞曰：

> 豔情穠態。記眾裏、親承盼眄。道一片、綵雲飛去，却是風飄鷰帶。況當他、三月韶光，柳慵花倦人無奈。想燭暗歌停，酒闌拍散，惆悵羅襦襟解。　　自歇了、歡場後，曾瞥見、湔裙挑菜。問何時偎倚，香肩私語，夢魂還被重門礙。舞衣難再。縱明珠可聘，琴心寄與誰憑賴。都成往事，偏有閒愁尚在。（《全清詞‧順康卷》，頁 7174）

二詞和韻賀鑄〈薄倖〉（豔眞多態）。觀上述二闋之用韻情形，與賀詞所用韻字相同，押第五部，皆爲次韻之作。就句式而論，賀鑄下片曰「正春濃酒暖，人間畫永無聊賴」，爲五、七之句；曹武亮作「縱明珠可聘，琴心寄與誰憑賴」，句法與賀詞相同；魏學渠則作「怕滿街、明月吹簫，人去何聊賴」，爲七、五句式，異於賀詞。就內容觀之，二闋與賀詞同是細膩的描寫閨情，從相識到相別，因伊人不在而覺百無聊賴。

（四）和〈臨江仙〉

熊文舉（1595～1668），字公遠，號雪堂，南昌新建人。其〈臨江仙〉題作「和賀方回韻」，詞曰：

> 憶得當初行樂地，玉樓人貌翩翩。凌雲賦就意案《今詞初

集》作「覺」飄然。科名宜晚進，文采重芳年。　　春色
不知人事改，垂楊垂柳堪憐。舊家燕子傍誰邊。孤燈殘雨
後，短笛落花前。(《全清詞・順康卷》，頁 48)

此闋詞和賀鑄〈臨江仙〉：

暫假臨淮東道主，每逃歌舞華筵。經年未辦買山錢。筋骸
難強，久坐沐猴禪。　　行擁一舟稱浪士，五湖春水如天。
越人相顧足嫣然，何須繡被，來伴擁蓑眠？(《東山詞》，
頁 528)

〈臨江仙〉雙調小令，上下片各三平韻，[註45] 押第七部，賀詞之韻
腳為「筵、錢、禪、天、然、眠」。觀熊文舉詞之用韻情形，所用韻
字與賀詞不同，其韻腳為「飜、然、年、憐、邊、前」，但與賀詞同
押第七部，為依韻作品。就句式而言，熊文舉之詞與賀詞之不同處，
在上、下片的第四句，賀詞為四字句；熊詞則作五字句，故熊詞較賀
詞多兩字，共六十字。觀歷代〈臨江仙〉之名作，作六十字者如蘇軾
〈臨江仙〉(夜飲東坡醒復醉)、晏幾道〈臨江仙〉(夢後樓臺高鎖)，
而賀鑄〈臨江仙〉則是五十八字。就內容而論，熊文舉詞與賀詞的寫
作季節皆是春天，熊詞在思念之餘，更感嘆時光流轉。

（五）和〈石州引〉

賀鑄〈石州引〉作：

薄雨初寒，斜照弄晴，春意空闊。長亭柳色纔黃，遠客一
枝先折。煙橫水際，映帶幾點歸鴉，東風銷盡龍沙雪。還
記出關來，恰而今時節。　　將發，畫樓芳酒，紅淚清歌，
頓成輕別。已是經年，杳杳音塵都絕。欲知方寸，共有幾
許清愁？芭蕉不展丁香結。枉望斷天涯，兩厭厭風月！(《東
山詞》，頁 447)

此闋為雙調一百二字，前片四仄韻，後片五仄韻，[註46] 押第十八部，
韻腳為「闊、折、雪、節、發、別、絕、結、月」。後人論詞有提及

〔註45〕龍沐勛：《唐宋詞格律》(臺北：里仁書局，2002 年 9 月)，頁 26。
〔註46〕龍沐勛：《唐宋詞格律》(臺北：里仁書局，2002 年 9 月)，頁 128。

此闋詞者，如王灼《碧雞漫志》卷二：「賀方回〈石州慢〉，予舊見其藁。『風色收寒，雲影弄晴』，改作『薄雨收寒，斜照弄晴』。又『冰垂玉筯，向午滴瀝簷楹，泥融消盡牆陰雪』改作『煙橫水際，映帶幾點歸鴻，東風消盡龍沙雪』。」〔註 47〕言賀鑄作詞經過多翻修正，可看出詞人填詞之謹慎。俞陛雲《唐五代兩宋詞選釋》：「『長亭』以下七句頓挫有致。」〔註 48〕賀鑄此詞內容爲贈妓之作，其文句風格清秀典雅。

朱祖謀〈石州慢〉題爲「用東山韻」：

> 一枕春醒，相伴畫堂，彝緒天闊。江南信息沈沈，水驛芳梅誰折。荒闌偎久，未信笛裏關山，玉龍猶噤黃昏雪。空外暮笳聲，送飄燈時節。　　歌發。鬧紅香榭，歸鶴春城，頓忘離別。留戀斜陽。只有鵑聲淒絕。不知臨鏡，書出幾許宮眉，新妝消與愁千結。擁髻已無言，又窺人黃月。（《清詞別集》，頁 6602）

就用韻情形論之，朱詞之韻腳與韻部皆與賀詞相同，押第十八部，爲次韻作品。就內容觀之，賀鑄詞句「共有幾許清愁」，朱詞有「新妝消與愁千結」，皆描寫愁懷別緒。

（六）和〈兀令〉

汪鉽，字劒秋，有〈兀令〉一詞，題作「春日同陸東蘿、吳禮堂散步晴郊，賦此志興，用賀方回韻」，詞曰：

> 旖旎風光南陌好，絲楊低掃。春色今年早。映曲曲青溪，幾樹花含笑。遙指鈿閣珠樓，紅亞迴闌小。正錦屏妝曉。　　花事年年晴意少。東風易老。流水愁雲杳。問轆轆車塵，歷徧長安道。誰似閒地閒人，信步尋春到。醉一堤芳草。（《國朝詞綜補》，卷 35，頁 316）

〔註 47〕宋・王灼撰：《碧雞漫志》，卷 2，見錄於唐圭章編：《詞話叢編》（北京：中華書局，2005 年 10 月），冊 1，頁 90。

〔註 48〕俞陛雲：《唐五代兩宋詞選釋》（臺北：文史哲出版社，1988 年 7 月），頁 263。

和韻對象爲賀鑄〈想車音〉（即〈兀令〉）：

> 盤馬樓前風日好，雪銷塵掃。樓上宮妝早。認簾箔微開，
> 一面嫣妍笑。攜手別院重廊，窈窕花房小。任碧羅窗曉。
>
> 問闊時多書問少，鏡鸞空老。身寄吳雲杳。想輾轆車
> 音，幾度青門道？占得春色年年，隨處隨人到，恨不如芳
> 草。（《東山詞》，頁190）

雙調八十四字，前後段各八句，六仄韻，韻腳爲「好、掃、早、笑、
小、曉、少、老、杳、道、到、草」，押第八部，與賀詞用韻字和順
序完全相同，爲次韻作品。就內容觀之，二闋詞皆寫於春季，並感傷
春色之衰老。

二、仿傚賀鑄詞

清代仿傚賀詞之作以〈小梅花〉爲夥，計有六篇詞作，詞家爲王
霖、董元愷、陳維崧、陳玉璂四人；〈憶秦娥〉、〈臨江仙〉各有一闋
仿傚之詞，詞家爲陳喆倫、楊芳燦。下表爲清代詞人仿傚賀鑄詞之一
覽表，並於後文探究。

表3-6：清代詞人仿傚賀鑄詞一覽表

編號	作者	詞牌名	首　句	詞題（詞序）	出　處
1	王霖	小梅花	公莫舞	感懷，括古語傚賀東山體	《全清詞補編》，頁2215
2	王霖	小梅花	問今夕	八月十五夜，醉後步至琉璃廠踏月，悽然有感，仍有前體	《全清詞補編》，頁2215
3	董元愷	小梅花	擎天手	有感，括古語傚賀東山體	《全清詞·順康卷》，冊6，頁3361
4	董元愷	小梅花	上汝酒	有感，括古語傚賀東山體	《全清詞·順康卷》，冊6，頁3361

編號	作者	詞牌名	首　句	詞題（詞序）	出　處
5	陳維崧	小梅花	君莫喜	感事括古語，傚賀東山體	《全清詞‧順康卷》，冊 7，頁 4190
6	陳玉璂	小梅花	將進酒	有感，括古語爲詞，傚賀東山體	《全清詞‧順康卷》，冊 13，頁 7801～7802
7	陳喆倫	憶秦娥	路悠悠	用賀鑄體	《國朝詞綜補》，卷 5，頁 56
8	楊芳燦	臨江仙	幾陣東風融豔雪	擬賀方回人日詞	《芙蓉山館全集》〔註49〕，詞鈔，卷 2，頁 139

（一）仿傚〈小梅花〉

　　賀鑄有〈小梅花〉兩闋，一爲〈將進酒〉（城下路），一爲〈行路難〉（縛虎手）。兩闋詞之特色皆是檃括古語爲詞，一氣呵成的排比、組合諸家之詩句，運之以豪情健筆，出之以奇姿壯彩。〔註50〕〈將進酒〉（城下路）用顧況、戴叔倫之句；〈行路難〉（縛虎手）則用李白、李賀、韓琮、李益、杜甫等人之句。〔註51〕葉夢得〈賀鑄傳〉評賀鑄曰：「尤長於度曲，掇拾人所棄遺，少加檃括，皆爲新奇。」〔註52〕賀鑄作詞的特色在於常掇拾各家所遺，加以檃括，反能成爲新奇之作。所謂「檃括」，《文心雕龍‧鎔裁》有云：「檃括情理，矯揉文采也。」是用於文學批評上，指提煉詩文之情理，剪裁作品之文采。至宋代出現許多「檃括」之作，則指就原有詩文、著作加以剪裁和改寫。〔註53〕清代詞人仿傚賀鑄〈小梅花〉者，包括王霖二闋、董元愷二闋、

〔註49〕清‧楊芳燦：《芙蓉山館全集》，詞鈔，卷 2，見錄於《續修四庫全書》，集部，冊 1477。

〔註50〕楊海明：《唐宋詞史》（高雄：麗文文化，1996 年 2 月），頁 401。

〔註51〕參閱王偉勇：《宋詞與唐詩之對應研究》（臺北：文史哲出版社，2004 年 3 月），頁 249～250。

〔註52〕宋‧葉夢得：《石林居士建康集》，卷 8，見錄於鄧子勉編：《宋金元詞話全編》（南京：鳳凰出版社，2008 年 12 月），上冊，頁 271～272。

〔註53〕王偉勇：《詞學專題研究‧兩宋檃括詞探析》（臺北：文史哲出版社，2003 年 4 月），頁 332。

陳維崧、陳玉璂合計有六闋，皆是括古語爲詞，以仿傚賀詞之作法與
體製爲主，以下依次說明。

　　1、王霖〈小梅花〉兩闋詞，是「傚賀東山體」，並且「括古語」，
即是隱括許多他人之作，用於自己的詞篇當中。其一題爲「感懷，括
古語傚賀東山體」，詞曰：

　　　公莫舞。聽我語。紛紛輕薄何須數。曲如鈎。爛羊頭。可
　　　惜當年、李廣竟不侯。著書早上金鑾殿。同學少年多不賤。
　　　賣長門。賦凌雲。試看我輩、豈是蓬蒿人。　　　毛錐子。
　　　屠龍技。何自苦乃爾。軟塵中。跨青驄。何如布帆、無恙
　　　挂秋風。束將入海隨煙霧。已誤豈容今再誤。黃金臺。安
　　　在哉。田園將蕪，胡不歸去來。（《全清詞補編》，頁 2215）

此闋詞幾乎每句隱括古語。上片言政治的腐敗，並說自己尚是有志之
人。首句「公莫舞」，《唐書‧禮樂志》載：「公莫舞，漢舞也。」〔註
54〕是漢代舞名。唐‧李賀〈公莫舞歌〉序言：「公莫舞歌者，詠項伯
翼蔽劉沛公也。」〔註55〕「紛紛輕薄何須數」出自杜甫〈貧交行〉：「翻
手作雲覆手雨，紛紛輕薄何須數。」〔註56〕「曲如鈎」爲順帝末京都
童謠：「直如弦，死道邊。曲如鈎，反封侯。」〔註57〕是諷刺阿諛奉
承之徒。「爛羊頭」比喻濫授名器、官爵。《後漢書‧劉玄劉盆子列傳
第一‧劉玄傳》：「竈下養，中郎將。爛羊胃，騎都尉。爛羊頭，關內
侯。」〔註58〕「同學少年多不賤」出自杜甫〈秋興八首〉之三：「同
學少年多不賤，五陵衣馬自輕肥。」〔註59〕「蓬蒿人」指困居草野，

〔註54〕宋‧歐陽脩等撰：《唐書‧禮樂志》（臺北：新文豐出版公司，1975
　　　　年 4 月），卷 22，頁 210。

〔註55〕清‧清聖祖御定：《全唐詩》（臺北：文史哲出版社，1987 年 12 月），
　　　　冊 6，頁 4409。

〔註56〕唐圭璋編：《全宋詞》（北京：中華書局，1998 年），冊 4，頁 2254。

〔註57〕高殿石：《中國歷代童謠輯注》（濟南：山東大學出版社，1990 年 10
　　　　月），頁 24。

〔註58〕宋‧范曄撰：《後漢書‧劉玄劉盆子列傳第一‧劉玄傳》，卷 41，見
　　　　錄於《文淵閣四庫全書》，史部，冊 252，頁 463。

〔註59〕《全唐詩》，冊 4，頁 2509。

終其一生的人，出自李白〈南陵別兒童入京詩〉：「仰天大笑出門去，我輩豈是蓬蒿人。」〔註60〕賀鑄〈小梅花〉也云：「白綸巾，撲黃塵，不知我輩可是蓬蒿人？」〔註61〕

下片感嘆不為所用。「何如布帆、無恙挂秋風」出自李白〈秋下荊門〉：「霜落荊門江樹空，布帆無恙挂秋風。」〔註62〕「東將入海隨煙霧」出自杜甫〈送孔巢父謝病歸游江東兼呈李白〉：「巢父掉頭不肯住，東將入海隨煙霧。」〔註63〕「黃金臺」為一地名，位於今河北省易水縣境內。戰國燕昭王欲復齊人滅國之仇，而招納賢士，故以郭隗為師，為之築臺，以招致四方豪傑，稱為「黃金臺」；後亦用以指招攬賢良的地方。末句「田園將蕪，胡不歸去來」出自陶淵明〈歸去來兮辭〉：「歸去來兮，田園將蕪胡不歸！」〔註64〕抒發歸隱之心。

2、王霖〈小梅花〉其二題為「八月十五夜，醉後步至琉璃廠踏月，悽然有感，仍有前體」，詞曰：

> 問今夕。是何夕。人生有如駒過隙。金屈卮。醉莫辭。不知天上、有月來幾時。今宵千里共明月。昨夜欠圓明夜缺。睹嬋娟。轉堪憐。記得依稀、風景似去年。　　辭鄉里。背妻子。自笑徒為耳。倚欄杆。對晶枨。又恐乘風、歸去不勝寒。天街夜色涼如水，范叔一寒胡至此。恨綿綿。思無端。料得閨中、今夜獨自看。（《全清詞補編》，頁2215）

此闋詞是寫於八月十五夜中秋月圓之時，因此所隱括之詞句皆與「月」或「中秋」相關。此闋數句化用蘇軾〈水調歌頭〉一詞，如「問今夕。是何夕」用蘇詞「今夕是何年」；「今宵千里共明月」化用「千里共嬋娟」；「昨夜欠圓明夜缺」化用蘇詞「月有陰晴圓

〔註60〕《全唐詩》，冊3，頁1787。
〔註61〕《東山詞》，頁103。
〔註62〕《全唐詩》，冊3，頁1844。
〔註63〕《全唐詩》，冊4，頁2259。
〔註64〕楊勇著：《陶淵明集校箋》（臺南：平平出版社，1974年9月），卷5，頁267。

缺」;「又恐乘風、歸去不勝寒」化用「我欲乘風歸去,又恐瓊樓玉宇,高處不勝寒。」〔註65〕月的意象聯想在整闋詞中幾乎與蘇軾詞相同。「記得依稀、風景似去年」是用趙嘏〈江樓舊感〉:「獨上江樓思渺然,月光如水水如天;同來望月人何在?風景依稀似去年。」〔註66〕下片「天街夜色涼如水」出自杜牧〈秋夕〉:「天階夜色涼如水」。〔註67〕「料得閨中、今夜獨自看」出自杜甫〈月夜〉:「今夜鄜州月,閨中只獨看。」〔註68〕整闋詞寫在月圓人團圓之際,感傷時光流逝,獨自一人身處異鄉思念家人。

3、董元愷(?～1687),字舜民,號子康。其〈小梅花〉兩闋,皆題作「有感,括古語倣賀東山體」,一曰:

> 擎天手。談天口。吞若雲夢者八九。朱買臣。周伯仁。此中容得,卿輩數百人。時乎不利囊中處。不直一錢虎變鼠。欲得侯。事五樓。何必生兒,當如孫仲謀。　　回波舞。陽翟賈。宜與噲等伍。日西頹。松山哀。爲問千秋,萬歲安在哉。我寧與我周旋久。不若即時一杯酒。去日多。悲且歌。一往深情,輒復喚奈何。(《全清詞·順康卷》,冊6,頁3361)

董元愷爲順治十七年舉人,第二年即被黜,故百般心曲,悉寓於詞,詞中多慷慨激昂,寄託曲折心路。此闋櫽括古語,抒發「寧作自我」之感。「擎天手」出自辛棄疾〈一枝花〉:「千丈擎天手,萬卷懸河口。」〔註69〕喻力量強大,足以擔負天下大任之人。後續二人名,朱買臣,西漢人,早年家貧,後受漢武帝賞識,任中大夫;周顗(字伯仁),西晉人,史載神彩秀徹,受人親近,態度恭敬。「此中容得,卿輩數百人」出自《世說新語·排調》:「王丞相枕周伯仁膝,指其腹曰:『卿

〔註65〕《全宋詞》,冊1,頁280。
〔註66〕《全唐詩》,冊9,頁6372。
〔註67〕《全唐詩》,冊8,頁6002。
〔註68〕《全唐詩》,冊4,頁2403。
〔註69〕《全宋詞》,冊3,頁1903。

此中何所有？』答曰：『此中空洞無物，然容卿輩數百人。』」〔註70〕
言至此，皆喻己之心志。然時不利己，「何必生兒，當如孫仲謀。」
出於裴松之注《三國志・吳書・吳主權》，曹操曾嘆曰：「生子當如孫
仲謀。」〔註71〕是對孫仲謀之景仰；董元愷在此則反用其意，有如陸
游詩〈黃州〉：「君看赤壁終陳跡，生子何須似仲謀。」〔註72〕謂即便
如孫仲謀之才將，時乎不利亦是枉然。

　　下片「回波舞」為唐教坊曲名，「陽翟賈」指呂不韋。「宜與噲等
伍」出自《史記・淮陰侯列傳》：「生乃與噲等為伍。」〔註73〕指與平
凡庸俗之人同伙為宜。「日西頹」用潘岳〈寡婦賦〉之句：「四節流兮
忽代序，歲云暮兮日西頹。」〔註74〕指日月四季之流轉。「松山哀」
則用吳偉業一詩〈松山哀〉，此寫洪承疇戰敗降清，甘願為敵軍效命
以消滅抗清勢力，有諷刺之意。千秋萬歲已不再，因此呼道「我寧與
我周旋久。不若即時一杯酒」，此出自《世說新語・品藻》：「桓公少
與殷侯齊名，常有競心。桓問殷：『卿何如我？』殷云：『我與我周旋
久，寧作我。』」〔註75〕謂在此不遇之亂世，寧作自我而舉酒悲歌，
將無可奈何之情皆付之杯酒。

　　4、董元愷〈小梅花〉其二曰：
　　　上汝酒。令汝壽。萬事無如杯在手。昆明灰。阿濫堆。黃
　　　河之水，朝暮不復回。半生能著幾兩屐。百壺埋我陶家側。

〔註70〕劉宋・劉義慶原著，余嘉錫箋疏：《世說新語・排調第二十五》（臺
　　　　北：華正書局，1993年10月），頁797～798。
〔註71〕晉・陳壽撰，宋・裴松之注：《三國志・吳書・吳主權》（臺北：宏
　　　　業書局，1972年6月），卷47，頁287。
〔註72〕宋・陸游撰，雷瑨注：《箋註劍南詩鈔》（臺北：廣文書局），卷4，
　　　　頁13。
〔註73〕漢・司馬遷原著，楊家駱主編：《史記・淮陰侯列傳第三十二》（臺
　　　　北：鼎文書局，1993年2月），卷92，頁2628。
〔註74〕梁・昭明太子編，唐・李善注：《昭明文選》（臺北：文化圖書公司，
　　　　1975年8月），卷16，頁219。
〔註75〕劉宋・劉義慶原著，余嘉錫箋疏：《世說新語・品藻第九》（臺北：
　　　　華正書局，1993年10月），頁521。

適莽蒼。齊彭殤。誰更仰眠，牀上看屋樑。　　可憐子。寒如此。仕宦車生耳。衛子夫。馮子都。二十左右，便作執金吾。孝廉問一當知幾。奴價今年應倍婢。歌嗚嗚。攘臂呼。君獨不見，朝趨市者乎。(《全清詞·順康卷》，冊6，頁3361)

此闋詞與上一闋生命情調相近，感嘆世態炎涼，寧杯酒度日。「昆明灰」，指劫火的餘灰，後用以指戰亂。「阿濫堆」，為唐玄宗所作之曲名。本為鳥名，取其鳴聲相續，宛轉動人，故以其聲翻曲。「黃河之水，朝暮不復回」化用李白〈將進酒〉之句：「君不見黃河之水天上來，奔流到海不復迴。」〔註76〕「適莽蒼」出於《莊子集釋·逍遙遊》：「適莽蒼者，三餐而返，腹猶果然。」〔註77〕「齊彭殤」出自《莊子集釋·齊物論》：「莫壽於殤子，而彭祖為夭。」〔註78〕將長壽和短命等量齊觀。「誰更仰眠，牀上看屋樑」出自《梁書·南平元襄王偉傳》：「下官歷觀世人，多有不好歡樂，乃仰眠牀上，看屋梁而著書。千秋萬歲，誰傳此者？勞神苦思竟不成名。」〔註79〕喻勞神苦思以著書，董元愷加以「誰更」二字，謂不願作此般辛勞之人。

　　下片「仕宦車生耳」化用俗諺：「仕宦不止車生耳」，指官高車設遮罩。東漢開國皇帝劉秀曾謂「仕宦當作執金吾」〔註80〕，謂雄心壯志。「衛子夫」為漢武帝第二任皇后，其地位皆因漢武帝之寵辱而變；「馮子都」出於漢樂府〈羽林郎〉，諷刺豪奴驕橫的寫實社會。「孝廉問一當知幾」出自《後漢書》：「孝廉聞一知幾邪」。〔註81〕「奴價今

〔註76〕《全唐詩》，冊3，頁1682。

〔註77〕清·郭慶藩集釋：《莊子集釋·逍遙遊第一》(臺北：貫雅文化，1991年9月)，頁9。

〔註78〕清·郭慶藩集釋：《莊子集釋·齊物論第二》(臺北：貫雅文化，1991年9月)，頁79。

〔註79〕唐·姚思廉等撰：《梁書·南平元襄王偉傳》(臺北：新文豐出版公司，1975年3月)，卷22，頁172。

〔註80〕宋·范曄撰：《後漢書·后紀第十上·光烈陰皇后》，卷10，見錄於《文淵閣四庫全書》，史部，冊252，頁175。

〔註81〕宋·范曄撰：《後漢書·左周黃列傳第五十一·左雄傳》，卷91，見錄於《文淵閣四庫全書》，史部，冊253，頁280。

年應倍婢」出於《世說新語‧德行》：「奴價倍婢」〔註82〕，言自己高
潔自重。末句「君獨不見，朝趨市者乎」出自《史記‧孟嘗君列傳》：
「生者必有死，物之必至也；富貴多士，貧賤寡友，事之固然。君獨
不見夫朝趣市者乎？」〔註83〕是感嘆世態之炎涼。

　　5、陳維崧（1625～1682）字其年，號迦陵，江蘇宜興人。其〈小
梅花〉題作「感事括古語，傚賀東山體」，詞曰：

> 君莫喜。羊叔子。何如銅雀臺前伎。拍檀槽。橫寶刀。屠門
> 大嚼，亦足以自豪。人生有情淚沾臆。雖壽松喬竟何益。拚
> 黃鬚。眺五胡。如此江山，應出孫伯符。　　傷心史。可憐
> 子。卿復何為爾。大江東。一帆風。來往行人，閒坐說元宗。
> 連昌宮中滿宮竹。白項老烏啼上屋。穆提婆。蕭摩訶。且自
> 吾為楚舞、若楚歌。（《全清詞‧順康卷》，冊7，頁4190）

陳維崧為陽羨詞人，因身處明清易代之際，詞中常寄寓故國之思，抒
發英雄失志之悲憤。此闋隱括古語，借史實史事抒懷。上片括古語如
羊叔子指羊祜（字叔子），為一修德愛民之官；「屠門大嚼」出自曹植
〈與吳季重書〉：「過屠門而大嚼，雖不得肉，貴且快意。」〔註84〕喻
心裡所想而不能得之，故借「拍檀槽。橫寶刀」這般豪邁之舉以自豪。
「人生有情淚沾臆」出自杜甫〈哀江頭〉：「人生有情淚沾臆，江水江
花豈終極。」〔註85〕「如此江山，應出孫伯符。」出自《世說新語‧
黜免》：「殷仲文既素有名望，自謂必當阿衡朝政。忽作東陽太守，意
甚不平。及之郡，至富陽，慨然嘆曰：『看此山川形勢，當復出一孫
伯符』」〔註86〕喻己心有壯志卻不為所用。

〔註82〕劉宋‧劉義慶原著，余嘉錫箋疏：《世說新語‧德行第一》（臺北：
　　　　華正書局，1993年10月），頁27。
〔註83〕漢‧司馬遷原著，楊家駱主編：《史記‧孟嘗君列傳第十五》（臺北：
　　　　鼎文書局，1993年2月），卷75，頁2362。
〔註84〕梁‧昭明太子編，唐‧李善注：《昭明文選》（臺北：文化圖書公司，
　　　　1975年8月），卷42，頁593。
〔註85〕《全唐詩》，冊4，頁2268。
〔註86〕劉宋‧劉義慶原著，余嘉錫箋疏：《世說新語‧黜免第二十八》（臺
　　　　北：華正書局，1993年10月），頁871。

下片首句道出「傷心史。可憐子」，言雖有「捋黃鬚。眺五胡」之雄心，卻無有所爲而徒留傷心。「大江東」取蘇軾〈念奴嬌〉：「大江東去，浪淘盡千古風流人物」〔註87〕詞句之意。「來往行人，閒坐說元宗」出自元稹〈行宮〉：「白頭宮女在，閒坐說玄宗。」〔註88〕後用二歷史人物如北齊穆提婆、南北朝蕭摩訶（532～604）之典，末句「且自吾爲楚舞、若楚歌」出自《史記·留侯世家》：「戚夫人泣，上曰：『爲我楚舞，吾爲若楚歌。』」〔註89〕皆言時代之興衰，並感嘆歷史興亡。

6、陳玉璂，生卒年均不詳，字賡明，號椒峰，江蘇武進人。其〈小梅花〉題作「有感，括古語爲詞，倣賀東山體」，詞曰：

> 將進酒。爲汝壽。不如意事常八九。黃金臺。生草萊。千秋萬歲，公等安在哉。去年人到今年老。富貴應須致身早。大長秋。關內侯。但看東方，夫婿居上頭。　　游閒子。莫愁里。人生行樂耳。恨重重。長樂鍾。不見五陵無樹起秋風。馬中赤兔人中布。滿眼輕薄何足數。脫紅巾。誰與倫。且作崎嶔，歷落可笑人。（《全清詞·順康卷》，冊13，頁7801～7802）

此闋括古語以感嘆不爲所用。上片「黃金臺」指招攬賢良之地。「草萊」爲荒蕪雜草，出自《孟子·離婁上》：「辟草萊，任土地者次之。」〔註90〕黃金臺上草萊蔓生，喻自身未能出仕爲官。「去年人到今年老」出於岑參〈韋員外家花樹歌〉：「今年花似去年好，去年人到今年老。」〔註91〕「富貴應須致身早」出自杜甫〈乾元中寓居同谷縣作歌〉七首之七：「長安卿相多少年，富貴應須致身早。」〔註92〕「大長秋」、「關

〔註87〕《全宋詞》，冊1，頁282。

〔註88〕《全唐詩》，冊6，頁4552。

〔註89〕漢·司馬遷原著，楊家駱主編：《史記·留侯世家》（臺北：鼎文書局，1993年2月），卷55，頁2047。

〔註90〕周·孟軻著，漢·趙岐注：《孟子·離婁上》，卷7，見錄於《四部叢刊初編》（臺北：臺灣商務印書館，1967年），經部，冊10，頁60。

〔註91〕《全唐詩》，冊3，頁2058。

〔註92〕《全唐詩》，冊4，頁2298。

內侯」皆爲官名。「但看東方，夫婿居上頭。」出自〈陌上桑〉：「東方千餘騎，夫婿居上頭。」〔註93〕看那東方千騎，自己應爲隊伍之前鋒。言自身心懷抱負卻未能如願。

下片「五陵無樹起秋風」出於杜牧〈登樂遊原〉：「長空澹澹孤鳥沒，萬古銷沉向此中；看取漢家何事業？五陵無樹起秋風。」〔註94〕杜詩感嘆煊赫的漢代王朝，如今空餘荒陵殘塚，昔日繁盛與今日荒涼呈現強烈對比與反差，僅能憑弔歷史，嘆息盛衰興亡。「馬中赤兔人中布」出自裴松之注《三國志・魏書・呂布傳》曾謂《曹瞞傳》曰：「時人語曰：『人中有呂布，馬中有赤兔。』」〔註95〕「滿眼輕薄何足數」出自杜甫〈貧交行〉：「翻手作雲覆手雨，紛紛輕薄何足數；君不見管鮑貧時交，此道今人棄如土。」〔註96〕末句「且作崎嶔，歷落可笑人」出自《世說新語・容止》：「周伯仁道桓茂倫：『嶔崎歷落可笑人』。」〔註97〕嘆歷史之興亡，雖識得社會之現實面，卻仍自許作一嶔崎歷落之人。

（二）仿傚〈憶秦娥〉

陳喆倫，字與里。有〈憶秦娥〉一闋，題作「用賀鑄體」，詞云：

　　路悠悠，相思似水常東流。常東流，怪他雙燕，故繞紅樓。

　　　別來幽恨盈芳洲，至今襟上啼痕留。啼痕留，舊愁未去，又惹新愁。（《國朝詞綜補》，卷5，頁56）

此闋詞爲閨情之作，婉曲的表達對心上人之思念，與之離別後空留淚痕，引發無限舊恨與新愁。觀賀鑄之〈憶秦娥〉共有四闋，皆爲閨情之思，風格婉約。陳喆倫此闋是效仿賀鑄之總體風格。

〔註93〕宋・郭茂倩輯：《樂府詩集・相和歌辭》，見錄於《文淵閣四庫全書》（臺北：臺灣商務印書館，1983年），集部，冊1347，頁258。

〔註94〕《全唐詩》，冊8，頁5954。

〔註95〕晉・陳壽撰，宋・裴松之注：《三國志・魏書・呂布傳》（臺北：宏業書局，1972年6月），卷7，頁63。

〔註96〕《全唐詩》，冊4，頁2254。

〔註97〕劉宋・劉義慶原著，余嘉錫箋疏：《世說新語・容止第十四》（臺北：華正書局，1993年10月），頁615。

（三）仿傚〈臨江仙〉

楊芳燦（1753～1815），字才叔，號蓉裳，常州江蘇金匱人。有〈臨江仙〉一闋，題作「擬賀方回人日詞」，詞曰：

> 幾陣東風融豔雪，紅霞一抹初妍。耆回春色倍嫣然。柔卿纔卻扇，定子正當筵。　　曉日低低飛瑞鵲，牆頭樹已含烟。合歡羅勝影翩翩。鑪薰還解事，扶暖上釵鈿。（《芙蓉山館全集》，詞鈔，卷2，頁139）

詞題曰「賀方回人日詞」，是指賀鑄〈雁後歸〉一詞，詞序曰「人日席上作」，詞云：

> 巧翦合歡羅勝子，釵頭春意翩翩。豔歌淺笑拜嫣然：願郎宜此酒，行樂駐華年。　　未至文園多病客，幽襟淒斷堪憐。舊游夢挂碧雲邊。人歸落雁後，思發在花前。（《東山詞》，頁373）

賀鑄此闋寫來情摯深婉，黃蘇《蓼園詞選》曾評曰：「首闋言勸酒者，辭意周至，見主人款待之厚。第二闋言自己心緒之多牽。『未至』句，言尚未至，如相如為文園令，以病免之時，而心繫京華，如薛道衡之思故國也。情至婉而篤。」〔註98〕沈際飛《草堂詩餘正集》評「豔歌」下三句曰「嬌媚逼來，讀者神醉」。上片描寫春天宴會之景，嫣然淺笑之女子勸酒並給予祝福，下片則抒發自身之感，末二句用薛道衡之句，寫歸鄉之思。觀楊芳燦之詞，與賀詞同作於春天，多為寫景，描繪融雪後的春景嫣然，與賀詞之內容較無關聯性；楊芳燦詞末三句「合歡羅勝影翩翩，鑪薰還解事，扶暖上釵鈿」，則化用賀詞首二句「巧翦合歡羅勝子，釵頭春意翩翩」，同樣描寫女子之翩翩身影。楊芳燦詞用筆細緻，詞風婉約，應是效仿賀詞之總體風格。

三、集句用賀詞

張應昌〈眼兒媚〉題作「集宋人句約滋伯尋秋」，詞曰：

〔註98〕清·黃蘇輯：《蓼園詞選》，見錄於程千帆編、尹志騰校點：《清人選評詞集三種》（濟南：齊魯書社，1988年9月），頁51。

　　酣酣日腳紫煙浮范石湖，辜負十分秋陳君衡，中秋過也重
　　陽近也石次仲。人倚高樓張文潛。　　輕舟短棹西湖好歐
　　陽永叔，花事等閒休張斗南，一川煙草滿城風絮賀方回，
　　正恁凝愁柳耆卿。〔註99〕

此闋詞句句集用宋人之語，為整引古語。寫詞人於秋日的明媚艷陽
下，遊覽西湖而興起閒愁。下片用賀鑄〈青玉案〉之句「一川煙草，
滿城風絮」，賀詞用江南之春景比擬心中閒愁；而張應昌一詞寫於近
重陽之日的秋季，故引用賀詞於此闋詞中，不是單純的寫景之句，而
是表內心之閒愁。

四、情感之共鳴

表3-7：清代詩詞與賀詞情感共鳴一覽表

編號	作者	詩題或詞調	詩句或詞句	出　處
1	曹庭棟	寄張東之	飛絮滿城歸不得，江南老卻賀方回	《宋百家詩存》，卷22
2	周錫溥	黃梅雨	飛絮滿城春草碧，此情誰似賀方回	《安愚齋集》，卷1
3	鄧廷楨	五月十六日雨中集大觀亭	雨中梅子賀方回	《雙硯齋詩鈔》，卷12
4	沈欽韓	胥江別徐良卿	聽雨樓中堪憶否，新詞為乞賀方回	《幼學堂詩文稿》詩稿，卷8
5	孫士毅	讀半莊師病中啥賦呈	病裏時然一寸灰，江南腸斷賀方回	《百一山房詩集》，卷4
6	楊鳳苞	雨窗讀施二國祁後憶詩卻寄	寄語醋坊橋畔客，斷腸莫似賀東山	《秋室集》，卷10

　　賀鑄〈青玉案〉一詞最為人津津樂道，詞中結句「一川煙草，
滿城風絮，梅子黃時雨」寫閒愁之細密與濃厚，深受後人之喜愛，

〔註99〕清・張應昌：《煙波漁唱》，卷3，見錄於《續修四庫全書》，集部，
　　　　冊1517，頁244。

清代文學家於創作時，常抒發同賀鑄作〈青玉案〉之情，以下舉詩詞證之。

（一）曹庭棟，字六圃，號楷人，自署慈山居士，有〈寄張東之〉一詩云：

> 見山堂上山如畫，二十年前曾客來；
> 飛絮滿城歸不得，江南老卻賀方回。〔註100〕

此爲思念故人之作，見如畫之山景，憶起多年不見的友人，末二句用賀詞之典，因滿城飛絮而與賀詞情感產生共鳴，以懷著相思離情的賀鑄喻己。曹庭棟《宋百家詩存·例言》曾曰：「余少時最愛賀方回詩，手鈔一編，時時雒誦。茲彙刻宋集，因取慶湖集爲百家之冠，從所好也。」〔註101〕是知曹庭棟特愛賀鑄之詩，而〈寄張東之〉一詩則化用賀鑄〈青玉案〉之詞句，可見曹庭棟賀鑄之詞亦是喜愛的。

（二）周錫溥（1745～1804），字文淵，號麓樵，又號半帆、匯泉，清湘陰縣（今湖南汨羅）人，有〈黃梅雨〉詩曰：

> 故人新雨望徘徊，曾記名花驛使來；
> 飛絮滿城春草碧，此情誰似賀方回。〔註102〕

此詩題名爲〈黃梅雨〉，知作於梅雨之季。眼見新雨、春草、飛絮，正如賀詞所謂「一川煙草，滿城風絮，梅子黃時雨」，不禁興起如賀詞筆下之閒愁。

（三）鄧廷楨（1776～1846），字維周，又字嶰筠，晚號妙吉祥室老人、剛木老人，有〈五月十六日雨中集大觀亭〉一詩曰：

> 霮霸沈陰撥不開，御風重到小蓬萊。
> 吳山左界參差沒，蜀水東奔跌宕來。

〔註100〕清·曹庭棟：《宋百家詩存》，卷22，見錄於《文淵閣四庫全書》，集部，冊494。

〔註101〕清·曹庭棟：《宋百家詩存·例言》，卷22，見錄於《文淵閣四庫全書》，集部，冊494，頁182。

〔註102〕清·周錫溥：《安愚齋集》，卷1，見錄於《續修四庫全書》，集部，冊1469，頁177。

　　江上竹枝劉夢得，雨中梅子賀方回。

　　頻年哀樂誰能遣，合倚高亭當嘯臺。〔註103〕

此詩為雨中所得，先寫天陰之雨景，其中「江上竹枝劉夢得，雨中梅子賀方回」二句，是用劉禹錫〈竹枝詞〉、賀鑄〈青玉案〉的典故；劉禹錫〈竹枝詞〉寫一女子的含蓄情感，而賀鑄〈青玉案〉則寫相思離情，一喜一憂，鄧廷楨此詩借二詞之典寫細膩婉轉之感情，並嘆發此中的哀與樂難以遣懷。

　　（四）沈欽韓（1775～1831），字文起，號小宛，有〈胥江別徐良卿〉詩曰：

　　栁綿撲盡又黃梅，印我青鞵沒舊苔。

　　聽雨樓中堪憶否，新詞為乞賀方回。

　　（《幼學堂詩文稿》詩稿，卷8）

首句從景色寫起，黃梅時節的濕潦，鞋子皆為青苔所蓋，樓中聽著雨聲，此時節正與賀鑄作〈青玉案〉相吻合，故產生情感之共鳴。

　　（五）孫士毅（1720～1796），字智冶，一字補山，浙江仁和人，作〈讀半莊師病中唫賦呈〉詩曰：

　　病裏時然一寸灰，江南腸斷賀方回。

　　甘蕉剝後心還卷，古劍埋餘鍔未摧。

　　儘有散材收大匠，豈應國色阻良媒。

　　午陰小閣須攤飯，豹腳蟲聲晚若雷。〔註104〕

此詩於病中所作，心有寸灰而道「江南腸斷賀方回」，與賀鑄斷腸之愁緒相通。

　　（六）楊鳳苞，字傳九，號秋室，別號荄泭、西園老人，浙江歸安（今湖州）人。〈雨窗讀施二國祁後憶詩卻寄〉一詩曰：

〔註103〕清・鄧廷楨：《雙硯齋詩鈔》，卷12，見錄於《續修四庫全書》，集部，冊1499，頁390。

〔註104〕清・孫士毅：《百一山房詩集》，卷4，見錄於《續修四庫全書》，集部，冊1433，頁402。

　　水窗梅雨最蕭閒，綺識年來特地刪。
　　寄語醋坊橋畔客，斷腸莫似賀東山。〔註105〕

此詩作於梅雨時節，第三句之「醋坊橋」即點出賀鑄所在地，《吳郡志》云：「賀鑄，字方回，本越人，後徙居吳之醋坊橋。作吳趨曲，甚能道吳中古今景物。」〔註106〕因黃梅雨而憶起賀鑄〈青玉案〉斷腸之詞。

小　結

　　宋代至清代對賀鑄詞的創作接受，主要以和韻賀鑄之詞最多，而以賀鑄〈青玉案〉一闋為冠；詞中之煙雨斷腸，常使文學家創作時產生情感共鳴，因此賀鑄〈青玉案〉之斷腸詞句，甚至整闋詞營造之斷腸愁思，逐漸被作為典故使用。此外，清代尚出現仿傚與集用賀詞之作。歷代賀鑄詞的創作接受，依各時代之創作情形，分述要點如次：

一、在和韻賀詞方面，歷代和韻賀詞的三十八闋詞作中，所和最多者為〈青玉案〉，自宋迄清共計二十四首，幾乎佔總和韻作品數的五分之三；由於賀鑄此闋詞最負盛名，因此和者自然甚多。王兆鵬統計宋、金、元三代詞人追和次韻最多的是蘇軾〈念奴嬌〉；而於唐宋詞史上，唱和率能與之媲美的便是賀鑄〈青玉案〉。〔註107〕和韻數量位居第二的〈薄倖〉，計有三首；〈望湘人〉則有二首和韻之作。其餘所和之詞牌共有八種，且分別僅有一闋之和韻作品。觀此現象可證得，文人爭相和韻賀鑄之〈青玉案〉，可見此闋廣為流傳且歷久不衰。宋代和韻賀詞數以〈青玉案〉居冠，和韻作品之特色在於上、下片第五句之韻部或押韻字常與賀鑄相

〔註105〕清・楊鳳苞：《秋室集》，卷10，見錄於《續修四庫全書》，集部，冊1476，頁138。

〔註106〕宋・范成大：《吳郡志》，卷50，見錄於鄧子勉編：《宋金元詞話全編》（南京：鳳凰出版社，2008年12月），中冊，頁845～846。

〔註107〕王兆鵬：《唐宋詞史論》（北京：人民文學出版社，2000年1月），頁119～120。

異；宋代惟黃庭堅和韻之詞所押韻部皆為第四部，唯獨上、下片
第五句之用韻字與賀詞不同，屬依韻作品。李之儀和韻〈怨三
三〉、〈天門謠〉兩闋與楊無咎和韻〈長相思〉皆為次韻之作。而
毛滂〈七娘子〉、李綱〈六么令〉，此二闋未能見賀鑄原詞全貌，
因此無法探析二闋之和韻情況，但幸得此二闋作品，能增補賀鑄
詞作之闕漏。金代有完顏璹、元好問和韻賀詞〈青玉案〉兩闋，
雖未標明對賀詞進行和韻，然用賀詞之韻字，亦為對賀鑄〈青玉
案〉的創作接受。明代以和韻〈青玉案〉最多，吳山詞為依韻之
作，沈謙詞上、下片第五句的韻字與賀鑄相異；陳鐸和韻〈望湘
人〉、王翃和韻〈薄倖〉皆屬次韻之作；王烏和韻〈小梅花〉則
為依韻作品。清代和韻方面，也以〈青玉案〉為夥，計有十篇，
其中曹武亮、許尚質、唐之鳳、羅汝懷四人之詞為次韻之作，是
歷來和韻賀詞最工整者；周壽昌詞為依韻作品；王士祿、龔鼎孳、
孫致彌、董潮、周篔等人之詞於上片或下片第五句皆出律。荊摺
和韻〈望湘人〉亦有出律現象。和韻〈薄倖〉者，魏學渠、曹武
亮之詞皆為次韻之作。熊文舉和韻〈臨江仙〉為依韻作品。朱祖
謀和韻〈石州慢〉、汪鍼和韻〈兀令〉皆為次韻之詞。

二、在化用賀詞方面，元代《北西廂》中化用賀詞「淡黃楊柳暗棲鴉」
　　一句，將賀鑄寫景句運化更為入妙。而在集句賀詞方面，僅見清
　　代張應昌〈眼兒媚〉集用八人之詞句，其中用賀鑄名句「一川煙
　　草，滿城風絮」入詞。

三、在仿擬賀詞方面，北宋至明代尚未見到相關作品，至清代則數量
　　繁多，其中以仿效〈小梅花〉居冠，王霖、董元愷、陳維崧、陳
　　玉璂四人之詞皆於作法和體製上仿傚賀詞。陳喆倫〈憶秦娥〉、
　　楊芳燦〈臨江仙〉則是效仿賀詞之總體風格。

四、對賀鑄〈青玉案〉之情感共鳴方面，宋代如辛棄疾與周密之詞已
　　將賀詞作為典故使用，此現象甚為特殊。金元明三代較少見到相
　　關作品，至清代文人在創作上則常與賀鑄之斷腸詞作產生情感上

的交流，如周錫溥、沈欽韓、楊鳳苞之詩作於梅雨之際，是感於賀鑄〈青玉案〉詞中的閒愁而發；曹庭棟詞是見「滿城飛絮」興起共鳴；鄧廷楨詞更以賀詞作為一典故比擬情愁；孫士毅詞則於病中抒發類似賀鑄詞中的斷腸愁緒。

第六章　結　論

　　本論文運用西方接受美學之理論，援用中國詞學史料如詞話、詩話、筆記、評點、詞籍（集）序跋、論詞絕句、論詞長短句、詞選、仿擬與和韻作品等，加以統整與分析，並以歷代對賀鑄詞之傳播、評騭、創作三面向的接受情況作為分類，茲就各朝代對賀鑄接受的態度與發展變化總結如次：

一、宋代對賀鑄詞之接受

　　在南宋以前，詞選常作為唱本為社會接受；至南宋以後，逐漸轉為讀本，隨著詞學地位提高，賀詞始刊刻流傳。在詞選的傳播方面，宋代詞選如《樂府雅詞》與《草堂詩餘》同作為「應歌」之便，收詞數卻有顯著差異，《樂府雅詞》專收高雅之詞，尤賞賀鑄風格較婉麗之詞作；黃昇《唐宋諸賢絕妙詞選》亦聚焦於賀鑄閨思、別恨、春愁的作品；至趙聞禮《陽春白雪》選詞重心偏至南宋，然對於賀鑄之詞仍為重視，收錄之賀詞數量亦在北宋詞人中排名第二，對於賀鑄婉約與豪放之詞風皆有涉獵。

　　宋代詞論對賀詞之評騭接受，隨著詞體確立，評詞之語自晚唐五代較為散亂零星，至兩宋已逐漸豐富多樣，詞話專著的大量出現，象徵詞論發展臻至成熟。宋代詞評中雖然尚有引用賀詞錯誤者，但總體

而論，關注於賀詞之資料繁多，且評論面向亦十分多元。論述賀鑄的生平軼聞時，從賀鑄之樣貌、性格、嗜好，以至爲官經歷，交游趣事等，皆爲宋人筆下之津津樂道者。對於賀鑄之詩與詞，有主張二者皆工，亦有詞評家提出賀鑄詩名被詞名所掩，可見宋代時，賀詞已膾炙人口。詞論尚關注於賀鑄之塡詞技巧，指出賀鑄善作小令、善用古語、審音合律，後世論賀詞者皆所有承繼；在詞作風格上，有主張賀詞「雍容妙麗」、「深婉麗密」者，較偏於婉約，有提出賀詞兼具「盛麗妖冶」、「幽潔悲壯」之風，謂賀詞剛柔並濟。論述賀鑄單篇詞作時，以〈青玉案〉一闋著力最多，有論及賀詞本事，有品評寫作技巧，其中黃庭堅感於賀鑄之作而爲一詩，常成爲後代論賀鑄〈青玉案〉之品評基準。此外，尚有對賀詞之誤收情形作辯證者。宋代詞論對賀詞並非全然給予肯定態度，如胡仔《苕溪漁隱詞話》批賀詞僅單句佳、李清照〈詞論〉評賀詞「苦少典重」，二人爲宋代對賀詞提出異議者。

　　宋代對賀詞之創作接受可分作兩個面向，其一爲和韻方面，共時的創作接受有李之儀〈怨三三〉、〈青玉案〉與〈天門謠〉三闋與毛滂〈七娘子〉一闋。宋代和韻賀詞數以〈青玉案〉居冠，和韻作品之特色在於上、下片第五句之韻部或押韻字常與賀鑄相異；宋代惟黃庭堅和韻之詞所押韻部皆爲第四部，唯獨上、下片第五句之用韻字與賀詞不同，屬依韻作品。此外，李之儀和韻〈怨三三〉、〈天門謠〉兩闋與楊無咎和韻〈長相思〉皆爲次韻之作。而毛滂〈七娘子〉與李綱〈六么令〉，此二闋未能見賀鑄原詞全貌，因此無法探析二闋之和韻情況，但幸得此二闋作品，能證實賀鑄詞作之闕漏現象並能據此增補。其二是於作品中對賀鑄〈青玉案〉之斷腸產生情感上的交流，如辛棄疾與周密之詞已將賀詞作爲典故使用，可知賀鑄此闋於宋代已具有深遠之影響力。

二、金、元代對賀鑄詞之接受

　　金元代五部選本中，僅《中州集》收錄賀鑄一闋詞，且誤題爲高

憲之作；其餘詞選皆未收錄賀詞，可見對賀詞之傳播接受程度甚低。

金元時期詞體之發展趨向衰微，詞話數量相較於宋代，呈現明顯驟減的現象，且金代詞壇上推崇蘇、辛一派雄豪剛健之風，幾乎未關注於賀詞，僅見王若虛《滹南詩話》論述蔡松年之詞，舉賀鑄詞句作語意辨析；而所舉之詞句，卻未收錄於歷代之賀鑄選集，《全宋詞》亦未收錄，至鍾振振校《東山詞》方收為賀鑄殘句，《滹南詩話》之語對賀詞之蒐羅整理起了重要作用。元代詞論品評賀詞之數量，雖略多於金代，但也僅見五則詞評。有稱賀鑄〈青玉案〉之句工，亦有論其詞名過響而詩名被掩；元代詞評家論賀詞之抑揚存在對立見解，如楊維楨稱賀詞「妙絕一世」，卻有張之翰、王博文批賀詞哇淫氣弱。

在創作接受方面，金、元兩代詞中幾乎少見和韻或仿擬賀鑄之作。金代和韻賀詞者，有完顏璹、元好問〈青玉案〉兩闋；元代《北西廂》化用賀詞之句，亦可作為時人對賀詞之接受。總體而論，賀詞於金元代之創作接受程度偏低。

三、明代對賀鑄詞之接受

明初詞選幾乎為《花間集》、《草堂詩餘》所籠罩，《類選箋釋草堂詩餘》、《類編續選本》、《詩餘四集》、《花草粹編》皆承繼二書之擇詞重心，著眼於賀鑄較為柔媚的詞作。為抗衡當時詞壇承襲《草堂詩餘》之弊端，其後之詞選更易選詞準則，大幅收錄南宋或元、明代之作品，對於賀詞沉鬱詞作常有選錄，各家對賀詞的接受態度褒貶不一。明代始編製詞譜，因元代以後，詞的創作與音樂形式分離，作詞者無法按譜填詞，故明代詞家開始明確規範詞的格律。明代詞譜錄賀詞之情形僅侷限於少數幾闋詞，可見賀詞於明代詞譜的接受程度並不高。

明代詞話數量勝於宋、元、明三代，詞話專著不僅更具系統性，且明代之詞籍也大量出版，多有兼具評詞和選詞之選集。明代詞評中論及賀詞者，數量少於宋代，且品評之面向並不多元，除論賀鑄生平

外，亦論其詩名受詞名所掩，未能彰顯於世，而論賀鑄單篇詞作中，對〈青玉案〉一闋較爲關注。

明代對賀詞之創作接受表現於和韻詞作上，共計五闋作品，相對於宋代而言，接受程度較低。其中以和韻〈青玉案〉最多，吳山詞爲依韻之作，沈謙詞上、下片第五句的韻字與賀鑄相異；陳鐸和韻〈望湘人〉、王翃和韻〈薄倖〉皆屬次韻之作；王烏和韻〈小梅花〉則爲依韻作品。

四、清代對賀鑄詞之接受

清代詞學復興，加上出版印刷業的發達，使得詞選傳播蓬勃興盛，詞選與詞譜收錄賀詞數劇增。然各選本收錄賀詞之數量則多寡懸殊，如馮煦編《宋六十一家詞選》、戈載《宋七家詞選》、周濟《詞辨》皆未收錄賀詞；而官方編纂《御選歷代詩餘》則爲歷代錄賀詞之高峰。又如同屬一詞派之詞選，擇錄賀詞數亦出現顯著差異，如常州派張惠言《詞選》、董毅《續詞選》皆錄賀詞一闋，但於陳廷焯《詞則》則大量收錄賀詞達 25 闋；是知賀詞於清代之傳播接受呈現褒貶不一的現象。清代詞選與詞譜收錄賀詞位居前列者完全相同，可肯定賀詞兼具藝術內容與格律創調之美；又詞譜收賀詞較多之詞作，於詞選中的收錄情形，卻不如詞譜亮眼，如〈六州歌頭〉（少年俠氣）、〈六么令〉（暮雲消散）、〈雨中花〉（清滑京江）等詞作均未見於詞選中；幸具創調之功，方能見錄於詞譜中，無形增加賀詞之曝光率。

清代詞話蔚爲大觀，其數量遠勝前代，且詞派林立，學說繁多，因此對賀詞之議論面向也較前朝具有更多元的風貌，論賀鑄生平軼聞之資料已較宋代減少，清代詞評家論賀鑄時，常直接取用前人之論，如「鬼頭」、「賀梅子」之稱，常見於論賀鑄之韻文。論賀詞塡詞技巧時，有沿續前朝之評，包括工小令、善鍊字、借古語、知音律等，亦有從新視角觀察賀詞藝術技巧，評賀詞行文上能涵養其氣，在結構上能虛實變化。論賀詞風格流派則呈現多樣面貌，如宋徵璧謂賀詞「新

鮮」；劉熙載、郭麐主張賀詞爲婉約者，劉熙載進而細分賀詞爲「贍
逸」詞風，郭麐則將賀詞與秦、周、晁並列爲「含情幽艷」之類；周
濟就「鎔景入情」和「情中佈景」之角度評賀詞爲「穠麗」；陳廷焯
就「比興寄託」評賀詞曰「沉鬱」；田同之則以「尊體」之概念，認
同宋代張耒之評，言賀詞能上溯屈、宋，可謂「幽潔悲壯」；各式迥
異前代詞論之用字語彙推陳出新且層出不窮，形成豐富的詞學論述。
詞評家亦常將賀鑄與其他詞人如晏幾道、張先、毛滂、辛棄疾、史達
祖、王士禎等人相比，從中可端察詞人承先啓後之關係。在論述賀鑄
單篇詞作方面，歷代詞論皆以〈青玉案〉一闋著力最多；宋代多聚焦
於詞作本事，或借黃庭堅賞其詞而作之詩爲評論爲基準，亦有少數論
及寫作技巧。至清代論述〈青玉案〉之詞評更豐，討論視角愈加廣闊，
諸如寫作技巧、詞作本事、情感共鳴、詞作句律、紹述黃庭堅讚語、
名篇或和韻共賞等，可謂百花齊放，精彩萬分。對賀詞其它詞作，詞
評家更能多方關注，一如清代詞集收錄賀詞總量和範圍也較前代增
加。此外，清代對賀詞的評騭接受出現軒輊，陳廷焯特爲推許賀詞，
而劉體仁與王國維則批判賀詞尤盛。就清代各詞派對賀鑄之接受情況
而論，浙西派崇尙清空騷雅，奉姜夔與張炎爲圭臬，浙西詞家論賀詞
者較少，僅見厲鶚、郭麐等人，厲鶚以雅正之品評標準，論惠洪作詞
不如賀鑄；郭麐評賀詞曰「幽艷」，僅聚焦於賀詞婉約詞風。常州詞
派講究比興寄託，推尊溫庭筠與周邦彥，不重視賀鑄；但常州派因主
張「比興寄託」之說，較能洞悉賀詞的沉鬱之情，如周濟重賀詞之
「情」、陳廷焯論賀詞極爲沉鬱，堪爲歷代最推尊賀詞者。而陽羨派
主豪放，以蘇軾和辛棄疾爲極軌，對賀鑄之詞亦不甚看重。賀鑄詞於
清代詞評的接受情形可謂評價兩極，各有軒輊。

　　清代對賀詞創作接受分爲四個面向，在和韻方面，以〈青玉案〉
居冠，計有十篇，其中曹武亮、許尙質、唐之鳳、羅汝懷四人爲次韻
作品，是歷來和韻賀詞最工整者；周壽昌詞爲依韻作品；王士祿、龔
鼎孳、孫致彌、董潮、周篔等人之詞於上片或下片第五句皆出律。荊

摺和韻〈望湘人〉亦有出律現象；和韻〈薄倖〉者，魏學渠、曹武亮爲次韻作品；熊文舉和韻〈臨江仙〉爲依韻作品；朱祖謀和韻〈石州慢〉、汪鋨和韻〈兀令〉皆爲次韻之詞。在仿傚方面，以〈小梅花〉最多，王霖、董元愷、陳維崧、陳玉璂四人之詞皆於作法和體製上仿傚賀詞。陳喆倫〈憶秦娥〉、楊芳燦〈臨江仙〉效仿賀詞之總體風格。在集句方面，張應昌〈眼兒媚〉集用八人之詞句，其中選用賀鑄名句入詞。在情感的共鳴方面，周錫溥、沈欽韓、楊鳳苞之詩寫於梅雨季節，興起同賀鑄〈青玉案〉詞中之閒愁；曹庭棟詞是因「滿城飛絮」之景而引起共鳴；鄧廷楨詞以賀詞作爲一典故比喻內心情愁；孫士毅詞則於病中抒發類似賀鑄詞中的斷腸愁緒。

　　總體而論，宋代對賀詞之接受爲開端奠基期，金元二代爲沉寂階段，明代稍加復興，清代則出現對賀詞毀譽參半的現象。各代對賀詞之傳播、評騭、創作接受的橫向交流與縱向承繼，皆能架構後人對賀鑄詞褒貶不一的接受特性。其中以賀鑄〈青玉案〉一詞影響層面甚廣，在選本的收錄、詞論的品評、內化的創作上皆有亮眼的表現，是知此對後世的影響深遠，成爲屹立不搖的經典地位。

參考文獻

一、專書

（一）賀鑄詩詞集與研究專著

1. 黃啓方：《東山詞箋注》，臺北：嘉新水泥公司，1969 年 8 月。
2. 夏承燾著：《唐宋詞人年譜・賀方回年譜》，臺北：明倫出版社，1970 年 12 月，頁 271～314。
3. 宋・賀鑄：《慶湖遺老集》，《四庫全書珍本八集》本，臺北：商務印書館，1978 年。
4. 宋・賀鑄著、鍾振振校注：《東山詞》，上海：上海古籍出版社，1989 年 12 月。
5. 鍾振振：《北宋詞人賀鑄研究》，臺北：文津出版社，1994 年 8 月。

（二）其它詞集

【總集】

1. 陳乃乾：《清詞別集百三十四種》，臺北：鼎文書局，1975 年 8 月。
2. 唐圭璋編：《全金元詞》，北京：中華書局，1979 年 10 月。
3. 清・黃燮清輯：《國朝詞綜續編》，臺北：中華書局，1981 年。
4. 唐圭璋編：《全宋詞》，北京：中華書局，1998 年。
5. 孫克強：《唐宋人詞話》，鄭州：河南文藝出版社，1999 年。
6. 清・丁紹儀輯：《國朝詞綜補》，《續修四庫全書》本，上海：上海古籍出版社，2002 年 3 月。

7. 南京大學全清詞編纂委員會編：《全清詞‧順康卷》，北京：中華書局，2002 年 5 月。

8. 饒宗頤初纂，張璋總纂：《全明詞》，北京：中華書局，2004 年 1 月。

9. 周明初、葉曄補編：《全明詞補編》，杭州：浙江大學出版社，2007 年 1 月。

10. 張宏生主編：《全清詞‧順康卷補編》，南京：南京大學出版社，2008 年 5 月。

【選集：詞選】

1. 宋‧趙聞禮輯：《陽春白雪》，《續修四庫全書》本，上海：上海古籍出版社，2002 年 3 月。

2. 宋‧書坊編、何士信增修：《增修箋注妙選群英草堂詩餘》，《續修四庫全書》本，上海：上海古籍出版社，2002 年 3 月。

3. 宋‧黃大輿輯：《梅苑》，《唐宋人選唐宋詞》本，上海：上海古籍出版社，2004 年 10 月。

4. 宋‧曾慥輯：《樂府雅詞》，《唐宋人選唐宋詞》本，上海：上海古籍出版社，2004 年 10 月。

5. 宋‧黃昇輯：《唐宋諸賢絕妙詞選》，《唐宋人選唐宋詞》本，上海：上海古籍出版社，2004 年 10 月。

6. 金‧元好問編：《中州集》，見錄於《景印文淵閣四庫全書》本，臺北：臺灣商務印書館，1983 年 6 月。

7. 明‧顧從敬輯、沈際飛評：《古香岑草堂詩餘》，明崇禎間太末翁少麓刊本，現藏於國家圖書館。

8. 明‧陸雲龍輯：《翠娛閣評選行笈必攜詞菁》，現藏於中國國家圖書館。

9. 明‧周履靖輯：《唐宋元明酒詞》，臺北：臺灣商務印書館，1969 年 4 月。

10. 明‧陳耀文輯：《花草粹編》，《景印文淵閣四庫全書》本，臺北：臺灣商務印書館，1983 年 6 月。

11. 明‧毛晉輯：《宋六十名家詞》，上海：上海古籍出版社，1992 年。

12. 明‧茅映編：《詞的》，《四庫未收書輯刊》本，北京：北京出版社，2000 年。

13. 明‧南宋書賈輯，王兆鵬、黃文吉、童向飛校點：《天機餘錦》，瀋陽：遼寧教育出版社，2000 年 1 月。

14. 明・楊慎輯：《詞林萬選》，《楊升庵叢書》本，成都：天地出版社，2002 年。

15. 明・楊慎輯：《百琲明珠》，《楊升庵叢書》本，成都：天地出版社，2002 年。

16. 明・卓人月、徐士俊輯：《古今詞統》，《續修四庫全書》本，上海：上海古籍出版社，2002 年 3 月。

17. 明・錢允治、陳仁錫箋釋：《類編箋釋續選草堂詩餘》，《續修四庫全書》本，上海：上海古籍出版社，2002 年 3 月。

18. 明・顧從敬、錢允治輯：《類編箋釋草堂詩餘》，《續修四庫全書》本，上海：上海古籍出版社，2002 年 3 月。

19. 明・潘游龍：《精選古今詩餘醉》，瀋陽：遼寧教育出版社，2003 年 3 月。

20. 清・周濟輯：《宋四家詞選》，《續修四庫全書》本，上海：上海古籍出版社，2002 年 3 月。

21. 清・先著、程洪輯，劉崇德、徐文武點校：《詞潔》，保定：河北大學出版社，2007 年 9 月。

22. 清・許寶善輯：《自怡軒詞選》，清嘉慶元年許氏刊本，現藏於國家圖書館。

23. 清・王闓運輯：《湘綺樓詞選》，王氏湘綺樓刊本，1917 年。

24. 清・夏秉衡輯：《歷朝名人詞選》，臺北：大西洋圖書公司，1928 年。

25. 清・沈時棟輯：《古今詞選》，臺北：臺灣東方書局，1956 年 5 月。

26. 清・馮煦輯：《宋六十一家詞選》，臺北：文化圖書公司，1956 年 6 月。

27. 清・梁令嫻輯：《藝蘅館詞選》，臺北：臺灣中華書局，1970 年 10 月。

28. 清・戈載輯、杜文瀾校注：《宋七家詞選》，臺北：河洛圖書出版社，1978 年 5 月。

29. 清・朱彝尊、汪森編：《詞綜》，臺北：中華書局，1981 年。

30. 清・陳廷焯：《詞則》，上海：上海古籍出版社，1984 年 5 月。

31. 清・黃蘇輯：《蓼園詞選》，《清人選評詞集三種》本，濟南：齊魯書社，1988 年 9 月。

32. 清・蔣景祁：《瑤華集》，《四庫禁燬書叢刊》本，北京：北京出版社，2000 年。

33. 清・周銘：《林下詞選》，《續修四庫全書》本，上海：上海古籍出版社，2002 年 3 月。

34. 清・張惠言輯:《詞選》,《續修四庫全書》本,上海:上海古籍出版社,2002 年 3 月。

35. 清・董毅輯:《續詞選》,《續修四庫全書》本,上海:上海古籍出版社,2002 年 3 月。

36. 清・周濟輯:《詞辨》,《續修四庫全書》本,上海:上海古籍出版社,2002 年 3 月。

37. 清・王奕清、沈辰垣輯:《御選歷代詩餘》,《文淵閣四庫全書》本,北京:商務印書館,2005 年。

38. 清・朱祖謀輯:《宋詞三百首》,臺北:臺灣古籍出版社,2005 年 11 月。

【選集:詞譜】

1. 明・徐師曾輯:《文體明辨》,《四庫全書存目叢書》本,臺南:莊嚴文化,1997 年。

2. 明・張綖撰、謝天瑞補遺:《詩餘圖譜》,《四庫全書存目叢書》本,臺南:莊嚴文化,1997 年。

3. 明・程明善輯:《嘯餘譜》,《續修四庫全書》本,上海:上海古籍出版社,2002 年 3 月。

4. 明・周暎輯:《詞學筌蹄》,《續修四庫全書》本,上海:上海古籍出版社,2002 年 3 月。

5. 清・葉申薌輯:《天籟軒詞譜》,清道光間刊本,現藏於國家圖書館。

6. 清・杜文瀾輯:《詞律補遺》,臺北:世界書局,1959 年 12 月。

7. 清・舒夢蘭輯:《白香詞譜》,臺北:世界書局,1968 年 10 月。

8. 清・秦巘編:《詞繫》,北京:北京師範大學出版社,1996 年 9 月。

9. 清・賴以邠:《填詞圖譜》,《四庫全書存目叢書》本,臺南:莊嚴文化,1997 年。

10. 清・吳綺輯:《選聲集》,《四庫全書存目叢書》本,臺南:莊嚴文化,1997 年。

11. 清・周祥鈺等輯、劉崇德校譯:《新定九宮大成南北詞宮譜校譯》,天津:天津古籍出版社,1998 年 7 月。

12. 清・郭鞏輯:《詩餘譜式》,《四庫未收書輯刊》本,北京:北京出版社,2000 年。

13. 清・徐本立輯:《詞律拾遺》,《續修四庫全書》本,上海:上海古籍出版社,2002 年 3 月。

14. 清・謝元淮：《碎金詞譜》，《續修四庫全書》本，上海：上海古籍出版社，2002 年 3 月。

15. 清・謝元淮：《碎金續譜》，《續修四庫全書》本，上海：上海古籍出版社，2002 年 3 月。

16. 清・萬樹輯：《詞律》，《文津閣四庫全書》本，北京：商務印書館，2005 年。

17. 清・王奕清等編，孫通海、王景桐校點：《欽定詞譜》，北京：學苑出版社，2008 年 6 月。

【詞韻】

1. 元・周德清：《中原音韻》，臺北：藝文印書館，1972 年 6 月。

（三）詩文集、全集

【總集】

1. 梁・昭明太子編，唐・李善注：《昭明文選》，臺北：文化圖書公司，1975 年 8 月。

2. 清・郭元釪輯：《全金詩》，臺北：新興書局，1968 年 10 月。

3. 清・清聖祖御定：《全唐詩》，臺北：文史哲出版社，1987 年 12 月。

4. 清・董誥等編：《欽定全唐文》，臺北：文友書局，1972 年。

【別集】

1. 三國・曹植著，趙幼文校注：《曹植集校注》，臺北：明文書局，1985 年 4 月。

2. 宋・郭茂倩輯：《樂府詩集》，《景印文淵閣四庫全書》本，臺北：臺灣商務印書館，1983 年 6 月。

3. 宋・李之儀：《姑溪居士前集》，《宋金元詞話全編》本，南京：鳳凰出版社，2008 年 12 月。

4. 清・納蘭性德：《通志堂集》，《續修四庫全書》本，上海：上海古籍出版社，2002 年 3 月。

5. 清・楊芳燦：《芙蓉山館全集》，《續修四庫全書》本，上海：上海古籍出版社，2002 年 3 月。

6. 清・張應昌：《煙波漁唱》，《續修四庫全書》本，上海：上海古籍出版社，2002 年 3 月。

7. 清・鄧廷楨：《雙硯齋詩鈔》，《續修四庫全書》本，上海：上海古籍出版社，2002 年 3 月。

8. 清‧孫士毅:《百一山房詩集》,《續修四庫全書》本,上海:上海古籍出版社,2002 年 3 月。

9. 清‧楊鳳苞:《秋室集》,《續修四庫全書》本,上海:上海古籍出版社,2002 年 3 月。

10. 清‧周錫溥:《安愚齋集》,《續修四庫全書》本,上海:上海古籍出版社,2002 年 3 月。

11. 清‧曹廷棟:《宋百家詩存》,《文淵閣四庫全書》本,北京:商務印書館,2005 年。

12、清‧厲鶚:《樊榭山房全集》,《四部備要》本,臺北:中華書局,1981 年。

（四）筆記、詩話、雜錄

1. 宋‧葉夢得:《避暑錄話》,臺北:台灣商務印書館,1966 年 3 月。

2. 宋‧羅大經:《鶴林玉露》,臺北:臺灣開明書局,1968 年 11 月。

3. 宋‧吳曾:《能改齋漫錄》,臺北:木鐸出版社,1982 年 5 月。

4. 宋‧陸游:《老學庵筆記》,《唐宋史料筆記叢刊》本,北京:中華書局,1997 年 12 月。

5. 宋‧周煇:《清波雜志》,《唐宋史料筆記叢刊》本,北京:中華書局,1997 年 12 月。

6. 宋‧王銍撰:《默記》,《唐宋史料筆記叢刊》本,北京:中華書局,1997 年 12 月。

7. 明‧郎瑛:《七修類稿》,《筆記小說大觀》本,臺北:新興書局,1978 年。

8. 明‧單宇:《菊坡叢話》,《中國詩話珍本叢書》本,北京:北京圖書館,2004 年。

9. 明‧徐師曾:《詩體明辯》,臺北:廣文書局,1972 年 4 月。

10. 明‧胡應麟:《詩藪》,臺北:正生書局,1973 年 5 月。

11. 清‧楊希閔:《詞軌》,《唐宋人詞話》本,鄭州:河南文藝出版社,1999 年。

12. 清‧吳喬:《答萬季野詩問》,《歷代詩話統編》本,北京:北京圖書館出版社,2003 年 5 月。

13. 清‧尤侗:《艮齋雜說》,《清代學術筆記叢刊》本,北京:學苑出版社,2005 年。

14. 清‧陳匪石:《宋詞舉》,臺北:正中書局,1983 年 1 月。

15. 清·徐釚編、王百里校箋:《詞苑叢談》,臺北:文史哲出版社,1989年。

16. 王國維著、施議對譯注:《人間詞話譯注》,臺北:貫雅出版社,1995年5月。

17. 張璋等編:《歷代詞話》,鄭州:大象出版社,2002年3月。

18. 徐德明、吳平編:《清代學術筆記叢刊》,北京:學苑出版社,2005年。

19. 張惠民編:《宋代詞學資料匯編》,廣州:汕頭大學出版社,1993年11月。

    宋·龔明之:《中吳紀聞》

    宋·周紫芝:《竹坡詩話》

    宋·王直方撰:《王直方詩話》

20. 唐圭璋編:《詞話叢編》,北京:中華書局,2005年10月。

    宋·張炎:《詞源》

    宋·周密:《浩然齋詞話》

    宋·魏慶之:《魏慶之詞話》

    宋·王灼:《碧雞漫志》

    宋·胡仔:《苕溪漁隱詞話》

    明·楊慎:《詞品》

    清·沈雄:《古今詞話》

    清·吳衡照:《蓮子居詞話》

    清·杜文瀾:《憩園詞話》

    清·蔣兆蘭:《詞說》

    清·陳匪石:《聲執》

    清·蔡嵩雲:《柯亭詞論》

    清·張德瀛:《詞徵》

    清·王士禎:《花草蒙拾》

    清·賀裳:《皺水軒詞筌》

    清·沈祥龍:《論詞隨筆》

    清·田同之:《西圃詞說》

    清·陳廷焯:《詞壇叢話》

    清·陳廷焯:《白雨齋詞話》

清・郭麐撰：《靈芬館詞話》

清・李調元：《雨村詞話》

清・周濟：《宋四家詞選目錄序論》

清・周濟：《介存齋論詞雜著》

清・劉熙載：《詞概》

清・江順詒：《詞學輯成》

清・謝章鋌：《賭棋山莊詞話》

清・查禮：《銅鼓書堂詞話》

清・王弈清：《歷代詞話》

清・李佳：《左庵詞話》

清・沈謙：《填詞雜説》

清・馮煦：《蒿庵論詞》

清・馮金伯：《詞苑萃編》

清・葉申薌：《本事詞》

清・丁紹儀：《聽秋聲館詞話》

清・朱祖謀撰，龍榆生輯：《彊村老人評詞》

清・劉體仁：《七頌堂詞鐸》

清・況周頤：《蕙風詞話》

清・郯祇謨：《遠志齋詞衷》

21. 鄧子勉編：《宋金元詞話全編》，南京：鳳凰出版社，2008 年 12 月。

宋・葉夢得：《石林居士建康集》

宋・陳思：《兩宋名賢小集》

宋・劉克莊：《後村集》

宋・趙令畤：《侯鯖錄》

宋・陳應行：《陳學士吟窗雜錄》，

宋・謝維新：《古今合璧事類備要》

宋・曾敏行：《獨醒雜志》

金・王若虛：《滹南詩話》

元・方回：《瀛奎律髓》

元・楊維楨：《東維子文集》

元・祝誠：《蓮堂詩話》

元‧張之翰：《西巖集》

元‧王博文：《天籟集》

（五）地理人物方志

1. 宋‧王象之原著，李勇先校點：《輿地紀勝》，成都：四川大學出版社，2005 年 10 月。

2. 宋‧范成大：《吳郡志》，《宋金元詞話全編》本，南京：鳳凰出版社，2008 年 12 月。

3. 明‧張昶：《吳中人物志》，臺北：臺灣學生書局，1969 年 12 月。

4. 清‧嵆曾筠《（雍正）浙江通志》，《文淵閣四庫全書》本，北京：商務印書館，2005 年。

（六）經、史、子部

1. 周‧孟軻著，漢‧趙岐注：《孟子》，《四部叢刊初編》本，臺北：臺灣商務印書館，1967 年。

2. 元‧脫脫：《宋史》，臺北：新文豐出版公司，1975 年 6 月。

3. 宋‧范曄撰：《後漢書》，《景印文淵閣四庫全書》本，臺北：臺灣商務印書館，1983 年 6 月。

4. 日‧瀧川龜太郎：《史記會注考證》，臺北：洪氏出版社，1986 年。

5. 清‧郭慶藩集釋：《莊子集釋‧駢拇第八》，臺北：貫雅文化，1991 年 9 月。

6. 漢‧司馬遷原著，楊家駱主編：《史記》，臺北：鼎文書局，1993 年 2 月。

（七）接受美學理論

1. 聯邦德國‧H.R.姚斯、美‧R.C.霍拉勃著，周寧、金元浦譯：《接受美學與接受理論》，瀋陽：遼寧人民出版社，1987 年 9 月。

2. 陳文忠：《文學美學與接受史研究》，合肥：安徽人民出版社，2008 年 4 月。

3. 馬以鑫：《接受美學新論》，上海：學林出版社，1995 年 10 月。

4. 龍協濤著：《讀者反應理論》，臺北：揚智文化，1997 年。

5. 美‧費什著，文楚安釋：《讀者反應批評：理論與實踐》，北京：中國社會科學出版社，1998 年 2 月。

（八）文學研究專著

1. 吳梅：《詞學通論》，臺北：商務印書館，1932 年 12 月。
2. 繆鉞：《詩詞散論》，臺北：台灣開明書局，1956 年 10 月。
3. 裴普賢：《集句詩研究》，臺北：臺灣學生書局，1975 年 11 月。
4. 張子良：《金元詞述評》，臺北：華正書局，1979 年 7 月。
5. 唐圭璋：《唐宋詞簡釋》，臺北：木鐸出版社，1982 年 3 月。
6. 顧俊：《詩話與詞話》，臺北：木鐸出版社，1987 年 7 月。
7. 王偉勇：《南宋詞研究》，臺北：文史哲出版社，1987 年 9 月。
8. 王易：《詞曲史》，臺北：廣文書局，1988 年。
9. 俞陛雲：《唐五代兩宋詞選釋》，臺北：文史哲出版社，1988 年 7 月。
10. 葉嘉瑩：《中國詞學的現代觀》，臺北：大安出版社，1988 年 12 月。
11. 繆鉞：《靈谿詞說》，臺北：國文雜誌社，1989 年 12 月。
12. 魯迅：《集外集》，臺北：風雲時代出版公司，1990 年 3 月。
13. 高殿石：《中國歷代童謠輯注》，濟南：山東大學出版社，1990 年 10 月。
14. 陳如江：《唐宋五十名家詞論》，上海：華東師範學出版社，1992 年 7 月。
15. 蕭鵬：《群體的選擇──唐宋人選詞與詞選通論》，臺北：文津出版社，1992 年 11 月。
16. 祖保泉、張曉雲著：《王國維與人間詞話》，臺北：萬卷樓圖書公司，1993 年 6 月。
17. 孫康宜著，李奭學譯：《晚唐迄北宋詞體演進與詞人風格》，臺北：聯經，1994 年。
18. 方智範等著：《中國詞學批評史》，北京：中國社會科學出版社，1994 年 7 月。
19. 朱崇才：《詞話學》，臺北：文津出版社，1995 年 1 月。
20. 楊海明：《唐宋詞史》，高雄：麗文文化，1996 年 2 月。
21. 黃文吉：《北宋十大詞家研究》，臺北：文史哲出版社，1996 年 3 月。
22. 龍榆生：《龍榆生詞學論文集》，上海：上海古籍出版社，1997 年。
23. 嚴迪昌：《清詞史》，南京：江蘇古籍出版社，1999 年 8 月。
24. 王水照：《宋代文學通論》，高雄：高雄復文圖書出版社，2000 年。
25. 王兆鵬：《唐宋詞史論》，北京：人民文學出版社，2000 年 1 月。

26. 沈松勤：《唐宋詞社會文化學研究》，杭州：浙江大學出版社，2001年1月。

27. 陶然：《金元詞通論》，上海：上海古籍出版社，2001年7月。

28. 邱世友：《詞論史論稿》，北京：人民文學出版社，2002年1月。

29. 張仲謀：《明詞史》，北京：人民文學出版社，2002年2月。

30. 丁放：《金元詞學研究》，北京：中國社會科學出版社，2002年5月。

31. 徐楓：《嘉道年間的常州詞派》，臺北：雲龍出版社，2002年6月。

32. 陶爾夫、諸葛憶兵：《北宋詞史》，哈爾濱：黑龍江教育出版社，2002年7月。

33. 龍沐勛：《唐宋詞格律》，臺北：里仁書局，2002年9月。

34. 丁放、余恕誠：《唐宋詞概說》，合肥：安徽教育出版社，2002年12月。

35. 顏翔林：《宋代詞話的美學研究》，長沙：湖南師範大學，2003年5月。

36. 陶子珍：《明代詞選研究》，臺北：威秀資訊科技，2003年7月。

37. 黃文吉：《黃文吉詞學論集》，臺北：臺灣學生書局，2003年11月。

38. 王偉勇：《宋詞與唐詩之對應研究》，臺北：文史哲出版社，2004年3月。

39. 王兆鵬：《唐宋詞史的還原與建構》，武漢：湖北人民出版社，2005年6月。

40. 朱惠國：《中國近世詞學思想研究》，上海：上海古籍出版社，2005年6月。

41. 陳水雲：《清代詞學發展史論》，北京：學苑出版社，2005年7月。

42. 李劍亮：《唐宋詞與唐宋歌妓制度》，杭州：浙江大學出版社，2006年10月。

43. 陳水雲：《二十世紀清詞研究史》，高雄：麗文文化，2007年8月。

44. 徐安琪：《唐五代北宋詞學思想史論》，北京：人民文學出版社，2007年11月。

45. 江合友：《明清詞譜史》，上海：上海古籍出版社，2008年5月。

46. 孫克強：《清代詞學批評史論》，上海：上海古籍出版社，2008年11月。

47. 木齋：《宋詞體演變史》，北京：中華書局，2008年12月。

48. 王兆鵬：《詞學史料學》，北京：中華書局，2009年2月。

49. 余意：《明代詞學之建構》，上海：上海古籍出版社，2009 年 7 月。

50. 譚新紅著：《清詞話考述》，武漢：武漢大學出版社，2009 年 9 月。

51. 王偉勇：《清代論詞絕句初編》，臺北：里仁書局，2010 年 9 月。

（九）彙編、叢書、目錄、辭典

【彙編】

1. 金啓華、張惠民等編：《唐宋詞籍序跋匯編》，臺北：臺灣商務印書館，1993 年 2 月。

2. 張惠民編：《宋代詞學資料匯編》，廣州：汕頭大學出版社，1993 年 11 月。

3. 施蟄存編：《詞籍序跋萃編》，北京：中國社會科學出版社，1994 年 12 月。

4. 吳熊和主編：《唐宋詞匯評‧兩宋卷》，杭州：浙江教育出版社，2004 年。

5. 吳熊和主編：《唐宋詞匯評‧唐五代卷》，杭州：浙江教育出版社，2007 年。

【叢書】

1. 清‧朱孝臧編撰、夏敬觀手批評點：《彊村叢書》，上海：上海古籍出版社，1989 年 8 月。

2. 王文才、萬光治等編注：《楊升庵叢書》，成都：天地出版社，2002 年。

【目錄】

1. 宋‧陳振孫：《直齋書錄解題》，《文淵閣四庫全書》本，北京：商務印書館，2005 年。

2. 清‧永瑢、紀昀等：《四庫全書總目》，《景印文淵閣四庫全書》本，臺北：臺灣商務印書館，1983 年 6 月。

【辭典】

1. 張相：《詩詞語詞名匯釋》，北京：中華書局，1955 年 1 月。

2. 臧勵龢：《中國古今地名大辭典》，臺北：臺灣商務印書館，1987 年。

3. 馬興榮、吳熊和、曹濟平：《中國詞學大辭典》，杭州：浙江教育出版社，1996 年 10 月。

4. 王兆鵬、劉尊明：《宋詞辭典》，南京：鳳凰出版社，2003 年 9 月。

5. 吳藕汀、吳小汀：《詞調名辭典》，上海：上海書局，2005 年 9 月。

6. 廖珣英：《全宋詞語言辭典》，北京：中華書局，2007 年 10 月。

二、論文

【學位論文】

1. 程志媛：《宋代詞學批評研究——批評形式與文化詮釋》，南投：暨南國際大學碩士論文，2001 年 7 月。

2. 黃文鶯：《賀鑄在詞史上的承繼與開展》，臺北：國立臺灣師範大學國文研究所碩士論文，2002 年。

3. 劉琴：《古今詞統與明清詞學中興》，浙江：浙江大學人文學院碩士論文，2008 年 5 月。

4. 趙福勇：《清代「論詞絕句」論北宋詞人及其作品研究》，彰化：彰化師範大學國文研究所博士論文，2011 年 1 月。

5. 夏婉玲：《張先詞接受史》，臺南：國立成功大學中文所碩士論文，2011 年 6 月。

【期刊論文】

1. 龍沐勛：〈選詞標準論〉，《詞學季刊》第 1 卷第 2 號（1933 年 8 月），頁 5～6。

2. 王兆鵬、劉尊明：〈歷史的選擇——宋代詞人歷史地位的定量分析〉，《文學遺產》，1995 年第 4 期。

3. 王偉勇：〈兩宋詞人仿擬典範作品析論〉，《人文與創意學術研討會論文集》，臺北：里仁書局，2008 年 6 月，頁 89～129。

4. 岳淑珍：〈從《詞林萬選》到《百琲明珠》——楊慎詞選論〉，《紹興文理學院學報》第 28 卷第 5 期（2008 年 9 月），頁 40～44。

5. 曹秀蘭：〈論《詞菁》的詞學思想〉，《合肥師範學院學報》第 27 卷第 4 期（2009 年 7 月），頁 26～32。

6. 李睿：〈論清代詞選興盛的表現與原因〉，《南京師範大學文學院學報》第 4 期（2009 年 12 月）。

附錄一　歷代詞選選擇錄賀鑄詞概況

朝代	作者	詞選名稱	收錄詞作 青玉案·凌波
宋編詞選六部	黃大輿	梅苑	
	曾慥	樂府雅詞	√
	書坊	草堂詩餘	√
	黃昇	唐宋諸賢絕妙詞選	√
	趙聞禮	陽春白雪詞選	√
金編詞選	元好問	中州樂府	√
明編詞選十二部	顧從敬	類選箋釋草堂詩餘	√
	錢允治	類選箋釋續選草堂詩餘	√
	佚名	天機餘錦	√
	楊慎	詞林萬選	
	陳耀文	花草粹編	√
	茅暎	詞的	√
	卓人月	古今詞統	√
	周履靖	唐宋元明酒詞	√
	沈際飛	古香岑草堂詩餘	√
清編詞選十七部	朱彝尊	詞綜	√
	先著	詞潔	√
	王奕清等	御選歷代詩餘	√
	沈時棟	古今詞選 歷代詩餘	√
	夏秉衡	歷朝名人詞選	
	許寶善	自怡軒詞選	√
	黃蘇	蓼園詞選	
	張惠言	詞選	√
	董毅	續詞選	√
	周濟	詞辨	
	陳廷焯	詞則	√
	王闓運	湘綺樓詞選	√
	梁令嫻	藝蘅館詞選	√
	周濟	宋四家詞選	√
	張惠言	蘇辛詞選	√
	戈載	宋七家詞選	
	馮煦	宋六十一家詞選	
	朱祖謀	宋詞三百首	
各閱入選總計			√ 21

朝代	作者	詞選名稱	薄倖·豔真	望湘人·厭鶯聲	浣溪沙·樓角	踏莎行·急雨
宋編詞選六部	黃大輿	梅苑				
	曾慥	樂府雅詞	√	√	√	
	書坊	草堂詩餘				
	黃昇	唐宋諸賢絕妙詞選	√	√		
	趙聞禮	陽春白雪詞選	√√	√	√	
金編詞選	元好問	中州集				
明編詞選十二部	顧從敬	類選箋釋續選草堂詩餘				
	錢允治	類選箋釋草堂詩餘續選				√
	佚名	天機餘錦			√	
	楊慎	詞林萬選			√	
	楊慎	百琲明珠				
	陳耀文	花草粹編	√	√	√	√
	陸雲龍	詞菁	√	√	√	√
	茅暎	詞的	√		▲	
	卓人月	古今詞統		√	√√	√√
	潘遊龍	精選古今詩餘醉	√	√	√√	√√
	周履靖	唐宋元明酒詞				
	沈際飛	古香岑草堂詩餘	√	√	√	√
清編詞選十七部	朱彝尊	詞綜	√	√	√	√
	先著等	詞潔	√	√	√	√
	王奕清等	御選歷代詩餘	√√	√	√√	√
	沈時棟	古今詞選			√	
	夏秉衡	歷朝名人詞選	√	√		
	許寶善	自怡軒詞選	√	√	√	
	黃蘇	蓼園詞選		√	√	
	張惠言	詞選				
	董毅	續詞選				
	周濟	詞辨				
	陳廷焯	詞則	√	√		√
	王闓運	湘綺樓詞選				
	梁令嫻	藝蘅館詞選	√	√		√
	周濟	宋四家詞選	√√	√		√
	戈載	宋七家詞選				
	馮煦	宋六十一家詞選				
	朱祖謀	宋詞三百首	√	√	√	
各闋入選總計			16	14	14	11

附錄一　歷代詞選擇錄賀鑄詞概況

朝代	作者	詞選名稱	臨江仙·巧翦	石州引·薄雨	瑞鷓鴣·月痕	憶秦娥·曉朦朧
宋編詞選六部	黃大輿	梅苑	√			
	曾慥	樂府雅詞	√			√
	書坊	草堂詩餘		√		
	黃昇	唐宋諸賢絕妙詞選	√			
	趙聞禮	陽春白雪		√		
金編詞選	元好問	中州集		√		
明編詞選十二部	顧從敬	類選箋釋草堂詩餘	√			
	錢允治	類選箋釋續選草堂詩餘			√	
	佚名	天機餘錦			√	
	楊慎	詞林萬選			√	
	楊慎	百琲明珠			√	
	陳耀文	花草粹編	√	√	√	
	陸雲龍	詞菁				
	茅暎	古今詞的		√	√	
	卓人月	古今詞統		√	√	√
	潘遊龍	精選古今詩餘醉	√		√	√
	周履靖	唐宋元明酒詞	√	√	√	
	沈際飛	古香岑草堂詩餘	√		√	√
清編詞選十七部	先著	詞潔	√	√		
	朱彝尊	詞綜		√	√	√
	王奕清等	御選歷代詩餘	√	√	√	√
	沈時棟	古今詞選	√	√		
	夏秉衡	歷朝名人詞選			√	
	許寶善	自怡軒詞選				
	黃蘇	蓼園詞選	√			
	張惠言	詞選				
	董毅	續詞選			√	
	周濟	詞辨				
	陳廷焯	詞則			√	√
	王闓運	湘綺樓詞選				
	梁令嫻	藝蘅館詞選			√	
	周濟	宋四家詞選			√	√
	戈載	宋七家詞選				
	馮煦	宋六十一家詞選		√		
	朱祖謀	宋詞三百首		√		
各闋入選總計			10	9	8	8

朝代	宋編詞選六部					金編詞選	明編詞選十二部											清編詞選十七部																		各闋入選總計
作者 / 詞選名稱	黃大輿《梅苑》	曾慥《樂府雅詞》	書坊《草堂詩餘》	黃昇《唐宋諸賢絕妙詞選》	趙聞禮《陽春白雪》	元好問《中州集》	顧從敬《類選箋釋草堂詩餘》	錢允治《類選箋釋續選草堂詩餘》	佚名《天機餘錦》	楊慎《詞林萬選》	陳耀文《花草粹編》	陸雲龍《詞菁》	茅暎《詞的》	卓人月《古今詞統》	潘遊龍《精選古今詩餘醉》	周履靖《唐宋元明酒詞》	沈際飛《古香岑草堂詩餘》	朱彝尊《詞綜》	先著《詞潔》	王奕清等《御選歷代詩餘》	沈時棟《古今詞選》	夏秉衡《歷朝名人詞選》	許寶善《白怡軒詞選》	黃蘇《蓼園詞選》	張惠言《詞選》	董毅《續詞選》	周濟《詞辨》	陳廷焯《詞則》	王闓運《湘綺樓詞選》	梁令嫻《藝蘅館詞選》	周濟《宋四家詞選》	戈載《宋七家詞選》	馮煦《宋六十一家詞選》	朱祖謀《宋詞三百首》	
感皇恩·蘭芷		√		√														√		√								√		√	√			√	8
攤破浣溪沙·錦鞶								√			√			√	√		√		√			√													7
清平樂·小桃				√							√							√	√									√		√	√				7
南歌子·斗酒								√						√	√		√	√	√	√															7

−296−

朝代	宋編詞選八部					金編詞選	明編詞選十二部												清編詞選十七部																		各闋入選總計
作者	黃大輿	曾慥	書坊	黃昇	趙聞禮	元好問	顧從敬	錢允治	佚名	楊慎	楊慎	陳耀文	陸雲龍	茅暎	卓人月	潘遊龍	周履靖	沈際飛	朱彝尊	先著	王奕清等	沈時棟	夏秉衡	許寶善	黃蘇	張惠言	董毅	周濟	陳廷焯	王闓運	梁令嫻	周濟	戈載	馮煦	朱祖謀	
詞選名稱	梅苑	樂府雅詞	草堂詩餘	唐宋諸賢絕妙詞選	陽春白雪	中州樂府	類選箋釋草堂詩餘	類選箋釋續選草堂詩餘	天機餘錦	詞林萬選	百琲明珠	花草粹編	詞菁	詞的	古今詞統	精選古今詩餘醉	唐宋元明酒詞	古香岑草堂詩餘	詞綜	詞潔	詞選歷代詩餘	古今詞選	歷朝名人詞選	自怡軒詞選	蓼園詞選	詞選	續詞選	詞辨	詞則	湘綺樓詞選	藝蘅館詞選	宋四家詞選	宋七家詞選	宋六十一家詞選	宋詞三百首	
浣溪沙·閒把	√	√		√								√		√							√								√							7
小梅花·城下路					√	▲						▲			▲		▲		▲		▲															7
浣溪沙·宮錦		√						√				√				√		√			√															6
浣溪沙·鸚鵡驚人	√							√							√	√		√			√															6

朝代	作者	詞選名稱	小梅花・縛虎手	浣溪沙・鸚鵡無言	長相思慢・鐵甕
宋編詞選六部	曾慥	樂府雅詞			
	黃大輿	梅苑			
	書坊	草堂詩餘			
	黃昇	唐宋諸賢絕妙詞選		√	
	趙聞禮	陽春白雪	√	√	
金編詞選	元好問	中州集			
明編詞選十二部	顧從敬	類選箋釋草堂詩餘			▲
	錢允治	類選箋釋續選草堂詩餘			
	佚名	天機餘錦			
	楊慎	詞林萬選	√		
	楊慎	百琲明珠			▲
	陳耀文	花草粹編	√	√	▲
	陸雲龍	詞菁			
	茅暎	詞的			
	卓人月	古今詞統			
	潘遊龍	精選古今詩餘醉			
	周履靖	唐宋元明酒詞餘			
	沈際飛	古香岑草堂詩餘			▲
清編詞選十七部	朱彝尊	詞綜			
	先著等	詞潔	√	√	
	王奕清等	御選歷代詩餘	√		▲
	沈時陳	古今詞選			
	夏秉衡	歷朝名人詞選			
	許寶善	自怡軒詞選			
	黃蘇	蓼園詞選			
	張惠言	詞選			
	董毅	續詞選			
	周濟	詞辨			
	陳廷焯	詞則	√	√	
	王闓運	湘綺樓詞選			
	梁令嫻	藝蘅館詞選			
	周濟	宋四家詞選			
	戈載	宋七家詞選			
	馮煦	宋六十一家詞選			
	朱祖謀	宋詞三百首			
各闋入選總計			6	5	5

朝代	作者	詞選名稱	如夢令·蓮葉	謁金門·楊花落	太平時·秋盡	踏莎行·鏡鬡
宋編詞選六部	黃大輿	梅苑				
	曾慥	樂府雅詞	√			
	書坊	草堂詩餘				
	黃昇	唐宋諸賢絕妙詞選				
	趙聞禮	陽春白雪		√		
金編詞選	元好問	中州集				
明編詞選十二部	顧從敬	類選箋釋草堂詩餘				
	錢允治	類選箋釋續選草堂詩餘				
	佚名	天機餘錦				
	楊慎	詞林萬選		▲	√	√
	陳耀文	花草粹編				√
	陸雲龍	詞菁	√			
	卓人月	古今詞統				
	潘遊龍	精選古今詩餘醉				
	周履靖	唐宋元明酒詞				
	沈際飛	古今香草堂詩餘				
清編詞選十七部	朱彝尊	詞綜		▲		
	先著	詞潔	√		√	√
	王奕清等	詞選歷代詩餘	√	▲	√	√
	沈時棟	古今詞選			√	
	夏秉衡	歷朝名人詞選				
	許寶善	自怡軒詞選				
	黃蘇	蓼園詞選				
	張惠言	詞選				
	董毅	續詞選				
	周濟	詞辨				
	陳廷焯	詞則	√			
	王闓運	湘綺樓詞選				
	梁令嫻	藝蘅館詞選				
	周濟	宋四家詞選				
	戈載	宋七家詞選				
	馮煦	宋六十一家詞選				
	朱祖謀	宋詞三百首				
		各闋入選總計	5	4	4	4

朝代	宋編詞選六部					金編詞選	明編詞選十二部												清編詞選十七部																		各闋入選總計
作者	黃大輿	曾慥	書坊	黃昇	趙聞禮	元好問	顧從敬	錢允治	佚名	楊慎	楊慎	陳耀文	陸雲龍	茅暎	卓人月	潘遊龍	周履靖	沈際飛	朱彝尊	先著	王奕清等	沈時棟	夏秉衡	許寶善	黃蘇	張惠言	董毅	周濟	陳廷焯	王闓運	梁令嫻	周濟	戈載	馮煦	朱祖謀	
詞選名稱＼收錄詞作	梅苑	樂府雅詞	草堂詩餘	唐宋諸賢絕妙詞選	陽春白雪	中州樂府	類選箋釋草堂詩餘	類選箋釋續草堂詩餘	天機餘錦	詞林萬選	百琲明珠	花草粹編	詞菁	詞的	古今詞統	精選古今詩餘醉	唐宋元明酒詞	古岑香草堂詩餘	詞綜	詞潔	詞譜歷代詩餘	古今詞選	歷朝名人詞選	自怡軒詞選	蓼園詞選	詞選	續詞選	詞辨	詞則	湘綺樓詞選	藝蘅館詞選	宋四家詞選	宋七家詞選	宋六十一家詞選	宋詞三百首	
浣溪沙·煙柳		√										√									√								√							4
浣溪沙·秋水		√										√									√								√							4
燭影搖紅·波影		√										√									√								√							4
惜分飛·皎皎鏡		√										√									√								√							4

| 朝代 | 宋編詞選六部 | | | | 金編詞選 | 明編詞選十二部 | | | | | | | | | | | | 清編詞選十七部 | | | | | | | | | | | | | | | | | 各闋入選總計 |
作者 / 詞選名稱	黃大輿 梅苑	曾慥 樂府雅詞	黃昇 唐宋諸賢絕妙詞選	趙聞禮 陽春白雪	元好問 中州集	顧從敬 類選箋釋草堂詩餘	錢允治 類選箋釋續草堂詩餘	佚名 天機餘錦	楊慎 詞林萬選	楊慎 百琲明珠	陳耀文 花草粹編	陸雲龍 詞菁	茅暎 詞的	卓人月 古今詞統	潘游龍 精選古今詩餘醉	周履靖 唐宋元明酒詞	沈際飛 古香岑草堂詩餘	朱彝尊 詞綜	王奕清等 御選歷代詩餘	沈時棟 古今詞選	夏秉衡 歷朝名人詞選	許寶善 自怡軒詞選	黃蘇 蓼園詞選	張惠言 詞選	董毅 續詞選	周濟 詞辨	陳廷焯 詞則	王闓運 湘綺樓詞選	梁令嫻 藝蘅館詞選	周濟 宋四家詞選	戈載 宋七家詞選	馮煦 宋六十一家詞選	朱祖謀 宋詞三百首	收錄詞作
玉樓春·秦絃									√					√					√															3
下水船·芳草		√									√								√															3
菩薩蠻·章臺		√									√								√															3
天門謠·牛渚			√								√																						√	3

朝代		宋編詞選六部					金編詞選	明編詞選十二部											清編詞選十七部																		各闋入選總計
作者	黃大輿	曾慥	書坊	黃昇	趙聞禮	元好問	顧從敬	錢允治	佚名	楊慎	陳耀文	陸雲龍	茅暎	卓人月	潘遊龍	周履靖	沈際飛	朱彝尊	先著等	王奕清等	沈時陳	夏秉衡	許寶善	黃蘇	張惠言	董毅	周濟	陳廷焯	王闓運	梁令嫻	周濟	戈載	馮煦	朱祖謀	
詞選名稱	樂府雅詞	草堂詩餘	唐宋諸賢絕妙詞選	絕妙詞選	陽春白雪	中州集	類選箋釋草堂詩餘	類選箋釋續草堂詩餘	天機餘錦	詞林萬選	花草粹編	詞菁	詞的	古今詞統	精選古今詩餘醉	唐宋元明酒詞餘	古香岑草堂詩餘	詞綜	詞潔	歷代詩餘	古今詞選	歷朝名人詞選	白怡軒詞選	蓼園詞選	詞選	續詞選	詞辨	詞則	湘綺樓詞選	藝蘅館詞選	宋四家詞選	宋七家詞選	宋六十一家詞選	宋詞三百首	
浣溪沙·雲母		√									√								√																3
風流子·何處		√								√											√														3
太平時·蜀錦					√						√											√√													3
江城子·麝薰		√									√									√															3

朝代	作者	詞選名稱	浪淘沙令·一夜	清平樂·陰晴	鷓鴣天·招恨	浣溪沙·蓮燭
宋編詞選六部	黃大輿	梅苑				
	曾慥	樂府雅詞	√			
	書坊	草堂詩餘		√	√	√
	黃昇	唐宋諸賢絕妙詞選				
	趙聞禮	陽春白雪				
金編詞選	元好問	中州集				
明編詞選十二部	顧從敬	類選箋釋草堂詩餘				
	錢允治	類選箋釋續選草堂詩餘				
	佚名	天機餘錦				
	楊慎	詞林萬選				
	楊慎	百琲明珠				
	陳耀文	花草粹編	√	▲	√	√
	陸雲龍	詞菁				
	卓人月	古今詞統				
	潘遊龍	精選古今詩餘醉				
	周履靖	唐宋元明酒詞選				
	沈際飛	古今香草堂詩餘				
清編詞選十七部	朱彝尊	詞綜				
	先著	詞潔				√
	王奕清等	御選歷代詩餘	√		√	
	沈時棟	古今詞選				
	夏秉衡	歷朝名人詞選				
	許寶善	白怡軒詞選				
	黃蘇	蓼園詞選				
	張惠言	詞選				
	董毅	續詞選				
	周濟	詞辨				
	陳廷焯	詞則		√		
	王闓運	湘綺樓詞選				
	梁令嫻	藝蘅館詞選				
	周濟	宋四家詞選				
	戈載	宋七家詞選				
	馮煦	宋六十一家詞選				
	朱祖謀	宋詞三百首				
		各闋入選總計	3	3	3	3

朝代	作者	詞選名稱	小重山・花院	憶秦娥・簫春	金人捧露盤・控滄江	玉樓春・佩環
宋編詞選八部	黃大輿	梅苑				
	曾慥	樂府雅詞				
	黃昇	唐宋諸賢絕妙詞選				
	趙聞禮	陽春白雪				
		草堂詩餘	√			
金編詞選	元好問	中州集				
明編詞選十二部	顧從敬	類選箋釋草堂詩餘				
	錢允治	類選箋釋續草堂				
	佚名	天機餘錦選				
	楊慎	詞林萬選				
	楊慎	百琲明珠				
	陳耀文	花草粹編	√		√	
	陸雲龍	詞菁				
	茅暎	詞的				
	卓人月	古今詞統				
	潘遊龍	精選古今詩餘醉				
	周履靖	唐宋元明酒詞餘				
	沈際飛	古岑香草堂詩餘				
清編詞選十七部	朱彝尊	詞綜		√	√	
	先著	詞潔	√			√
	王奕清等	御選歷代詩餘		√	√	√
	沈時棟	古今詞選				
	夏秉衡	歷朝名人詞選				
	許寶善	白怡軒詞選				
	黃蘇	蓼園詞選				
	張惠言	詞選				
	董毅	續詞選				
	周濟	詞辨				
	陳廷焯	詞則		√		
	王闓運	湘綺樓詞選				
	梁令嫻	藝蘅館詞選				
	周濟	宋四家詞選				
	戈載	宋七家詞選				
	馮煦	宋末六十一家詞選				
	朱祖謀	宋詞三百首				
各闋入選總計			3	3	3	2

朝代	宋編詞選六部					金編詞選	明編詞選十二部											清編詞選十七部																		各團入選總計
作者	黃大輿	曾慥	書坊	黃昇	趙聞禮	元好問	顧從敬	錢允治	佚名	楊慎	陳耀文	陸雲龍	茅暎	卓人月	潘遊龍	周履靖	沈際飛	朱彝尊	先著	王奕清等	沈時棟	夏秉衡	許寶善	黃蘇	張惠言	董毅	周濟	陳廷焯	王闓運	梁令嫻	周濟	戈載	馮煦	朱祖謀	
詞選名稱	梅苑	樂府雅詞	草堂詩餘	唐宋諸賢絕妙詞選	陽春白雪	中州樂府	類選箋釋草堂詩餘	類選箋釋續草堂詩餘	天機餘錦	百詞排珠明選	花草粹編	詞菁	詞的	古今詞統	精選古今詩餘醉	唐宋元明酒詞醉	古香岑草堂詩餘	詞綜	詞潔	御選歷代詩餘	古今詞選	歷朝名人詞選	自怡軒詞選	蓼園詞選	詞選	續詞選	詞辨	詞則	湘綺樓詞選	藝蘅館詞選	宋四家詞選	宋七家詞選	宋六十一家詞選	宋詞三百首	
收錄詞作																																			
玉樓春·銀簀		√																		√															2
踏莎行·楊柳																				√								√							2
菩薩蠻·厭厭																				√								√							2
好女兒·車馬																				√								√							2

朝代	作者	詞選名稱	六么令·暮雲	攤破浣溪沙·湖上	謁金門·溪水疾	浣溪沙·鼓動
		各闋入選總計	2	2	2	2
宋編詞選六部	黃大輿	梅苑				
	曾慥	樂府雅詞		√		
	書坊	草堂詩餘				
	黃昇	唐宋諸賢絕妙詞選				
	趙聞禮	陽春白雪				√
金編詞選	元好問	中州集				
明編詞選十二部	顧從敬	類選箋釋草堂詩餘				
	錢允治	類選箋釋續草堂詩餘				
	佚名	天機餘錦	√		√	
	楊慎	詞林萬選				
	陳耀文	花草粹編	√	√	√	
	陸雲龍	詞菁				
	茅暎	詞的				
	卓人月	古今詞統				
	潘遊龍	精選古今詩餘醉				
	周履靖	唐宋元明酒詞				
	沈際飛	古岑香草堂詩餘				
清編詞選十七部	朱彝尊	詞綜				
	先著	詞潔				
	王奕清等	詞選歷代詩餘				√
	沈時棟	古今詞選				
	夏秉衡	歷朝名人詞選				
	許寶善	自怡軒詞選				
	黃蘇	蓼園詞選				
	張惠言	詞選				
	董毅	續詞選				
	周濟	詞辨				
	陳廷焯	詞則				
	王闓運	湘綺樓詞選				
	梁令嫻	藝蘅館詞選				
	周濟	宋四家詞選				
	戈載	宋七家詞選				
	馮煦	宋六十一家詞選				
	朱祖謀	宋詞三百首				

收錄詞作	黃大輿 梅苑	曾慥 樂府雅詞	書坊 草堂詩餘	黃昇 唐宋諸賢絕妙詞選	趙聞禮 陽春白雪	元好問 中州集	顧從敬 類選箋釋草堂詩餘	錢允治 類選箋釋續草堂詩餘	佚名 天機餘錦	楊慎 詞林萬選	楊慎 百琲明珠	陳耀文 花草粹編	陸雲龍 詞菁	茅暎 詞的	卓人月 古今詞統	潘遊龍 精選古今詩餘醉	周履靖 唐宋元明酒詞	沈際飛 古香岑草堂詩餘	朱彝尊 詞綜	先著 詞潔	王奕清等 御選歷代詩餘	沈時棟 古今詞選	夏秉衡 歷朝名人詞選	許寶善 自怡軒詞譜	黃蘇 蓼園詞選	張惠言 詞選	董毅 續詞選	周濟 詞辨	陳廷焯 詞則	王闓運 湘綺樓詞選	梁令嫻 藝蘅館詞選	周濟 宋四家詞選	戈載 宋七家詞選	馮煦 宋六十一家詞選	朱祖謀 宋詞三百首	各闋入選總計
浣溪沙·夢想		√																											√							2
菩薩蠻·子規		√										√																								2
鷓鴣天·紫府		√																			√															2
鶴冲天·綠鬢		√																		√																2

（欄目分組：宋編詞選六部、金編詞選、明編詞選十二部、清編詞選十七部、各闋入選總計）

朝代	宋編詞選八部					金編詞選	明編詞選十二部												清編詞選十七部																		各闋入選總計
作者	黃大輿	曾慥	書坊	黃昇	趙聞禮	元好問	顧從敬	錢允治	佚名	楊慎	楊慎	陳耀文	陸雲龍	茅暎	卓人月	潘遊龍	周履靖	沈際飛	朱彝尊	先著	王奕清等	沈時棟	夏秉衡	許寶善	黃蘇	張惠言	董毅	周濟	陳廷焯	王闓運	梁令嫻	周濟	戈載	馮煦	朱祖謀	
詞選名稱	梅苑	樂府雅詞	草堂詩餘	唐宋諸賢絕妙詞選	陽春白雪	中州集	類選箋釋草堂詩餘	類選箋釋續選草堂詩餘	天機餘錦	詞林萬選	百琲明珠	花草粹編	詞菁	詞的	古今詞統	精選古今詩餘醉	唐宋元明酒詞	古香岑草堂詩餘	詞綜	詞潔	歷代詩餘	古今詞選	歷朝名人詞選	白怡軒詞選	蓼園詞選	詞選	續詞選	詞辨	詞則	湘綺樓詞選	藝蘅館詞選	宋四家詞選	宋七家詞選	宋六十一家詞選	宋詞三百首	
收錄詞作																																				
小重山·飄逕		√																			√															2
蘭金杯·風歇		√																			√															2
浣溪沙·浮動		√										√																								2
浣溪沙·兩點		√										√																								2

收錄詞作 ＼ 朝代·作者·詞選名稱	宋編詞選六部：黃大輿 梅苑	曾慥 樂府雅詞	書坊 草堂詩餘	黃昇 唐宋諸賢絕妙詞選	趙聞禮 陽春白雪	金編詞選：元好問 中州集	明編詞選十二部：顧從敬 類選箋釋草堂詩餘	錢允治 類選箋釋續草堂詩餘	佚名 天機餘錦	楊慎 詞林萬選	楊慎 百琲明珠	陳耀文 花草粹編	陸雲龍 詞菁	茅暎 詞的	卓人月 古今詞統	潘遊龍 精選古今詩餘醉	周履靖 唐宋元明酒詞	沈際飛 古今香草堂詩餘	清編詞選十七部：朱彝尊 詞綜	先著 詞潔	王奕清等 歷代詩餘	沈時棟 古今詞選	夏秉衡 歷朝名人詞選	許寶善 自怡軒詞選	黃蘇 蓼園詞選	張惠言 詞選	董毅 續詞選	周濟 詞辨	陳廷焯 詞則	王闓運 湘綺樓詞選	梁令嫻 藝蘅館詞選	周濟 宋四家詞選	戈載 宋七家詞選	馮煦 宋六十一家詞選	朱祖謀 宋詞三百首	各闋入選總計
浣溪沙·清淺	√																												√							2
天香·煙絡																					√														√	2
江城梅花引·年年									√																											1
蝶戀花·小院	√																																			1

詞選名稱＼收錄詞作	宋編詞選六部				金編詞選	明編詞選十二部										清編詞選十七部																	各闋入選總計
作者	黃大輿	曾慥	黃昇	趙聞禮	元好問	錢允治	佚名	楊慎	陳耀文	陸雲龍	茅暎	卓人月	潘遊龍	周履靖	沈際飛	朱彝尊	先著	王奕清等	沈時棟	夏秉衡	許寶善	黃蘇	張惠言	董毅	周濟	陳廷焯	王闓運	梁令嫻	周濟	戈載	馮煦	朱祖謀	
詞選名稱	梅苑	樂府雅詞	唐宋諸賢絕妙詞選	陽春白雪詞選	中州樂府	類選箋釋續草堂詩餘	天機餘錦	詞林萬選／百琲明珠錦	花草粹編	詞菁	詞的	古今詞統	精選古今詩餘醉	唐宋元明酒詞	古今香草堂詩餘	詞綜	詞潔	御選歷代詩餘	古今詞選	歷朝名人詞選	白怡軒詞選	蓼園詞選	詞選	續詞選	詞辨	詞則	湘綺樓詞選	藝蘅館詞選	宋四家詞選	宋七家詞選	宋六十一家詞選	宋詞三百首	
木蘭花令·別後							√																										一
浣溪沙·空軫							√																										一
浣溪沙·掌上								√																									一
怨王孫·帝裡							√																										一

朝代	作者	詞選名稱	減字木蘭花·冷香	鶴冲天·鼓鼓	浣溪沙·疊鼓	浣溪沙·青翰
宋編詞選八部	黃大輿	梅苑				
	曾慥	樂府雅詞			√	√
	書坊	草堂詩餘				
	黃昇	唐宋諸賢絕妙詞選				
	趙聞禮	陽春白雪				
金編詞選	元好問	中州集				
明編詞選十二部	顧從敬	類選箋釋草堂詩餘				
	錢允治	類選箋釋續草堂詩餘				
	佚名	天機餘錦				
	楊慎	詞林萬選				
	楊慎	百琲明珠				
	陳耀文	花草粹編	√			
	陸雲龍	詞菁		√		
	茅暎	詞的				
	卓人月	古今詞統				
	潘遊龍	精選古今詩餘醉				
	周履靖	唐宋元明酒詞				
	沈際飛	古香岑草堂詩餘				
清編詞選十七部	朱彝尊	詞綜				
	先著	詞潔				
	王奕清等	歷代詩餘				
	沈時棟	古今詞選				
	夏秉衡	歷朝名人詞選				
	許寶善	自怡軒詞選				
	黃蘇	蓼園詞選				
	張惠言	詞選				
	董毅	續詞選				
	周濟	詞辨				
	陳廷焯	詞則				
	王闓運	湘綺樓詞選				
	梁令嫻	藝蘅館詞選				
	周濟	宋四家詞選				
	戈載	宋七家詞選				
	馮煦	宋六十一家詞選				
	朱祖謀	宋詞三百首				
各闋入選總計			1	1	1	1

朝代	作者	詞選名稱	滿江紅・漢漠	風流子・結客	六州歌頭・少年	浣溪沙・翠穀
各闋入選總計			一	一	一	一
宋編詞選六部	黃大輿	梅苑				√
	曾慥	樂府雅詞			√	
	書坊	草堂詩餘				
	黃昇	唐宋諸賢絕妙詞選				
	趙聞禮	陽春白雪		√		
金編詞選	元好問	中州集				
明編詞選十二部	顧從敬	類選箋釋草堂詩餘				
	錢允治	類選箋釋續選草堂詩餘				
	佚名	天機餘錦				
	楊慎	詞林萬選				
	陳耀文	花草粹編				
	陸雲龍	詞菁	√			
	茅暎	詞的				
	卓人月	古今詞統				
	潘遊龍	精選古今詩餘醉				
	周履靖	唐宋元明酒詞				
	沈際飛	古香岑草堂詩餘				
清編詞選十七部	朱彝尊	詞綜				
	先著	詞潔				
	王奕清等	歷代詩餘				
	沈時棟	古今詞選				
	夏秉衡	歷朝名人詞選				
	許寶善	自怡軒詞選				
	黃蘇	蓼園詞選				
	張惠言	詞選				
	董毅	續詞選				
	周濟	詞辨				
	陳廷焯	詞則				
	王闓運	湘綺樓詞選				
	梁令嫻	藝蘅館詞選				
	周濟	宋四家詞選				
	戈載	宋七家詞選				
	馮煦	宋六十一家詞選				
	朱祖謀	宋詞三百首				

朝代	作者	詞選名稱＼收錄詞作	兀令·盤馬	浣溪沙·三鬲	攤破浣溪沙·雙鳳	如夢令·絲紡
宋編詞選六部	黃大輿	梅苑				
	曾慥	樂府雅詞		√	√	√
	書坊	草堂詩餘				
	黃昇	唐宋諸賢絕妙詞選				
	趙聞禮	陽春白雪詞選				
金編詞選	元好問	中州集				
明編詞選十二部	顧從敬	類選箋釋草堂詩餘				
	錢允治	類選箋釋續草堂詩餘				
	佚名	天機餘錦				
	楊慎	詞林萬選				
	楊慎	百琲明珠				
	陳耀文	花草粹編				
	陸雲龍	詞菁				
	茅暎	詞的				
	潘遊龍	精選古今詩餘醉				
	卓人月	古今詞統				
	周履靖	唐宋元明酒詞				
	沈際飛	古今香草堂詩餘				
清編詞選十七部	朱彝尊	詞綜				
	先著等	詞潔				
	王奕清等	詞選歷代詩餘	√			
	沈時棟	古今詞選				
	夏秉衡	歷朝名人詞選				
	許寶善	白怡軒詞選				
	黃蘇	蓼園詞選				
	張惠言	詞選				
	董毅	續詞選				
	周濟	詞辨				
	陳廷焯	詞則				
	王闓運	湘綺樓詞選				
	梁令嫻	藝蘅館詞選				
	周濟	宋四家詞選				
	戈載	宋七家詞選				
	馮煦	宋六十一家詞選				
	朱祖謀	宋詞三百首				
各闋入選總計			一	一	一	一

朝代	作者	詞選名稱	水調歌頭·南國	萬年歡·叔質	更漏子·上東門	迎春樂·雲鮮
宋編詞選八部	書坊	草堂詩餘				
	曾慥	樂府雅詞				
	黃昇	唐宋諸賢絕妙詞選				
	趙聞禮	陽春白雪				
金編詞選	元好問	中州樂府集				
明編詞選十二部	顧從敬	類選箋釋草堂詩餘				
	錢允治	類選箋釋續選草堂詩餘				
	佚名	天機餘錦				
	楊慎	詞林萬選				
	楊慎	百琲明珠				
	陳耀文	花草粹編				
	陸雲龍	詞菁				
	茅暎	詞的				
	卓人月	古今詞統				
	潘遊龍	精選古今詩餘醉				
	周履靖	唐宋元明酒詞				
	沈際飛	古香岑草堂詩餘				
清編詞選十七部	朱彝尊	詞綜				
	先著等	詞潔				
	王奕清等奉勅撰	歷代詩餘	√	√	√	√
	沈時棟	古今詞選				
	夏秉衡	歷朝名人詞選				
	許寶善	白怡軒詞選				
	黃蘇	蓼園詞選				
	張惠言	詞選				
	董毅	續詞選				
	周濟	詞辨				
	陳廷焯	詞則				
	王國運	湘綺樓詞選				
	梁令嫻	藝蘅館詞選				
	周濟	宋四家詞選				
	戈載	宋七家詞選				
	馮煦	宋六十一家詞選				
	朱祖謀	宋詞三百首				
各國入選總計			一	一	一	一

朝代	宋編詞選六部					金編詞選	明編詞選十二部												清編詞選十七部																		各闕入選總計
作者	黃大輿	曾慥	書坊	黃昇	趙聞禮	元好問	顧從敬	錢允治	佚名	楊慎	楊慎	陳耀文	陸雲龍	茅暎	卓人月	潘遊龍	周履靖	沈際飛	朱彝尊	先著	王奕清等	沈時棟	夏秉衡	許寶善	黃蘇	張惠言	董毅	周濟	陳廷焯	王闓運	梁令嫻	周濟	戈載	馮煦	朱祖謀	
詞選名稱	梅苑	樂府雅詞	草堂詩餘	唐宋諸賢絕妙詞選	陽春白雪	中州集	類選箋釋草堂詩餘	類選箋釋續選草堂詩餘	天機餘錦	詞林萬選	百琲明珠	花草粹編	詞菁	詞的	古今詞統	精選古今詩餘醉	唐宋元明酒詞	古香岑草堂詩餘	詞綜	詞潔	御選歷代詩餘	古今詞選	歷朝名人詞選	自怡軒詞選	蓼園詞選	詞選	續詞選	詞辨	詞則	湘綺樓詞選	藝蘅館詞選	宋四家詞選	宋七家詞選	宋六十一家詞選	宋詞三百首	
收錄詞作																																				
迎春樂·瓊瓊																					√															1
聲聲慢·園林																					√															1
沁園春·宮燭																					√															1
夜遊宮·湖上																					√															1
迎春樂·逢迎																					√															1

朝代	宋編詞選八部					金編詞選	明編詞選十二部										清編詞選十七部																		各闋入選總計
作者	黃大輿	曾慥	書坊	趙聞禮	黃昇	元好問	顧從敬	錢允治	佚名	楊慎	陳耀文	陸雲龍	茅暎	潘遊龍	周履靖	沈際飛	朱彝尊	先著	王奕清等	沈時棟	夏秉衡	許寶善	黃蘇	張惠言	董毅	周濟	陳廷焯	王闓運	梁令嫻	周濟	戈載	馮煦	朱祖謀	
詞選名稱	梅苑	樂府雅詞	草堂詩餘	陽春白雪	唐宋諸賢絕妙詞選	中州集	類選箋釋草堂詩餘	類選箋釋續草堂詩餘	天機餘錦	詞林萬選	花草粹編	詞菁	詞的	精選古今詩餘醉	唐宋元明酒詞	古香岑草堂詩餘	詞綜	詞潔	御選歷代詩餘	古今詞選	歷朝名人詞選	白怡軒詞選	蓼園詞選	詞選	續詞選	詞辨	詞則	湘綺樓詞選	藝蘅館詞選	宋四家詞選	宋七家詞選	宋六十一家詞選	宋詞三百首	
收錄詞作																																		
黌山溪·楚鄉																			√															1
尉遲杯·勝游地																			√															1
七娘子·京江																			√															1
好女兒·綺繡																			√															1

朝代	詞選名稱（作者）	浣溪沙·不信	蝶戀花·幾許	更漏子·繡羅垂	更漏子·付金釵
宋編詞選六部	梅苑（黃大輿）				
	樂府雅詞（曾慥）				
	草堂詩餘（書坊）				
	唐宋諸賢絕妙詞選（黃昇）				
	陽春白雪詞選（趙聞禮）				
金編詞選	中州集（元好問）				
明編詞選十二部	類選箋釋草堂詩餘（顧從敬）				
	類選箋釋草堂詩餘續（錢允治）				
	天機餘錦續選（佚名）				
	詞林萬選（楊慎）				
	百詞排明珠選（楊慎）				
	花草粹編（陳羅文）				
	詞菁（陸雲龍）				
	詞的（茅暎）				
	古今詞統（卓人月）				
	精選古今詩餘醉（潘遊龍）				
	唐宋元明酒詞醉（周履靖）				
	古香岑草堂詩餘（沈際飛）				
清編詞選十七部	詞綜（朱彝尊）				
	詞潔（先著）				
	詞選·歷代詩餘（王奕清等）			√	√
	古今詞選（沈時棟）				
	歷朝名人詞選（夏秉衡）				
	白怡軒詞選（許寶善）				
	蓼園詞選（黃蘇）				
	詞選（張惠言）				
	續詞選（董毅）				
	詞辨（周濟）				
	詞則（陳廷焯）				
	湘綺樓詞選（王闓運）				
	藝蘅館詞選（梁令嫻）				
	宋四家詞選（周濟）				
	宋七家詞選（戈載）				
	宋六十一家詞選（馮煦）				
	宋詞三百首（朱祖謀）	√	√		
各闋入選總計		1	1	1	1

朝代	宋編詞選六部					金編詞選	明編詞選十二部												清編詞選十七部																		各闋入選總計
作者／詞選名稱	黃大輿 梅苑	曾慥 樂府雅詞	書坊 草堂詩餘	黃昇 唐宋諸賢絕妙詞選	趙聞禮 陽春白雪	元好問 中州集	顧從敬 類選箋釋續選草堂詩餘	錢允治	佚名 天機餘錦	楊慎 詞林萬選	楊慎 百琲明珠	陳耀文 花草粹編	陸雲龍 詞菁	茅暎 詞的	卓人月 古今詞統	潘遊龍 精選古今詩餘醉	周履靖 唐宋元明酒詞	沈際飛 古今香草堂詩餘	朱彝尊 詞綜	先著 詞潔	王奕清等 御選歷代詩餘	沈時棟 古今詞選	夏秉衡 歷朝名人詞選	許寶善 白怡軒詞選	黃蘇 蓼園詞選	張惠言 詞選	董毅 續詞選	周濟 詞辨	陳廷焯 詞則	王闓運 湘綺樓詞選	梁令嫻 藝蘅館詞選	周濟 宋四家詞選	戈載 宋七家詞選	馮煦 宋六十一家詞選	朱祖謀 宋詞三百首	
收錄詞作																																				
更漏子·酒三行																					√															一
浣溪沙·金斗																					√															一
浣溪沙·落日																					√															一
浣溪沙·舊說																					√															一

朝代	作者	詞選名稱	南唐浣溪沙·節物	南唐浣溪沙·雙鳳	越江吟·瓊鈎
清編詞選十七部	朱祖謀	宋詞三百首			
	馮煦	宋六十一家詞選			
	戈載	宋七家詞選			
	周濟	宋四家詞選			
	梁令嫻	藝蘅館詞選			
	王闓運	湘綺樓詞選			
	陳廷焯	詞則			
	周濟	詞辨			
	董毅	續詞選			
	張惠言	詞選			
	黃蘇	蓼園詞選			
	許寶善	自怡軒詞選			
	夏秉衡	歷朝名人詞選			
	沈時棟	古今詞選			
	王奕清等	御選歷代詩餘	√	√	√
	朱彝尊	詞綜			
明編詞選十二部	沈際飛	古香岑草堂詩餘			
	周履靖	唐宋元明酒詞			
	潘遊龍	精選古今詩餘醉			
	卓人月	古今詞統			
	茅暎	詞的			
	陸雲龍	詞菁			
	陳耀文	花草粹編			
	楊慎	百琲明珠			
	楊慎	詞林萬選			
	佚名	天機餘錦			
	錢允治	類選箋釋續草堂詩餘			
	顧從敬	類選箋釋草堂詩餘			
金編詞選	元好問	中州集			
宋編詞選六部	趙聞禮	陽春白雪			
	黃昇	唐宋諸賢絕妙詞選			
	書坊	草堂詩餘			
	曾慥	樂府雅詞			
	黃大輿	梅苑			
各闋入選總計			一	一	一

朝代	宋編詞選六部					金編詞選	明編詞選十二部												清編詞選十七部																各闋入選總計
作者	黃大輿	曾慥	書坊	趙聞禮	黃昇	元好問	顧從敬	錢允治	佚名	楊慎	楊慎	陳耀文	陸雲龍	茅暎	卓人月	潘遊龍	周履靖	沈際飛	朱彝尊	先著等	王奕清等	沈時棟	夏秉衡	許寶善	黃蘇	張惠言	董毅	周濟	陳廷焯	王闓運	梁令嫻	周濟	戈載	馮煦	朱祖謀	
詞選名稱	梅苑	樂府雅詞	草堂詩餘	陽春白雪	唐宋諸賢絕妙詞選	中州集	類選箋釋草堂詩餘	類選箋釋續草堂詩餘	天機餘錦	詞林萬選	百琲明珠	花草粹編	詞菁	詞的	古今詞統	精選古今詩餘醉	唐宋元明酒詞	古今香草堂詩餘	詞綜	詞潔	詞選歷代詩餘	古今詞選	歷朝名人詞選	白怡軒詞選	蓼園詞選	詞選	續詞選	詞辨	詞則	湘綺樓詞選	藝蘅館詞選	宋四家詞選	宋七家詞選	宋六十一家詞選	宋詞三百首	
收錄詞作																																				
太平時·風緊																					√															1
太平時·九曲																					√															1
鷓鴣天·重過																													√							1
多麗·玉人家																																			√	1
一落索·初見																					√															1

朝代	宋編詞選六部					金編詞選	明編詞選十二部											清編詞選十七部																		各闋入選總計
作者	黃大輿	曾慥	書坊	黃昇	趙聞禮	元好問	顧從敬	錢允治	佚名	楊慎	陳耀文	陸雲龍	茅暎	卓人月	潘遊龍	周履靖	沈際飛	朱彝尊	先著	王奕清等	沈時棟	夏秉衡	許寶善	黃蘇	張惠言	董毅	周濟	陳廷焯	王闓運	梁令嫻	周濟	戈載	馮煦	朱祖謀	
詞選名稱	梅苑	樂府雅詞	草堂詩餘	唐宋諸賢絕妙詞選	陽春白雪詞選	中州集	類選箋釋草堂詩餘	類選箋釋續選草堂詩餘	天機餘錦	詞林萬選	花草粹編	詞菁	古今詞統	古今詞統	精選古今詩餘醉	唐宋元明酒詞醉	古香岑草堂詩餘	詞綜	詞潔	詞譜選歷代詩餘	古今詞選	歷朝名人詞選	自怡軒詞選	蓼園詞選	詞選	續詞選	詞辨	詞則	湘綺樓詞選	藝蘅館詞選	宋四家詞選	宋七家詞選	宋六十一家詞選	宋詞三百首	
收錄詞作																																			
南歌子·疏雨																				√															1
南歌子·境跨																				√															1
鷓鴣天·豆蔻																				√															1
玉樓春·張燈																				√															1

朝代	宋編詞選六部					金編詞選	明編詞選十二部												清編詞選十七部																		各關入選總計
作者	黃大輿	曾慥	書坊	黃昇	趙聞禮	元好問	顧從敬	錢允治	佚名	楊慎	楊慎	陳耀文	陸雲龍	茅暎	卓人月	潘遊龍	周履靖	沈際飛	朱彝尊	先著	王奕清等	沈時棟	夏秉衡	許寶善	黃蘇	張惠言	董毅	周濟	陳廷焯	王闓運	梁令嫻	周濟	戈載	馮煦	朱祖謀	
詞選名稱	樂府雅詞	草堂詩餘	唐宋諸賢絕妙詞選	陽春白雪詞選	中州集	類選箋釋草堂詩餘	類選箋釋續草堂詩餘	天機餘錦	詞林萬選	百琲明珠	花草粹編	詞菁	詞的	古今詞統	精選古今詩餘醉	唐宋元明酒詞	古香岑草堂詩餘	詞綜	詞潔	御選歷代詩餘	古今詞選	歷朝名人詞選	自怡軒詞選	蓼園詞選	詞選	續詞選	詞辨	詞則	湘綺樓詞選	藝蘅館詞選	宋四家詞選	宋七家詞選	宋六十一家詞選	宋詞三百首		
收錄詞作																																				
玉樓春·清琴																					√															一
小重山·夢草																					√															一
踏莎行·淺黛																					√															一
踏莎行·涼葉																					√															一

歷代詞選選擇賀鑄錄詞概況

朝代	作者	詞選名稱 ＼ 收錄詞作	蝶戀花·桃葉	蝶戀花·排辦	蝶戀花·小院	好女兒·才色
宋編詞選六部	黃大輿	梅苑				
	曾慥	樂府雅詞				
	書坊	草堂詩餘				
	黃昇	唐宋諸賢絕妙詞選				
	趙聞禮	陽春白雪詞選				
金編詞選	元好問	中州集				
明編詞選十二部	顧從敬	類選箋釋草堂詩餘				
	錢允治	類選箋釋續選草堂詩餘				
	佚名	天機餘錦				
	楊慎	詞林萬選				
	陳耀文	花草粹編				
	陸雲龍	詞菁				
	茅暎	詞的				
	卓人月	古今詞統				
	潘遊龍	精選古今詩餘醉				
	周履靖	唐宋元明酒詞				
	沈際飛	古香岑草堂詩餘				
清編詞選十七部	朱彝尊	詞綜				
	先著等	詞潔				
	王奕清等	御選歷代詩餘	√	√	√	√
	沈時棟	古今詞選				
	夏秉衡	歷朝名人詞選				
	許寶善	白怡軒詞選				
	黃蘇	蓼園詞選				
	張惠言	詞選				
	董毅	續詞選				
	周濟	詞辨				
	陳廷焯	詞則				
	王闓運	湘綺樓詞選				
	梁令嫻	藝蘅館詞選				
	周濟	宋四家詞選				
	戈載	宋七家詞選				
	馮煦	宋六十一家詞選				
	朱祖謀	宋詞三百首				
各闋入選總計			1	1	1	1

朝代	作者	詞選名稱	滿江紅·山繞	六么令·夢雲	風流子·新綠	點絳唇·紅杏
宋編詞選六部	黃大輿	梅苑				
	曾慥	樂府雅詞				
	黃昇	唐宋諸賢絕妙詞選				
	趙聞禮	陽春白雪				
金編詞選	元好問	中州集				
明編詞選十二部	顧從敬	類選箋釋草堂詩餘				◎
	錢允治	類選箋釋續選草堂詩餘				
	佚名	天機餘錦				
	楊慎	詞林萬選				
	楊慎	百琲明珠				
	陳耀文	花草粹編				◎
	陸雲龍	詞菁				◎
	茅暎	詞的				◎
	卓人月	古今詞統				
	潘遊龍	精選古今詩餘醉				◎
	周履靖	唐宋元明酒詞選				
	沈際飛	古香岑草堂詩餘				◎
清編詞選十七部	朱彝尊	詞綜				
	先著	詞潔				
	王奕清等	歷代詩餘	√	√	√	◎
	沈時棟	古今詞選				
	夏秉衡	歷朝名人詞選				
	許寶善	自怡軒詞選				
	黃蘇	蓼園詞選				
	張惠言	詞選				
	董毅	續詞選				
	周濟	詞辨				
	陳廷焯	詞則				
	王闓運	湘綺樓詞選				
	梁令嫻	藝蘅館詞選				
	周濟	宋四家詞選				
	戈載	宋七家詞選				
	馮煦	宋六十一家詞選				
	朱祖謀	宋詞三百首				
各闋入選總計			1	1	1	7

歷代詞選選擇賀鑄錄詞概況

朝代	作者	詞選名稱	柳梢青·子規	眼兒媚·蕭蕭	千秋歲·世間	梅香慢·高閣
各闋入選總計			6	2	2	2
宋編詞選六部	黃大輿	梅苑				
	曾慥	樂府雅詞				
	黃昇	唐宋諸賢絕妙詞選				
	書坊	草堂詩餘				
	趙聞禮	陽春白雪		◎		
金編詞選	元好問	中州集				
明編詞選十二部	顧從敬	類選箋釋草堂詩餘	◎			
	錢允治	類選箋釋續選草堂詩餘				
	佚名	天機餘錦				
	楊慎	詞林萬選				
	楊慎	百琲明珠				
	陳耀文	花草粹編	◎			◎
	陸雲龍	詞菁	◎			
	茅暎	詞的			◎	
	卓人月	古今詞統			◎	
	潘遊龍	精選古今詩餘醉	◎			
	周履靖	唐宋元明酒詞				
	沈際飛	古香岑草堂詩餘	◎			
清編詞選十七部	朱彝尊	詞綜				
	先著	詞潔				
	王奕清等	詞選　歷代詩餘		◎		◎
	沈時棟	古今詞選				
	夏秉衡	歷朝名人詞選				
	許寶善	自怡軒詞選				
	黃蘇	蓼園詞選	◎			
	張惠言	詞選				
	董毅	續詞選				
	周濟	詞辨				
	陳廷焯	詞則				
	王闓運	湘綺樓詞選				
	梁令嫻	藝蘅館詞選				
	周濟	宋四家詞選				
	戈載	宋七家詞選				
	馮煦	宋六十一家詞選				
	朱祖謀	宋詞三百首				

朝代	作者	詞選名稱	馬家春慢·珠箔	浣溪沙·一色	憶秦娥·暮雲碧
宋編詞選八部	黃大輿	梅苑			
	曾慥	樂府雅詞			
	書坊	草堂詩餘			
	黃昇	唐宋諸賢絕妙詞選			
	趙聞禮	陽春白雪		◎	
金編詞選	元好問	中州集			
明編詞選十二部	顧從敬	類選箋釋草堂詩餘			
	錢允治	類選箋釋續選草堂詩餘			
	佚名	天機餘錦			
	楊慎	詞林萬選			
	楊慎	百琲明珠			
	陳耀文	花草粹編	◎		
	陸雲龍	詞菁			
	茅暎	詞的			◎
	卓人月	古今詞統			
	潘遊龍	精選古今詩餘醉			
	周履靖	唐宋元明酒詞			
	沈際飛	古岑香草堂詩餘			
清編詞選十七部	朱彝尊	詞綜			
	先著等	詞潔 歷代詩餘			
	王奕清等	詞選 歷代詩餘	◎		
	沈時棟	古今詞選			
	夏秉衡	歷朝名人詞選			
	許寶善	自怡軒詞選			
	黃蘇	蓼園詞選			
	張惠言	詞選			
	董毅	續詞選			
	周濟	詞辨			
	陳廷焯	詞則			
	王闓運	湘綺樓詞選			
	梁令嫻	藝蘅館詞選			
	周濟	宋四家詞選			
	戈載	宋七家詞選			
	馮煦	宋六十一家詞選			
	朱祖謀	宋詞三百首			
各闋入選總計			2	1	1

附錄一 歷代詞選擇錄賀鑄詞概況

朝代	作者	詞選名稱	收錄詞作 謁金門・花滿院	擇錄數量總計
宋編詞選六部	黃大輿	梅苑		0
	曾慥	樂府雅詞		46
	書坊	草堂詩餘		4
	黃昇	唐宋諸賢絕妙詞選		11
	趙聞禮	陽春白雪		7
金編詞選	元好問	中州集		1
明編詞選十二部	顧從敬	類選箋釋續選草堂詩餘		2
	錢允治	類選箋釋草堂詩餘	◎	7
	佚名	天機餘錦		8
	楊慎	詞林萬選		8
	陳耀文	花草粹編		44
	陸雲龍	詞菁		1
	茅暎	詞的		4
	卓人月	古今詞統		10
	潘遊龍	精選古今詩餘醉		12
	周履靖	唐宋元明酒詞		1
	沈際飛	古今香草堂詩餘		13
清編詞選十七部	朱彝尊等	詞綜		11
	先著	詞潔		14
	王奕清等	歷代詩餘		89
	沈時棟	古今詞選		4
	夏秉衡	歷朝名人詞選		4
	許寶善	自怡軒詞選		4
	黃蘇	蓼園詞選		4
	張惠言	詞選		1
	董毅	續詞選		1
	周濟	詞辨		0
	陳廷焯	詞則		25
	王闓運	湘綺樓詞選		1
	梁令嫻	藝蘅館詞選		5
	周濟	宋四家詞選		7
	戈載	宋七家詞選		0
	馮煦	宋六十一家詞選		0
	朱祖謀	宋詞三百首		11

√ 表詞選收錄賀鑄詞
▲ 表賀詞誤入他人之作
◎ 表他人之作誤入賀詞

依據版本：

一、宋編詞選

1. 宋・黃大輿輯：《梅苑》，見錄於唐圭璋編：《唐宋人選唐宋詞》（上海：上海古籍出版社，2004 年 10 月），上冊，頁 191～286。

2. 宋・曾慥輯：《樂府雅詞》，見錄於唐圭璋編：《唐宋人選唐宋詞》（上海：上海古籍出版社，2004 年 10 月），上冊，頁 287～488。

3. 宋・書坊編、何士信增修：《增修箋注妙選群英草堂詩餘》，見錄於《續修四庫全書》，集部，冊 1728，頁 17～63。

4. 宋・黃昇輯：《唐宋諸賢絕妙詞選》，見錄於唐圭璋編：《唐宋人選唐宋詞》（上海：上海古籍出版社，2004 年 10 月），下冊，頁 571～680。

5. 宋・趙聞禮輯：《陽春白雪》，見錄於《續修四庫全書》，集部，冊 1728，頁 293～395。

二、明編詞選

1. 明・顧從敬、錢允治輯：《類編箋釋草堂詩餘》，見錄於《續修四庫全書》，集部，冊 1728，頁 65～174。

2. 明・錢允治、陳仁錫箋釋：《類編箋釋續選草堂詩餘》，見錄於《續修四庫全書》，集部，冊 1728，頁 175～292。

3. 明・南宋書賈輯、王兆鵬、黃文吉、童向飛校點：《天機餘錦》（瀋陽：遼寧教育出版社，2000 年 1 月）。

4. 明・楊慎輯：《詞林萬選》，見錄於王文才、萬光治等編注：《楊升庵叢書》（成都：天地出版社，2002 年），冊 6。

5. 明・楊慎輯：《百琲明珠》，見錄於王文才、萬光治等編注：《楊升庵叢書》，冊 6。

6. 明・陳耀文輯：《花草粹編》，見錄於《景印文淵閣四庫全書》（臺北：臺灣商務印書館，1983 年 6 月），集部，冊 498～499。

7. 明‧茅暎編：《詞的》，見錄於《四庫未收書輯刊》（北京：北京出版社，2000 年），捌輯，冊 30，頁 467～534。

8. 明‧陸雲龍輯：《翠娛閣評選行笈必攜詞菁》，現藏於中國國家圖書館。

9. 明‧潘游龍：《精選古今詩餘醉》（瀋陽：遼寧教育出版社，2003 年 3 月）。

10. 明‧卓人月、徐士俊輯：《古今詞統》，見錄於《續修四庫全書》，集部，冊 1728～1729。

11. 明‧周履靖輯：《唐宋元明酒詞》（臺北：臺灣商務印書館，1969 年 4 月）。

12. 明‧顧從敬輯、沈際飛評：《古香岑草堂詩餘》，明崇禎間太末翁少麓刊本，現藏於國家圖書館。

三、清編詞選

1. 清‧聶先、汪森編：《詞綜》（臺北：中華書局，1981 年），冊 1。

2. 清‧先著、程洪輯，劉崇德、徐文武點校：《詞潔》（保定：河北大學出版社，2007 年 9 月）。

3. 清‧王奕清、沈辰垣輯：《御選歷代詩餘》，見錄於《文淵閣四庫全書》，集部，冊 499。

4. 清‧沈時棟輯：《古今詞選》（臺北：臺灣東方書局，1956 年 5 月）。

5. 清‧夏秉衡輯：《歷朝名人詞選》（臺北：大西洋圖書公司，1928 年）。

6. 清‧張惠言輯：《詞選》，見錄於《續修四庫全書》，集部，冊 1732，頁 535～557。

7. 清‧董毅輯：《續詞選》，見錄於《續修四庫全書》，集部，冊 1732，頁 558～573。

8. 清‧黃蘇輯：《蓼園詞選》，見錄於程千帆編、尹志騰校點：《清人選評詞集三種》（濟南：齊魯書社，1988 年 9 月）。

9. 清‧周濟輯：《詞辨》，見錄於《續修四庫全書》，集部，冊 1732，頁 575～589。

10. 清‧陳廷焯輯：《詞則》（上海：上海古籍出版社，1984 年 5 月）。

11. 清‧王闓運選輯：《湘綺樓詞選》，王氏湘綺樓刊本，1917 年。

12. 清‧梁令嫻輯：《藝蘅館詞選》（臺北：臺灣中華書局，1970 年 10 月），頁 1～322。

13. 清・戈載輯、杜文瀾校注：《宋七家詞選》（臺北：河洛圖書出版社，1978 年 5 月）。

14. 清・馮煦輯：《宋六十一家詞選》（臺北：文化圖書公司，1956 年 6 月）。

附錄二　歷代詞譜詞選擇錄賀鑄詞概況

朝代		明編諸體詞詞選四部				清編「格律譜」詞選十部										清編「音樂譜與曲譜」詞選三部			各闋入選總計
編者		周瑛	張綖	徐師曾	程明善	吳綺	賴以邠	郭鞏	萬樹	徐本立	杜文瀾	王奕清	秦巘	葉申薌	舒夢蘭	周祥鈺	謝元淮	謝元淮	
詞選名稱		詞學筌蹄	詩餘圖譜	文體明辨	嘯餘譜	選聲集	填詞圖譜	詩餘譜式	詞律	詞律拾遺	詞律補遺	欽定詞譜	詞繫	天籟軒詞譜	白香詞譜	新定九宮大成序	碎金詞譜	碎金續譜	
青玉案・凌波		√	√		√	√	√	√	√			√	√	√			√		11
薄倖・豔真			√	√	√	√	√	√	√			√		√	√		√		10

詞選名稱	明編諸體詞選四部				清編「格律譜」詞選十部										清編「音樂譜與曲譜」詞選三部			各闋入選總計
朝代／編者／詞譜	周瑛 詞學筌蹄	張綖 詩餘圖譜	徐師曾 文體明辨	程明善 嘯餘譜	吳綺 選聲集	賴以邠 填詞圖譜	郭鞏 詩餘譜式	萬樹 詞律	徐本立 詞律拾遺	杜文瀾 詞律補遺	王奕清 欽定詞譜	蔡嵩 詞繫	葉申薌 天籟軒詞譜	舒夢蘭 白香詞譜	周祥鈺 新定九宮大成序	謝元淮 碎金詞譜	謝元淮 碎金續譜	
望湘人・厲鶚			√	√	√	√	√				√	√	√					8
臨江仙・巧翳	√		√	√							√	√	√		√			7
石州引・薄雨								√			√	√	√			√		5
感皇恩・蘭芷									√		√	√	√			√		5
鸘金杯・風軟									√		√	√	√					4
兀令・盤馬									√		√	√	√					4
小梅花・縛虎手											√	√	√					3
天門謠・牛渚											√	√	√					3
太平時・蜀錦					√			√					√					3

朝代	明編譜體詞選四部				清編「格律譜」詞選十部										清編「音樂譜與詞譜」詞選三部			各闋入選總計
編者	周瑛	張綖	徐師曾	程明善	吳綺	賴以邠	郭鞏	萬樹	徐本立	杜文瀾	王奕清	秦巘	葉申薌	舒夢蘭	周祥鈺	謝元淮	謝元淮	
詞選名稱	詞學筌蹄	詩餘圖譜	文體明辨	嘯餘譜	選聲集	填詞圖譜	詩餘譜式	詞律	詞律拾遺	詞律補遺	欽定詞譜	詞繫	天籟軒詞譜	白香詞譜	新定九宮大成序	碎金詞譜	碎金續譜	
水調歌頭·南國									√		√		√					3
萬年歡·淑質									√		√		√					3
更漏子·上東門											√				√	√		3
金人捧露盤·控滄江									√		√		√					3
長相思慢·鐵甕											▲	▲				▲		3
六州歌頭·少年									√		√		√					3
小梅花·城下路											√					√		2
憶秦娥·曉朦朧											√		√					2
聲聲慢·園林									√				√					2

朝代	明編譜體詞選四部				清編「格律譜」詞選十部										清編「音樂譜與曲譜」詞選三部			
編者	周瑛	張綖	徐師曾	程明善	吳綺	賴以邠	郭鞏	萬樹	徐本立	杜文瀾	王奕清	蔡嵩	葉申薌	舒夢蘭	周祥鈺	謝元淮	謝元淮	各闋入選總計
詞選名稱	詞學筌蹄	詩餘圖譜	文體明辨	嘯餘譜	選聲集	填詞圖譜	詩餘譜式	詞律	詞律拾遺	詞律補遺	欽定詞譜	詞繫	天籟軒詞譜	白香詞譜	新定九宮大成序	碎金詞譜	碎金續譜	
下水船·芳草											√		√					2
迎春樂·雲鮮											√		√					2
天香·煙絡											√		√					2
沁園春·宮燭											√		√					2
夜遊宮·湖上											√							1
迎春樂·逢迎									√									1
驀山溪·楚鄉											√							1
瑞鶴鴒·月痕											√							1
尉遲杯·勝遊地											√							1

朝代	明編譜體詞選四部				清編「格律譜」詞選十部										清編「音樂譜與詞選」三部			各闋入選總計
編者	周瑛	張綖	徐師曾	程明善	吳綺	賴以邠	郭鞏	萬樹	徐本立	杜文瀾	王奕清	秦巘	葉申薌	舒夢蘭	周祥鈺	謝元淮	謝元淮	
詞選名稱	詞學筌蹄	詩餘圖譜	文體明辨	嘯餘譜	選聲集	填詞圖譜	詩餘譜式	詞律	詞律拾遺	詞律補遺	欽定詞譜	詞繫	天籟軒詞譜	白香詞譜	新定九宮大成序	碎金詞譜	碎金續譜	
七娘子‧京江													√					1
風流子‧何處											√							1
鶴沖天‧蔥蔥													√					1
好女兒‧綺繡													√					1
六么令‧暮雲											√					√		2
雨中花‧清滑											√							1
謁金門‧楊花落									▲				√					2
柳梢青‧子規			◎	◎		◎					◎							4
梅香慢‧高閣									◎		◎		◎					3

朝代	明編譜體詞選四部				清編「格律譜」詞選十部										清編「音樂譜與曲譜」詞選三部			各闋入選總計
編者	周瑛	張綖	徐師曾	程明善	吳綺	賴以邠	鄂璧	萬樹	徐本立	杜文瀾	王奕清	秦巘	葉申薌	舒夢蘭	周祥鈺	謝元淮	謝元淮	
詞選名稱	詞學筌蹄	詩餘圖譜	文體明辨	嘯餘譜	選聲集	填詞圖譜	詩餘譜式	詞律	詞律拾遺	詞律補遺	欽定詞譜	詞繫	天籟軒詞譜	白香詞譜	新定九宮大成序	碎金詞譜	碎金續譜	
馬家春慢·珠淵									◎		◎		◎					3
眼兒媚·蕭蕭											◎					◎		2
擇錄賀詞數量	2	1	3	4	3	4	3	1	10	0	30	9	23	2	2	9	0	

√ 表詞選收錄賀鑄之詞

▲ 表賀詞誤入他人之作

◎ 表他人之作誤入賀詞

依據版本：

一、明編詞譜

1. 明・周瑛輯：《詞學筌蹄》，見錄於《續修四庫全書》，集部，冊 1735，頁 391～467。

2. 明・張綖撰、謝天瑞補遺：《詩餘圖譜》《四庫全書存目叢書》，集部，冊 425，頁 201～262。

3. 明・徐師曾輯：《文體明辨》，見錄於《四庫全書存目叢書》，集部，冊 312，頁 545-703。

4. 明・程明善輯：《嘯餘詞譜》，見收錄於《續修四庫全書》，集部，冊 1736。

二、清編詞譜

1. 清・吳綺輯：《選聲集》，《四庫全書存目叢書》，集部，冊 424，頁 436～515。

2. 清・賴以邠：《塡詞圖譜》，見錄於《四庫全書存目叢書》（臺南：莊嚴文化，1997 年 6 月），冊 426，頁 1～224。

3. 清・郭鞏輯：《詩餘譜式》，《四庫未收書輯刊》，冊 30，頁 437～504。

4. 清・萬樹輯：《詞律》，見錄於《文津閣四庫全書》（北京：商務印書館，2005 年），冊 500，集部。

5. 清・徐本立輯：《詞律拾遺》，見錄於《續修四庫全書》，頁 547～711。

6. 清・杜文瀾輯：《詞律補遺》（臺北：世界書局，1959 年 12 月），頁 587～598。

7. 清・王奕清等編、孫通海、王景桐校點：《欽定詞譜》（北京：學苑出版社，2008 年 6 月）。

8. 清・秦巘編：《詞繫》（北京：北京師範大學出版社，1996 年 9 月）。

9. 清・葉申鄉輯：《天籟軒詞譜》，清道光周中刊本，現藏於國家圖書館。

10. 清・舒夢蘭輯：《白香詞譜》（臺北：世界書局，1968 年 10 月）。

11. 清・周祥鈺等輯、劉崇德校譯：《新定九宮大成南北詞宮譜校譯》（天津：天津古籍出版社，1998 年 7 月），冊 1～6。

12. 清‧謝元淮：《碎金詞譜》，卷 14，見錄於《續修四庫全書》，集部，冊 1737，頁 1～314。

13. 清‧謝元淮：《碎金續譜》，卷 14，見錄於《續修四庫全書》，集部，冊 1737，頁 315～576。

附錄三　歷代對賀鑄詞的創作接受

序號	接受類型	朝代	作者	詞調或詩題	詞題（序）	原文	出處
1	和韻	宋	蘇軾	青玉案	和賀方回韻送伯固歸吳中	三年枕上吳中路。遣黃耳、隨君去。若到松江呼小渡。莫驚鷗鷺、四橋盡是、老子經行處。　輞川圖上看春暮。常記高人右丞句。作箇歸期天已許。春衫猶是，小蠻針線，曾濕西湖雨。	《全宋詞》，冊1，頁320
2	和韻	宋	李之儀	怨三三	登姑熟堂寄蓄遊，用賀方回韻	清溪一派瀉潺湲。岸草籠煙。記得黃鸝語畫簷。喚狂裡、醉重三。　春風不動垂簾。似三五、初圓素蟾。鎮淚眼廉纖。何時歌舞、再和池南。	《全宋詞》，冊1，頁340
3	和韻	宋	李之儀	青玉案	用賀方回韻，有所禱而作	小篷又泛曾行路。去了還來知幾度。多情江水、笑我歸無處。夕陽杳杳還催暮。練淨空吟謝郎句。試橋波神應見許。帆開風轉，事諧心遂，直到明年雨。	《全宋詞》，冊1，頁347

序號	接受類型	朝代	作者	詞調或詩題	詞題（序）	原文	出處
4	和韻	宋	李之儀	天門謠	次韻賀賀方回登采石峨眉亭	天塹休論險。盡遠目、與天俱占、山水斂。稱霸晴披覽。正風靜雲閒、平瀲灔。想見高吟名不濫。頻扣檻、沓香洛、沙鷗數點。	《全宋詞》，冊1，頁349
5	和韻	宋	黃大臨	青玉案	和賀方回韻，送山谷弟貶宜州	千峯百嶂宜州路。天黯淡、知人去。曉別吾家黃叔度。弟兄華髮、遠山修水，異日同歸處。樽罍飲散長亭暮。別語纏綿小成句。已斷離腸能幾許。水村山館，夜闌無寐，聽盡空階雨。	《全宋詞》，冊1，頁384
6	和韻	宋	黃庭堅	青玉案	至宜州次韻上酬七兄	煙中一綠來時路。極目送、歸鴻去。第四陽關雲不度。山胡新囀，子規言語。正在人愁處。憂能損性休朝暮。憶我當年醉時句。渡水穿雲心已許。暮年光景，小軒南浦，同捲西山雨。	《全宋詞》，冊1，頁412
7	和韻	宋	毛滂	七娘子	和賀方回登月波樓	月光波影寒相向。借團團、與做長壤樣。此老南樓，欲同次道傾家釀。風流可想。段勤冰彩隨人上。有兵蔚、玉盤金波瀲。雲外歸鴻，煙中飛槳。五湖秋興心先往。	《全宋詞》，冊1，頁681
8	和韻	宋	惠洪	青玉案		綠槐煙柳長亭路。恨取次、分離去。日永如年愁難度。高城回首，暮雲遮盡，目斷人何處。解鞍旅舍天將暮。暗憶丁寧千萬句。一寸柔腸情幾許。薄衾孤枕，夢回人靜，徹曉瀟瀟雨。	《全宋詞》，冊1，頁712

序號	接受類型	朝代	作者	詞調或詩題	詞題（序）	原文	出處
9	和韻	宋	李綱	六么令	次韻和賀方回〈金陵懷古〉，鄱陽席上作	長江千里，煙淡水雲闊。歌沈〈玉樹〉，古寺空有疏鐘發。六代興亡如夢，苒苒驚時月。兵戈凌滅，豪華銷盡，幾見銀嬋自圓缺。潮落潮生波渺，江樹森如髮。誰念遷客歸來，老大傷明節，縱使歲寒，途遙，此志應難奪。高樓誰設？倚闌凝望，獨立漁翁滿江雪。	《全宋詞》，冊2，頁907
10	和韻	宋	蔡伸	青玉案	和賀方回韻	參差弱柳長堤路。柳外征帆去。回頭一夢，斷腸千里，不到相逢處。春將暮。幽恨空餘錦中句。小院重門深幾許。桃花依舊，出牆臨水，亂落如紅雨。	《全宋詞》，冊2，頁1010
11	和韻	宋	張元幹	青玉案	賀方回所作，世間和韻者多矣。余經行松江，何嘗百回，念欲下一轉語，了無好懷得。此來偶有得，當與吾宗浩哥老子載酒浩歌西湖南山間，寫我滿思，二公不可不入社也。	平生百繞垂虹路。看萬頃、翻雲去。山澹夕暉帆影度，陳跡今遷舊。走筆猶能醉時句。花底目成心暗許。少年裘馬歌風斷，懶羅塵散。總是關情處。舊家春事，覺來客恨，分付疏蓮雨。	《全宋詞》，冊2，頁1088

序號	接受類型	朝代	作者	詞調或詩題	詞題（序）	原文	出處
12	和韻	宋	楊無咎	青玉案	次賀方回韻	五雲樓閣蓬瀛路。空相望、無由去。易水㴑江誰可渡。君家徐福，湯舟尋訪，卻是曾知處。　群山杳杳迷何處。應問來何暮。說與榮歸餳餳封。句裡丁寧、召還鄜廟，永作兩巖雨。要教強健，	《全宋詞》，冊2，頁1180
13	和韻	宋	楊無咎	長相思	己卯歲留溧上，同諸友泛舟至盧家洲，登小閣，用賀方回韻，以資坐客歌笑	急雨回風。淡雲障日。乘閒攜客容容樓。金桃帶葉、玉李含苓。一樽同醉青州。　窗外月西流。似滌橋鄰村、福蓉橋相、記檀槽淒絕。　況春筍纖柔。得意情懷，倦妝模樣，尋思可奈離愁。南婦鄰舟。何坊乘逸興、歡情更稠。甚征帆、只抵盧洲。月訶花差、重見想、如今雙鬢驚秋。問何時、佳期卜夜	《全宋詞》，冊2，頁1204
14	和韻	宋	史浩	青玉案	用賀方回韻	湧金剗轉青雲路。溯荻荻、紅塵去。春色勾牽知幾度。月簾風幌、有人應在、睡線餘香處。　年來不夢巫山暮。但苦憶、江南斷腸句。各情無奈、夜闌歸去，蔌蔌花空雨。一笑匆匆向爾許。	《全宋詞》，冊2，頁1265
15	和韻	宋	史浩	青玉案	入韻用賀方回韻	銀壽衛溢江南路。汎短棹、輕帆去。竹閣新粉。藕池香苕、應任雲深處。　破魂跳珠知幾度。鶴髮雖云暮、曾得神仙悟真員句。久視長生親見語。蕭蕭雛恩掃盡、更無慵困、怕是黃梅雨。	《全宋詞》，冊2，頁1275
16	情感共鳴	宋	辛棄疾	沁園春	泛趙景明知縣東歸，再用前韻	竚立瀟湘、黃鵠高飛、望君不來。被東風吹墮、西江對語、急呼斗酒、旋拂征埃。卻怪英姿、有如君者、猶欠封侯萬里哉。江南佳句，只有方回。	《全宋詞》，冊3，頁1868

序號	接受類型	朝代	作者	詞調或詩題	詞題（序）	原　文	出　處
17	情感共鳴	宋	周密	高陽臺	送陳君衡被召	照野旌旗，朝天車馬，平沙萬里天低。寶帶金章，尊前茸帽風欹。秦關汴水經行地，想登臨、都付新詩。縱英遊，疊鼓清笳，駿馬名姬。　酒酣應對燕山雪，正冰河月凍，曉隴雲飛。投老殘年，江南誰念方回。東風漸綠西湖柳，雁已還、人未南歸。最關情，折盡梅花，難寄相思。	《全宋詞》，冊5，頁3291
18	和韻	金	完顏璹	青玉案		凍雲封馳岡路，有誰訪溪梅去，夢裏疎香風似度。覺來唯見，一窗凉月，瘦影無尋處。　明朝畫筆江天暮，定向漁簑得奇句，試問簾前深幾許。兒童笑道，黃昏時後，猶是濛濛雨。	《中州集》
19	和韻	金	元好問	青玉案		落紅吹滿沙頭路，似總被春將去。花落花開春幾度。多情唯有，畫梁雙燕，知道春歸處。　鏡中申申韶華暮，欲寫幽懷恨無句，几十花期能幾許。一卮芳酒，一標清淚，寂寞西窗雨。	《遺山樂府》，卷2
20	化用	元	王實甫	北西廂		不近喧譁，嫩綠池塘藏睡鴨；自然幽雅，淡黃楊柳帶棲鴉。	《三先生合訂元本北西廂》，頁431

序號	接受類型	朝代	作者	詞調或詩題	詞題（序）	原文	出處
21	和韻	明	吳山	青玉案	西湖七夕，用賀方回韻	彩霞不續長河路。一水瀰然流去。悵彼清光何以度。隔年離恨，千秋情緒，都在雲深處。 龍輧俟轉藍橋暮。惜別應留秋月句。試語人間愁幾許。兩行清淚，滿天秋露，疑是巫山雨。	《全明詞》，頁1504
22	和韻	明	沈謙	青玉案	後段第二句用洪覺範體。幽期，用賀方回韻	望中瀰瀰相思路。便咫尺、難來去。幽夢雖輕吹不度。 隔牆畫堂西面，玉欄西畔，青鳥仙信無一句。總是伊家簾許。花暝春風暮，重門深閉，又下黃昏雨。	《全明詞》，頁2640
23	和韻	明	陳鐸	望湘人	和賀方回	穠地殘紅、障園新綠、好春將過多牛。梅子酸心、藤梢刺眼、怕見繡簾鉤晚。恨煞蔓雲冷、秦樓月滿，便知疏遠。 借誰生暖、鴛衾夜冷，吹簫無伴。 情似遊絲不斷，經幾朝問闊，白足劉郎緣淺。胡廂鈿畔，桃花洞口，青鳥飛來。獨不見，空有許多鴛燕。	《全明詞》，頁460
24	和韻	明	王烏	小梅花	次賀方回韻	莫弄手、休開口。紛紛畫虎多成狗。脫頭巾。沈京塵。歸遲羈恐話山中人。浮雲世事問須道。多少英雄林下老。句劉錢，閑得須臾，亦勝忙。答花。金接斗。為君壽。醉臥醒眠福誰有。態鴻翮。歌喉好。我愛琴樽無弦。後庭唱斷。須信前朝曲。江水東流問太促。顏光光。比春桑。年華，不向忙處長。	《全明詞》，頁1619

序號	接受類型	朝代	作者	詞調或詩題	詞題（序）	原文	出處
25	和韻	明	王翃	薄倖	次賀鑄春情韻	顧花知態，笑影動，鏡波分瞇。恨想絕、年年無計，共攬女羅絲帶。最宜人、氣若幽蘭，含辭未吐嬌微奈。更臉媛長紅，初寒小白，素手連環偷解。　悄語問、黃昏約，畫樓月好行雲靄。王顏成采，鎖幽吋俯仰，深疑怨抑，擬他生再、倆春魂、未泯梅根，呼醒情猶賴。淹掩香夢，歸去羅幃峰先在。	《全明詞》，頁1856
26	和韻	清	龔鼎孳	青玉案	虎邱踏月，用賀方回暮春韻	金閨窅是迷香路。又月底、移船去。風定百坼笙管度。吳王虹劍，貞娘珠粉，兒女英雄處。　短簿荒祠暮。入望寒山愁天許。自負多情天應雨。要攜事往，餚娃人去，一陣催花雨。	《全清詞·順康卷》，頁1130
27	和韻	清	曹武亮	青玉案	詠燕，用賀方回韻	杜前尋徧江南路。爭忍向、他鄉去。都是留庭戶。美人庭戶，墨就芹泥知幾。雕梁。　軟語留春將暮。似解人間鬧腸句。說與開愁仍未許。掠此煙水。啄些花架。剪斷絲絲雨。	《全清詞·順康卷》，頁7227
28	和韻	清	孫致彌	青玉案	泛舟衡塘作，用賀方回韻	十年不踏行春路。度、鷗邊塞水。雁邊斜照。曲曲疏林帆影。尋山去。多少關情處。生煙。　一抹鄉暮。紅葉休題怨秋句。菁薴綠蓑心久許。終須買菌。楓頭船子。醉聽雙橋雨。	《全清詞·順康卷》，頁8146
29	和韻	清	許向質	青玉案	過橫塘，追和賀方回韻	仙人閣下行雲路。看一艇、穿波去。渺渺春光知幾度。異時花月，舊家門戶，遺老曾遊處。慶湖。　有客來向暮。記得當年斷腸句。欲譜新詞誰共許。菖棚拋繭。柳絲飛絮。恰做黃梅雨。	《全清詞·順康卷》，頁8688

序號	接受類型	朝代	作者	詞調或詩題	詞題（序）	原文	出處
30	和韻	清	唐之鳳	青玉案	湖上，次賀方回韻	平蕪十里湖堤路。趁柳外、尋香去。鍍花鏽葉、翠樓瓊戶。正任春深處。玉笛朝還暮。象管閒書新恨句。鬥盡綠籌紅愁幾許。六橋芳樹，牛天殘絮，做盡紛紛雨。	《全清詞補編》，冊2，頁1205
31	和韻	清	周壽昌	青玉案	雨中鄉思用賀方回韻	太平車子催征路。度、洞庭秋月。洞庭春樹。莫信衡峯無雁。都是關情處。涼風消暑斜陽暮。排悶詩無快心句。作意還愁秋不許。一片芭蕉雨。鴒原新恨，蠶叢離緒，一片芭蕉雨。	《清詞別集》，頁5564
32	和韻	清	王士祿	青玉案	用賀方回韻	清霄盼盼銀河路。只惆悵、風簾月幕。密約芳期經幾度。華年去，并與人何處。別時夏杪春還莫。燕燕鶯鶯漫成句。舊事西陵雨。微醋曾訪，短蓬相遇，荷葉西陵雨。	《全清詞·順康卷》頁4733
33	和韻	清	董潮	青玉案	用賀方回韻	小橋流水西塘路。記㼚眼、勻朝照。一片春帆雲外渡。亂煙芳草、遠山斜照。知道人何處。香銷秋斂暮。苦憶當時臨別句。紅藕。那堪今夜、斷鴻聲裏。一寸柔腸餘幾許。點點芭蕉雨。	《國朝詞綜續編》，卷2，頁8
34	和韻	清	周賀	青玉案	泊吳門簡丁藥雪用賀方回韻	雲帆西指吳臺路。重縈繚、還歸去。襄陽吟苦、長江詩瘦。曾是相憐處。搔首河山暮。玉案難酬舊題句。為記魚書傳兩望中。白龍潭上、青楓林畔，賦得瀟瀟雨。	《瑤華集》，卷22，頁370

序號	接受類型	朝代	作者	詞調或詩題	詞題（序）	原文	出處
35	和韻	清	羅汝懷	青玉案	梅雨用賀方回韻	青蒼一徑山塘路，送歸緒、流年去。夏始春餘容易度，皮萼渦池、沼綠庭戶，愁鎖庭戶無人處。鐵石剛腸？要爾和羹人不許。滿林紅紅，只如飄絮，酒墮和羹雨。	《研華館詞》卷2
36	和韻	清	荊楛	望湘人	見新月，用賀方回韻	泛聲聲柔櫓，葉葉輕颿，瞞過花月多半，漸失遲紅，連飛雙素，才覺傷春悲晚。放晴催暖。向閒階、信履來回，瘦影侵尋相伴。　方記金波不斷。又微瀾下淺，料客積東。天街星速，到紅藥欄東，一帶露溶光淺，人倚西窗。怕只是、備數出巢雛燕。	《全清詞·順康卷》頁6287
37	和韻	清	魏學渠	薄倖	文意，用賀方回韻	惠心妍態，記邐迤、偏垂倩睞，早惹得、愁紅羞粉，結與繡鴛雙帶。算從前，悄步迴郎，深憐密喚真無奈。向三五聲中、七絃花裏，語少情多能解。　聽不了、桃花呪，還獨自、采藍夢烟溶。蕙思常繞，尋常蝴蝶游絲颭。歡期難再，怕滿街、明月吹簫，人去向何聊賴。補過微之可在。	《全清詞·順康卷》頁2616
38	和韻	清	曹武亮	薄倖	憶看狀溪徐氏女優，賦此紀事，用賀方回韻	膩情穠態，記朵裏、親承盼睞，道一片、綵雲飛去，卻是風飄飄帶。況當他、三月韶光，柳媚花倦人無奈。歇了、想燭暗歌停，酒闌拍散，惆悵羅襦解。　自曾瞥見、調梏挑菜，問向時假倚，香肩私語，夢魂還被重門礙。舞衣難再，縱明珠可聘，琴心寄與誰憑藉。都成往事、偏有閒愁尚在。	《全清詞·順康卷》頁7174

序號	接受類型	朝代	作者	詞調調題或詩題	詞題（序）	原　文	出　處
39	和韻	清	熊文舉	臨江仙	和賀方回韻	憶得當初行樂地，玉樓人貌翩翩。凌雲賦就意芊芊《今詞初集》作「覺」飄然。科名都自晚，文采重芳年。舊家燕子傍誰邊。孤橙殘雨後，短笛落花前。	《全清詞・順康》，頁48
40	和韻	清	朱祖謀	石州慢	用東山韻	一枕春醒，相伴畫堂、霸緒天闊。江南信息沈沈，水驛芳梅誰折。荒闌悵久，未信笛聲裏關山、玉龍猶噤歌發。空外暮笳聲，逗飄颻時節。鬧紅香樹，歸鶴華城、頓忘離別。留戀斜陽，只有書出幾許官眉、新妝消與秋千結。攤聲寥絕。不知愁、又親人黃月。	《清詞別集》，頁6602
41	和韻	清	汪鈇	兀令	春日同陸東蘿、吳懌堂散步晴郊，賦此志興、用賀方回韻	旖旎風光南陌好，絲絲楊柳低綰。春色今年早，映街曲曲青溪、幾樹桃花含笑。遙指鈿閣珠樓，紅迟迴闌小。正錦屏妝曉。問嗇否、花事年年晴惡。東風易老、流水愁、雲杳否、信步尋春到。醉一堤芳草。歷信長安道、誰似閒地開人。	《國朝詞綜補》，卷35，頁316
42	仿傚	清	王霖	小梅花	感懷，括古語微傚賀東山山體	公莫舞。聽我語。紛紛輕薄何須數。曲如鈎。爛羊頭。可惜當年，李廣竟不侯。著書早上金鑾殿，同學少年多不賤。賦凌雲、試看我輩、豈是蓬蒿人。毛錐子。屠龍技。何自苦乃爾。無志掛秋風。東將入海隨中。誇高驄。跨信谷今再誤。黃金臺、安在哉。田園將煙霧。已誤營容去來。蕪，胡不歸去來。	《全清詞補編》，頁2215

序號	接受類型	朝代	作者	詞調或詩題	詞題（序）	原文	出處
43	仿傚	清	王霖	小梅花	八月十五夜，醉後步至琉璃廠夜圓明月，樓然有感，仍有前體	問今夕。是何夕。人生有如駒過隙。金屈卮。醉莫辭。不知天上、有月來幾時。夜次圓明夜缺。睹嬋娟、轉憬憐。風景似去年。辭鄉里。背妻子。自笑徒為客。對晶桮。又恐乘風、歸去不勝寒。天街夜色涼如水。范叔一寒胡至此。恨綿綿。思無端。料得閨中、今夜獨自看。	《全清詞補編》，頁2215
44	仿傚	清	董元愷	小梅花	有感，括古語傚賀東山體	擎天手。談天口。吞若雲夢者八九。未買臣。周伯仁。此中谷得、卿輩數百人。時平不利囊中處。不直一錢虎變鼠。欲待侯、事五樓、當如西孫仲謀。松山哀。陽羅賓。宜與膾等伍。日西顏。回波舞。為同干秋。萬歲安任哉。我鬟與我同旋久。不若即時一杯酒。去日多、悲且歌。一往深情、輒復喚奈何。	《全清詞・順康卷》，冊6，頁3361
45	仿傚	清	董元愷	小梅花	有感，括古語傚賀東山體	上汝酒。令汝壽。萬事無如杯在手。昆明灰。阿盧堆。黃河之水、朝暮不復回。半生能著幾兩屐。壺埋我陶家側。滴莽莽、齊彭殤、懷上幾卬眠。看屋樣。可憐子。塞如此。便作執金吾。夫。馮子都。二十左右。仕宦車生耳。孝廉同一當知幾。奴價今年應倍婢。歌嗚嗚、攘臂呼。君獨不見、朝趨市者乎。	《全清詞・順康卷》，冊6，頁3361

序號	接受類型	朝代	作者	詞調或詩題	詞題（序）	原文	出處
46	仿傚	清	陳維崧	小梅花	感事括古語，倣賀東山體	君莫菖。羊叔子。何如銅雀臺前伎。拍檀槽。橫寶刀。屠門大嚼，亦足以自豪。壽松喬問金。揆黃鬚。眺五胡，應出係伯符。傷心史。可憐子。卿坐說元宗。大江東。一帆風。來往行人。閑坐行人上屋。白頭老烏啼上屋。連昌宮中滿宮竹。白頭老烏啼上屋。蕭摩訶。日日吾為楚舞、若楚歌。	《全清詞·順康卷》，冊7，頁4190
47	仿傚	清	陳玉璂	小梅花	有感，括古語為詞，倣賀東山體	將進酒。為汝壽。不如意事常八九。黃金臺。生芳草。千秋萬歲。公等安任哉。去年人到今年老。富貴應須致身早。大長秋。關內侯。但看東。夫婿居上頭。游閒子。莫愁里。人生行樂耳。恨重重。長樂鍾。不見五陵無樹起秋風。滿眼輕薄兒。馬中赤兔人中布。脫紅巾。誰與倫。日作崎嶔、歷落可笑人。	《全清詞·順康卷》，冊13，頁7801-7802
48	仿傚	清	陳詁倫	憶秦娥	用賀鑄體	路悠悠。相思似水常東流。常東流。怪他雙燕，故繞紅樓。別來幽恨盈芳洲。至今標上暗痕留。暗痕留。舊愁未去，又惹新愁。	《國朝詞綜補》，卷5，頁56
49	仿傚	清	楊芳燦	臨江仙	擬賀方回人日詞	幾陣東風融卻臘，紅霞一抹初妍。昔回春色倍嫣然。柔卿縷卻扃，曉日低低飛瑞鵲。牆頭樹已含煙。合歡羅勝影翩翩。鑪薰還解事，扶暖上釵鈿。	《芙蓉山館全集》，詞鈔，卷2

序號	接受類型	朝代	作者	詞調或詩題	詞題（序）	原文	出處
50	集用	清	張應昌	眼兒媚	集宋人句約滋伯尋秋	醋醋日腳紫靄浮范石湖，過也重陽近也石次仲，中秋輕負十分陳君衡，人倚高樓張文潛。短棹西湖好歐陽永叔，花事等閒休張斗南，一川煙草滿城風絮賀方回，正恁凝愁柳耆卿。	《煙波漁唱》，卷3
51	情感共鳴	清	曹庭棟	寄張東之		見山堂上山如畫，二十年前曾客來；飛絮滿城歸不得，江南老卻賀方回。	《宋百家詩存》，卷22
52	情感共鳴	清	周錫溥	黃梅雨		故人新雨望徘徊，曾記名花驛使來；飛絮滿城春草碧，此情誰似賀方回。	《安愚齋集》，卷1
53	情感共鳴	清	鄧廷楨	五月十六日同中集大觀亭		靈露沈陰撥不開，卻風重到小蓬萊。吳山左界參差沒，蜀水東奔跌宕來。江上竹枝劉夢得，雨中梅子賀方回。頻年哀樂誰能遣，合向高亭當嘯臺。	《雙硯齋詩鈔》，卷12
54	情感共鳴	清	沈欽韓	胥江別徐良卿		柳綿撲盡又黃梅，印我青鞵沒舊苔。聽雨樓中揚憶否，新詞拚為乞賀方回。	《幼學堂詩文詩稿》，卷8
55	情感共鳴	清	孫士毅	讀半莊師病中啌賦呈		病裏時然一寸灰，江南暘斷賀方回。甘蕉剝後心還卷，古劍埋餘鍔未摧。盡有散材收大匠，豈應國色阻良媒。午陰小閣須攤飯，豹腳蚊聲晚若雷。	《百一山房詩集》，卷4
56	情感共鳴	清	楊鳳苞	雨窗留二國祁讀施後詩話卻寄		水窗梅雨最蕭閒，綺讀年來特地刪。客語䌷坊稿晚客，斷暘莫似賀東山。	《秋室集》，卷10